郁達夫作品精選3

遲桂花

—經典新版—

郁達夫——著

綠酒紅燈江上樓
幾回欲去更遲留
危檣獨夜憐桃葉
細雨重簾病莫愁

郁達夫

《遲桂花》目次

二詩人 7
逃走 29
楊梅燒酒 39
她是一個弱女子 49
遲桂花 149
碧浪湖的秋夜 185
瓢兒和尚 205
唯命論者 215
出奔 225

二 詩人①

二 詩人

詩人的何馬，想到大世界去聽滴篤班去，心裏在作打算。「或者我將我的名片拿出去，守門的人可以不要我的門票。」他想。因爲他的名片右角上，有「末世詩人」的四個小字，左角邊有《地獄》《新生》《伊利亞拉》的著者的一行履歷寫在那裏。「不好不好，守門的那些俗物，若被他們知道了我去逛大世界，恐怕要看穿我的沒有腎臟病，還是去想法子，叫老馬去想法子弄幾個錢來，買一張門票進去的好。」他住的三江里的高樓外，散佈著暮春午後的陽光和乾燥的空氣。天色實在在挑逗他的心情，要他出去走走，去得些煙世披利純來做詩。

「——嗯嗯，煙世披利純！」

「——噢噢，煙世披利純呀！」

這樣的用了很好聽的節調，輕輕地唱著哼著，他一邊搖著頭，一邊就摸下二層樓去。走下了扶梯，到扶梯跟前二層樓的亭子間門口，他就立住了。

也是用了很緩慢的節奏，向關在那裏的亭子間的房門，篤洛篤洛篤的敲了幾下，他伏下身體，向鑰匙眼裏，很幽很幽的送了幾句話進去。

「喂！老馬，詩人又來和你商量了！你能夠想法子再去弄兩塊錢來不能？」

老馬在房裏吃了一驚，急忙開了眼睛，丟下了手裏的讀本，輕輕的走向房門口來，也伏倒身體，舉起嘴巴，很幽的向鑰匙眼裏說：

「老何，喂，你這樣的花錢，怕要被她看穿，何以這一位何大人會天天要錢花？老何，你還是在房裏坐著做首把詩罷！回頭不要把我們這一個無錢飲食宿泊處都弄糟。」

說著，他把幾根鼠鬚動了一動！兩隻眉毛也彎了下來，活像寺院裏埋葬死屍的園丁。

「喂，老馬，你再救詩人一回急，再去向她撒一個謊，想想法子看罷！我只教再得一點煙世披利純，這一首《沉魚落雁》就可以完工，就好出書賣錢了，喂，老馬！

請你再救一回詩人，
再讓我得些煙世披利純，
《沉魚落雁》大功將成，
那時候，你我和她——我那可愛的房主人——
就可以去大吃一頓！
唉唉，大吃一頓！」

何詩人在鑰匙眼裏，輕輕的，慢慢的，用了節奏，念完這幾句即時口占的詩之後，手又向房門上按著拍子篤洛篤洛的敲了幾下。

房門裏的老馬，更彎了腰，皺了眉頭，用手向頭上的亂髮搔了幾搔。兩人各彎著腰，隔著一重門，向鑰匙眼默默的立了好久。終究還是老馬硬不過詩人，只好把房門輕輕地開了。詩人見了老馬的那種悒鬱懊惱，歪得同豬臉嘴一樣的臉色，也就立刻皺起眉來，裝了一副憂鬱的形容來陪他。一邊慢慢的走進房去，一邊詩人就舉起一隻右手，按上心頭，輕輕的自對自的說：

「唉唉，這腎臟病，這腎臟病，我怕就要死了，在死之前了。」

看過去，詩人的面貌，真像約翰生博士的畫像。因爲詩人也是和約翰生博士一樣，長得很肥很胖，實在是沒有什麼旁的病好說，所以只說有腎臟病；而前幾天他又看見了鮑司惠而著的那本約翰生大傳，並這一本傳上面的一張約翰生博士的畫像。他費了許多苦心，對鏡子模學了許久約翰生在畫像上的憂鬱的樣子，今天終於被他學像了。

詩人的朋友老馬，馬得烈，飽吃了五六碗午飯，剛在亭子間裏翻譯一首法文小學讀本上的詩。

球兒飛上天，球兒掉下地，
馬利跑過來，馬利跑過去，
球兒球兒不肯飛，馬利不歡喜……
…………

翻到這裏，他就昏昏的坐在那裏睡著了，被詩人篤洛篤洛篤的一來，倒吃了一驚，所以他的臉色，是十分不願意的樣子。但是和詩人硬了一陣，終覺得硬不過去，只好開門讓詩人進來，他自己也只好挺了挺身子，走下樓去辦交涉去。

樓底下，是房主人一位四十來歲的風騷太太的睡房；她男人在漢口做茶葉生意，頗有一點積貯；馬得烈走到了房東太太的跟前，房東太太才從床上坐了起來，手裏還拿著那本詩人何馬獻給她的《伊利亞拉》，已經在身底下壓得皺痕很多，像一隻油炸餛飩了。

馬得烈把口角邊的鼠鬚和眉毛同時動了一動，勉強裝著微笑，對立在他眼底下的房東太太說：

「好傢伙，你還在這裏念我們大人的這首獻詩？大人正想出去和你走走，得點新的煙世披利純哩！」

房東太太向上舉起頭來——因爲她生得很矮小，而馬得烈卻身材很高大，兩人並立起來，要差七八寸的樣子——喜歡得同小孩子似的叫著說：

「哈哈哈哈，真的嗎？——你們大人真好，要是誰嫁了你們的大人，這一個人才算有福氣哩！詩又那麼會做，外國又去過，還做過詩文專修大學的校長！啊啊，可惜，可惜我今天不能和你們出去，因爲那隻小豬還沒有閹好，午後那個閹豬的老頭兒還要來哩！」

這位房東太太最喜歡養小豬。她的愛豬，同愛詩人一樣，侍候得非常周到，今天早晨她特地跑了十幾里路，去江灣請了一位閹豬匠來，閹豬匠答應她午後來閹，所以她懊惱得很，恨這一次不能和詩人一道出去散步。

馬得烈被她那麼一說，覺得也沒有什麼話講，所以只搔了一搔頭，向窗外的陽光瞥了一眼，含糊地咕嚕著：「啊啊，你看窗外的春光多麼可愛呀！……大人……大人說，可惜，可惜他那張匯票還沒有好拿……」

原來馬得烈和何馬，是剛回國的留學生，是一對失業的詩人。他們打聽了這一家房東女人的愛慕詩人，才扮作了主從兩個，到此地來租房子住的。何馬已經出了許多詩集了，並且年紀也輕一點，相貌也好一點，所以就當作主人。馬得烈還正在翻譯一本詩集，沒有翻好，所以只好當作僕人，在房東太太跟前，只是大人大人的稱何馬，好示一點威勢。一面在背後更向她吹了許多大話，說他——何大人——是一位中國頂大的詩人，他——何大人——家裏是做大官的，他——何大人——還沒有結過婚，他——何大人——最喜歡和已經生育過兒女的像聖母一樣的女性交遊，他——何大人——不久要被外國請去做詩文專修大學的校長，等等，等等。結果弄得這位商人之婦喜歡得了不得，於是他們兩人的住宿膳食，就一概由房東太太無償供給，現在連零用都可以向她去支取了。可是昨天晚上，馬得烈剛在她那裏拿了兩塊錢來，兩人去看了一晚電影，若今天再去向她要錢，實在有點難以爲情，所以他又很巧妙的說了一個謊，說何大人的匯票還沒有到期，不好去取錢用。房東太太早就看出了他的意思，向床頭的鏡箱裏一翻，就用了兩個指頭夾出了兩張中南小票來。

馬得烈笑歪了臉，把頭和身子很低很低的屈了下去，兩隻手托出在頭上，像電影裏的羅馬家奴，向主人捧呈什麼東西似的姿勢。她把票子塞在他手裏之後，馬得烈很急速地旋轉了身，立了起來就拚命的向二層樓上跑。一邊亭銅亭銅的跑上扶梯去，一邊他嘴裏還在叫：

「邁而西，馬彈姆，邁而西，馬彈姆！」

滴篤聲中

馬得烈從樓下的房東太太那裏騙取了兩張中南小票後，拚命的就往二層樓上跑。他嘴裏的幾句「邁而西，馬彈姆！」還沒有叫完，剛跳上扶梯的頂邊，就白彈的一響，詩人何馬卻四腳翻朝了天，叫了一聲「媽嚇，救命，痛煞了！」

原來馬得烈去樓下向房東太太設法支零用的時候，詩人何馬卻幽腳幽手從亭子間裏摸了出來，以一隻手靠上扶梯的扶手，彎了腰，豎起耳朵，盡在扶梯頭向樓下竊聽消息。詩人聽到了他理想中的如聖母一樣的這位房東太太稱讚他的詩才的一段話，就一個人張了嘴，放鬆了臉，在私下喜笑。這中間他把什麼都忘了，只想再做一篇《伊利亞拉》來表示他對這一位女性的敬意，卻不防馬得烈會跑得如此之快，和煙世披利純一樣的快，而來兜頭一衝，把他衝倒在地上的。

詩人在不注意的中間，叫了一聲大聲的「媽嚇」之後，睜開眼睛來看看，只見他面前立著的馬得烈，手裏好好的捏著了兩張鈔票，在那裏向地上呆著。看見了鈔票，詩人就馬上變了臉色，笑涔溡地直躺在樓板上，降低了聲音，好像是怕被人聽見似的幽幽的問馬得烈說：

「老馬！又是兩塊麼？好極好極，你快來扶我起來，讓我們出去。」

馬得烈向前踏上了一步，在扶起這位很肥很胖的詩人來的時候，實在費了不少的氣力。可是費力不討好，剛把詩人扶起了一半的當兒，綽啦一響，詩人臉上的那副洛克式的平光眼鏡又掉下地來了。詩人還沒有站立起身，臉上就作了一副悲悼的形容，又失聲叫了一聲「啊嚇！」

兩人立穩了身體，再伏下去檢查打碎的眼鏡片的時候，詩人又放低了聲音，「啊嚇，啊嚇，這怎麼好？這怎麼好？」的接連著幽幽的說了好幾次。

撿起了兩分開的玻璃片和眼鏡框子，兩人走到亭子間去坐定之後，詩人又連發了幾聲似乎帶怨恨的「這怎麼好？」馬得烈伏倒了頭，儘是一言不發地默坐在床沿上，彷彿是在悔過的樣子。詩人看了他這副樣子，也只好默默不響了。結果馬得烈坐在床沿上看地板，詩人坐在窗底下的擺在桌前的小方凳上，看屋外的陽光，竟靜悄悄地同死了人似的默坐了幾分鐘。在這幕沉默的悲劇中間，樓底下房東太太床前的擺鐘，卻堂堂的敲了兩下。

聽見了兩點鐘敲後，兩人各想說話而又不敢的盡坐在那裏嚴守沉默。詩人回過頭來，向馬得烈的還捏著兩張鈔票支在床沿上的右手看了一眼，就按捺不住的輕輕對馬得烈說：

「老馬，我很悲哀！」

停了一會，看看馬得烈還是悶聲不響，詩人就又用了調解似的口氣，對馬得烈說：

「老馬，兩塊玻璃都打破了，你有什麼好法子想？」

馬得烈聽了詩人這句話後，就想出了許多救急的法子來，譬如將破玻璃片用薄紙來糊好，仍復裝進框子裏去，好在打得不十分碎，或者竟用了油墨，在眼圈上畫它兩個黑圈，就當作了眼鏡之類。然而詩人都不以爲然，結果還是他自己的煙世披利純來得好，放開手來向腿上拍了一拍，輕輕對馬得烈說：

「有了，有了，老馬！我想出來了。就把框子邊上留著的玻璃片拆拆乾淨，光把沒有鏡片的框子帶上出去，豈不好麼？」

馬得烈聽了，也喜歡得什麼似的，一邊從床沿上站跳了起來，一邊連聲的說：

「妙極，妙極！」

三十分鐘之後，穿著一身破舊洋服的馬得烈和只戴著眼鏡框子而沒有玻璃片的詩人何馬，就在大世界的露天園裏闊步了。

這一天是三月將盡的一天暮春的午後，太陽曬得宜人，天上也很少雲障，大世界的遊人比往常更加了一倍。熏風一陣陣的吹來，吹得詩人興致勃發。走來走去的走了一陣，他們倆就尋到了滴篤班的台前去坐下。詩人擱起了腿，張大了口，微微地笑著，一個斜駝的身子和一個栽在短短的頸項上的歪頭，盡在合著了滴篤的拍子，向前向左右死勁的擺動。在這滴篤的聲中，他忘記了自己，忘記了旁邊也是張大了口在搖擺的馬得烈，忘記了剛才打破而使他悲哀的鏡片，忘記了腎臟病，忘記了房東太太，忘記了大小各悲哀，總而言之，他這時候是——以他自己的言語來形容——譬如坐在奧連普斯山上，在和詩神們談心。

在這一個忘我的境界裏翺翔了不久，詩人好像又得了新的煙世披利純似的突然站了起來，用了很嚴肅的態度，對旁邊的馬得烈說：「老馬，老馬，你來！」

兩隻手支住了司的克，張著嘴，搖著身子，正聽得入神的馬得烈，被詩人那麼一叫，倒吃了一驚。呆呆向正在從人叢中擠出去的詩人的圓背看了一會，他也只好立起來，追跟出去。詩人慢慢的在前頭踱，他在後頭跟，到了門樓上高塔下的那間二層樓空房的角裏，詩人又輕輕地很神秘的回過頭來說：「老馬，老馬，你來，到這裏來！」

馬得烈走近了他的身邊，詩人更向前後左右看了一周，看有沒有旁人在看著。他確定了四周的無人，就拉了馬得烈的手，仍復是很神秘的很嚴肅的對馬得烈說：

「老馬，老馬，請你用力向我屁股上敲它幾下，敲得越重越好！」

馬得烈弄得莫名其妙，只是張大了眼睛，在向他呆著。他看見了詩人眼睛上的那副只有框子而沒有玻璃的眼鏡，就不由自主的浦的一聲哄笑了出來。詩人還是很嚴肅很神秘的在擺著屁股，叫他快敲。他笑了一陣，詩人催了一陣，終究爲詩人臉上的那種嚴肅神秘的氣色所屈服，就只好舉起手來，用力向詩人的屁股上撲撲的敲了幾下。

詩人被敲之後，臉上就換了一副很急迫的形容，匆匆的又對馬得烈說：

「謝謝，老馬，你身邊有草紙沒有？我……我要出恭去。」

馬得烈向洋服袋裏摸索了一回，摸出了一張有一二行詩句寫著的原稿廢紙來給他。詩人匆忙跑下樓去大便的中間，馬得烈靠住了牆欄在看底下馬路上正在來往的車馬行人。他看一陣太陽光下的午後的街市，又想一陣詩人的現在的那種奇特的行爲，自家一個人就同瘋子似地呵呵呵的笑了起來。原來詩人近來新患痔疾，當出恭之前，若非加上一種暴力，使肛門的神經麻痹一點，糞便排泄的時候，就覺得非常之痛。等詩人大便回來，經了馬得烈的再三盤問，他才很羞澀的把這理由講給了馬得烈聽。這時候詩人的臉色已因大便時的創痛而變了灰白，他的聽滴篤班的興致也似乎減了。慢慢地拖著腿走了幾步，他看看西斜的日腳，就催馬得烈說：

「老馬，時候已經不早了，我們回去罷！」

馬得烈朝他看了一眼，見了他那副眼鏡框子，正想再哄笑出來的時候，又想起了他的痔瘡，和今天午後在扶梯頭朝天絆倒時的悲痛的叫聲，所以只好微笑著，裝了一副同情於他的樣子回答他說：

「好，我們回去罷！」

在街頭

一

詩人何馬和馬得烈聽了滴篤班出來，立在大世界的門口步道沿上，兩隻眼睛同鷹虎似的光著突向眼鏡圈的外面，上半身斜伏出在腰上，駝著背，彎著腰，並立著腳，兩手揑緊拳頭，向後放在突出的屁股的兩旁，作了一個矢在弦上的姿勢。彷彿是當操體操的時候，得了一個開快步跑的預令，最後的一個跑字還沒有下來的樣子，詩人的頭盡在向東向西，伸直了短短的脖子，在很急速嚴密的注視探看。因爲當這將晚的時候，外灘的各公司裏，剛關上門，所以愛多亞路的大道上來往的汽車一乘乘的接連不斷。生來膽子就柔和脆弱，同兔兒爺一樣的詩人何馬，又加上以百四十斤內外的一個團團肉體，想於這汽車飛舞的中間，橫過一條大街，本來是大不容易的事情。結果我們這一位性急的詩人，放出勇氣，急急促促的運行了他那兩隻開步開不大的短腳，合著韻律的急迫原則地搖動他兩隻揑緊拳頭的手，同貓跳似的跑出去又跑回來跑出去又跑回來的跑了好幾趟。終竟是馬得烈歲數大一點，有了忍耐的修養，當何詩人在步道沿邊和大道中心之間在演那快步回還的趣劇的當中，他只突出屁股彎著腰，揑著拳頭，搖轉著眼睛，只在保著他那持滿不發的開快步跑的預備姿勢。

資本主義的利器，四輪一角的這文明的怪物，好像在和詩人們作對，何馬與馬得烈的緊張的態度，持續了三十分鐘之後，才能跑過到馬路的這一邊來，那時候天上的星星已經和詩人額上的汗珠一樣，一顆顆的在昏黃的空氣裏搖動了。

詩人何馬，先立住了腳，拿出手帕來揩了一揩頭，很悲哀而緩慢的對馬得烈說：

「喂，老馬，你認不認得回家去的電車路？在這一塊地方我倒認不清哪一條路是走上電車站去的。」

馬得烈茫茫然舉著頭向四周望了一望，也很悲哀似的回答說：

「我，我可也認不得。」

二詩人朝東向西的走了一陣，到後來仍復走到了原地方的時候，方才覺悟了他們自己的不識地理，何馬就回轉頭來對馬得烈說：

「老馬，我們詩人應該要有覺悟才好。我想，今後詩人的覺悟，是在坐黃包車！」

馬得烈很表同情似的答應了一個「烏衣」之後，何詩人就舉起了他那很奇怪的聲氣，加上了和讀詩時候一樣的抑揚，叫了幾聲：

「黃——汪——包車！」

詩人這樣的昂著頭唱著走著，馬路上的車夫，彷彿是以爲他在念詩，都只舉了眼睛朝他看著，沒有一個跑攏來兜他們的買賣的，倒是馬得烈聽得不耐煩了，最後就放了他沉重宏壯同牛叫似的聲氣，「黃包車！」的大喝了一聲。

道旁的車夫和前面的詩人，經了這雷鳴似的一擊，都跳了起來。詩人在沒有玻璃的眼鏡框裏張大了眼睛，回轉身來呆立住了，車夫們也三五爭先的搶了攏來三角角子兩角洋鈿的在亂叫。

講了半天的價錢，又突破了一重包圍的難關，在車斗裏很安樂的坐定，苦力的兩隻飛腿一動之後，詩人的煙世披利純又來了。

「噢噢呵！我回來了，我的聖母！
我聽了一曲滴篤的高歌，噢噢呵！
我發了幾聲嗚呼，發了幾聲嗚呼！
……………」

正輕輕的在車斗裏搖著身體念到這裏，車子在一個燈火輝煌的三岔路口拐了彎，哼的一陣，從黃昏的暖空氣裏，撲過了一陣油炸臭豆腐的氣味來。詩人的肚裏，同時也咕嘍嘍的響了一聲。於是饑餓的實感，就在這「日暮歸來」的詩句裏表現出來了：

「噢噢呵，我還要吃一塊臭豆腐！」

本來是輕輕念著的這一首《日暮歸來》的詩句，因爲實感緊張了，到末一句，他就不由自主的放大了聲音衝口吐露了出來。高聲而又富有抑揚地念完了這一句「我還要吃一塊臭豆腐」之後，他就接著改了平時講話的口調叫車夫說：

「喂，車夫，你停一停！」

並且又回轉頭來對馬得烈說：

「喂，老馬，我們買兩塊臭豆腐吃吃罷！」

這時候馬得烈也有點覺得餓了，所以就也叫停了車，向洋服袋裏摸出了兩角銀角子來交給已經下車立在那裏的何詩人。他們買了十幾塊火熱的油炸臭豆腐，兩人平分了，坐回車上，一邊被拉回家去，一邊就很舒徐的在綽拉綽拉的咀嚼。在車斗裏自自在在的側躺著身體，嘴銜著臭豆腐，眼看著花花綠綠的上海的黃昏市面，何詩人心裏卻在暗想「我這《日暮歸來》的一首詩，倒變了很切實的為人生而藝術的作品了，啊啊，我這偉大的革命詩人！我索性把末世詩人辭掉了罷，還是做革命詩人的好。」

二

二詩人日暮歸來，到了三江里的寓居之後，那位聖母似的房東太太早在電燈下擺好了晚餐，在等候他們了。

何詩人因為臭豆腐吃多了，晚餐的時候減了食量，只是空口把一碗紅燒羊肉吃了大半碗，因此就使馬得烈感到了不滿。但在聖母跟前，馬得烈又不敢直接的對詩人吆喝，因為怕她看穿他們的圈套，所以只好葛羅葛羅的在喉頭響了一陣之後，對何詩人說：

「喂，老……噢噢，大人，你為什麼吃飯的時候，老吃得那麼響？」

實在是奇怪得很，詩人當吃飯的時候，嘴裏真有一種特別的響聲發生出來。這時候詩人總老是光著兩眼，目不轉睛的盯視住那碗他所愛吃的菜，一方面一筷一筷的同驟雨似的將那碗菜搬運到嘴裏去的中間，一方面他的上下對合攏來的鮎魚嘴裏就會很響亮很急速的敲鳴出一種綽拉綽拉的響聲來，同唱秦腔的時候所敲的兩條棗木一樣。詩人聽了馬得烈的這一句批評之後，一邊仍舊是目不轉睛筷不停搬的綽拉綽拉著，一邊卻很得意的在綽拉聲中微笑著說：

「嗳嗳，這也是詩人的特徵的一種。老馬，你讀過法國的文學家郎不嚕蘇的《天才和吃飯》沒有？據法國郎不嚕蘇先生說，吃飯吃得響不響，就是有沒有天才的區別。」

詩人因爲只顧吃菜，並沒有看到馬得烈說話時候的同豬臉一樣的表情，所以以爲老馬又在房東太太面前在替他吹捧了，故而很得意的說出了這一個證明來。其實郎不嚕蘇先生的那部書，他非但沒有看見過，就是聽見人家說的時候，也聽得不很清楚。馬得烈看出了詩人的這一層誤解，就又在喉頭葛羅葛羅的響了一陣，發放第二句話說：

「喂！嗳嗳……大人，郎不嚕蘇，怕不是法國人罷！」

詩人聽了這一句話，更是得意了，他以爲老馬在暗地裏造出機會來使他可以在房東太太面前表示他的博學，所以就停了一停嘴裏的綽拉綽拉，笑開了那張鮎魚大口，舉起了那雙在空的眼鏡圈裏光著的眼睛對房東太太看著說：

「老馬，怎麼你又忘了，郎不嚕蘇怎麼會不是法國人呢？他非但是法國人，他並且還是福祿對兒的結拜兄弟哩！」

馬得烈眼看得那碗紅燒羊肉就快完了，喉頭的葛羅葛羅和嘴裏的警告，對詩人都不能發生效力，所以只好三口兩碗的吃完了幾碗白飯，一個人跑上樓上亭子間去發氣去了。

詩人慢慢的吃完了那碗羊肉，把他今天在黃包車上所做的那首《日暮歸來》的革命詩念給了房東太太聽後，就舒舒泰泰的摸上了樓，去打亭子間的門去。

他篤洛篤洛篤的打了半天，房門老是不開，詩人又只好在黑暗裏彎下腰去，輕輕的舉起嘴來，很幽很幽的向鑰匙眼裏送話進去說：

「老馬！老馬！你睡了麼？請你把今天用剩的那張鈔票給我！」

詩人彎著腰，默默的等了半天，房裏頭總沒有回音出來。他又性急起來了，就又在房門上輕輕的篤洛了一下。這時候大約馬得烈也忍耐不住了罷，詩人聽見房裏頭息索息索的響了一陣。詩人正在把嘴拿往鑰匙眼邊，想送幾句話進去的中間，黑暗中卻不提防鑰匙眼裏鑽出了一條細長的紙捻兒出來。這細長的紙捻兒越伸越長，它的尖尖的頭兒卻巧突入了詩人的鼻孔。紙捻兒團團深入的在詩人鼻孔裏轉了兩三個圈，詩人就接連著哈啾哈啾的打了兩三個噴嚏，詩人站立起身，從鼻孔裏抽出了那張紙捻，打開來在暗中一摸，卻是那張長方小小的中南紙幣。他在暗中又笑開了口，急忙把紙幣收起，拿出手帕來向嘴上的鼻涕擦了一擦乾淨，便亭銅亭銅的走下扶梯來，打算到街頭去配今天打破的那副洛克式的平光眼鏡去。

但是俗物的眼鏡鋪，似乎都在欺侮詩人。他向三江里附近的街上去問了好幾家，結果一塊大洋終於配不成兩塊平光的鏡片。詩人一個人就私下發了氣，感情於是又緊張起來了。可是感情一動，接著煙世披利純也就來到了心頭，詩人便又拿著了新的妙想。「去印名片去！」他想，「一塊錢配不成眼鏡，我想幾百名片總可以印的。」因爲詩人今天在洋車上發見了「革命詩人」的稱號，他覺得「末世詩人」這塊招牌未免太舊了，大有更一更新的必要，況且機會湊巧，也可以以革命詩人的資格去做它幾天詩官。所以靈機一動，他就決定把角上有「末世詩人」幾個小字印著的名片作廢，馬上去印新的有「革命詩人」的稱號的名片去。

在燈光燦爛的北四川路上走了一段。找著了一家專印名片的小鋪子，詩人踏進去後，便很有詩意的把名片樣子寫給了鋪子裏的人看。付了定錢，說好了四日後來取的日期，詩人就很滿足的走了出來。背了雙手，踏著燈影，又走了一陣，他正想在街上來往的人叢中找出一個可以獻詩給她的理想的女性來的時候，忽而有一家關上排門的店鋪子的一張白紙廣告，射到他的眼睛裏來了。這一張廣告上面，有幾個方正的大字寫著說：「家有喪事，暫停營業一星期。本店主人白」。詩人停住了腳，從頭至尾的念了兩遍，歪頭想了一想，就急忙跑回轉身，很快很急的跑回到了那家他印名片的店中。

喘著氣踏進了那家小鋪子的門，他抓住了一個夥計，就倉皇急促的問他說：

「你們的店主人呢？店主人呢？」

夥計倒駭了一跳，就進到裏間去請他們的老闆出來。詩人一見到笑迷迷地迎出來的中年老闆，馬上就急得什麼似的問他說：

「你們，你們店裏在這四天之內，會不會死人的？」

老闆倒被他問得奇怪起來了，就對他呆了半晌，才皺著眉頭回問說：

「先生，你這話是什麼意思？」

詩人長嘆了一聲，換了一換喉頭接不過來的氣，然後才詳詳細細的把剛才看見的因喪事停業的廣告的事情說了出來，最後他又說明著說：「是不是？假如你們店裏在這四日之內，也要死人的話，那豈不耽誤了我的名片的日期了麼？」

店主人聽到這裏，才明白了詩人的意思，就忽而變了笑容回答他說：「先生，你別開玩笑啦，那裏好好的人，四天之內就都會死的呢？你放心罷，日子總耽誤不了。」

詩人聽了老闆這再三保證的話，才放下了心，又很滿足的踏出了店，走上了街頭。

這一回詩人到了街頭之後，卻專心致志的開始做尋找理想的女性的工作了。他看見一個女性在走的時候，不管她是聖母不是聖母，總馬上三腳兩步的趕上前去，和這女性去並排走著；她若走得快，他也走得快一點，她若走得慢，他也走得慢一點，總裝出一副這女性彷彿是他的愛人的樣子來給旁邊的人看。但是不幸的詩人，回回總是失望，當他正在竭力裝著這一個旁邊並走著的女性是他的愛人的樣子來給旁人看的時候，這一個女性就會於他不注意的中間忽然消失下去。結果弄得在馬路上跟來跟去來回跑走的當中，詩人心裏只積下了幾個悲哀和一條直立得很酸的頭頸，而理想的可以獻詩給她的女性，卻一個也捉抓不著。最後他又失了望，悄悄地立在十字街頭嘆氣的時候，東邊卻又來了一個十分豔麗的二十來歲的女性。這一回詩人因爲屢次的失望，本想不再趕上去和她並排走了，但是憑婦的慣性，也在詩人身上著了腳，他正在打算的中間，兩隻短腳卻不由自主的跑了過去，又和她並了排，又裝成了那一副使旁人看起來彷彿是詩人在和他的愛人散步走路的神氣。因爲失敗的經驗多了，詩人也老練了起來，所以這一次他在注意裝作那一種神氣給旁人看的時候，眼角上也時時顧及到旁邊在和他並走的女性，免得她在不知不覺的當中逃亡消失。這女性卻也奇怪，當初她的臉上雖則有一種疑懼嫌惡的表情露著，但看出了詩人的勇敢神妙的樣子以後，就也忽而變了笑容，一邊走著，一邊卻悄悄的對他說：

「先生，你是上什麼地方去的？」

詩人一聽到這一種清脆的聲音，又向她的華麗的裝飾上下看了一眼，樂得嘴也閉不攏來，話也說不出了。她看了他這一副痴不像痴傻不像傻的樣子，就索性放大了喉嚨，以拿著皮口袋的右手向前面的高樓一指說：

「我們上酒樓去坐坐談談罷！」

詩人看見了她手裏捏著的很豐滿的那隻裝錢口袋，又看見了那高樓上的點得紅紅綠綠的房間，就話也不回一句，只是笑著點頭，跟了她走進店門走上樓去。

店樓上果然有許多紳士淑女在那裏喝酒猜拳，詩人和女性一道到一張空桌上坐下之後，他就感到了一層在飲食店中常有的那種熱氣。悄悄地向旁邊一看，詩人忽看見在旁邊桌上圍坐著的四位喝得酒醉醺醺的紳士面前，各擺著了一杯泡沫漲得很高的霜淇淋曹達，中間卻擺著一盤很紅很熱很美觀的番茄在那裏。詩人正在奇怪，想當這暮春的現在，他們何以會熱得這樣，要取這些夏天才吃的東西，那女性卻很自在的在和夥計商定酒菜了。

詩人喝了幾杯三鞭壯陽酒，吃了幾碗很鮮很貴的菜後，頭上身上就漲熱了起來，他的話也接二連三的多起來了。他告訴她說，他姓何，是一位革命詩人，他已經做了怎麼怎麼的幾部詩集了，並且不久就要上外國去做詩人專修大學的校長去。他又說，今天真巧，他會和她相遇，他明天又可以做一部《伊利亞拉》來獻給她，問她願意不願意。那女性奉贈了他許多讚語，並且一定要他即席做一首詩出來做做今晚的紀念，這時候詩人真快樂極了。

她把話停了一停，隨後就又問詩人說：「何詩人，你今晚上可以和我上大華去看跳舞麼？你若可以為我拋去一兩個鐘頭的話，那我馬上就去叫汽車去。」

詩人當然是點頭答應的，並且樂得他那張闊長的嘴，一直的張開牽連到了耳根。她叫夥計過來，要他去打電話說：「喂，你到底下去打一個電話叫Dodge Garage的Manager Mr.Strange放一輛頭號的Hupmobile過來。」

那夥計聽了這許多外國字，念了好幾遍，終於念不出來，末了就只好搖搖頭說：

「太太自家去打罷，電話在樓下賬房的邊上。」

她對夥計笑罵了一聲蠢才，就只好自己拿了皮口袋立起身來走下樓去。

詩人今晚上有了這樣的奇遇，早已經是樂得不可言說的了，又加上了幾杯三鞭壯陽酒的薰蒸，更覺得詩興勃發，不能抑遏下去。乘那位女性下樓去打電話的當中，他就光著眼睛，靠著桌子，哼哼的念出了一首即席的詩來：

「嗳嗳，坐一隻黑潑麻皮兒，
做一首《伊利亞拉》詩，
喝一杯三鞭壯陽酒，
嗳嗳，我是神仙呂祖的乾兒子。」

他哼著念著，念了半天，那理想的女性終於不走上來，只有前回的那個夥計卻拿了一張賬單來問他算賬了。

詩人翻白了眼睛，嗳喝嗳喝的咳嗽了幾聲，停了一會，把前面呆呆站著的夥計一推，就跳過了一張當路擺著的凳子，想乘勢逃下樓去。但逃不上幾步，就被夥計拉住了後衣，叫嚷了起來。四面的客人都擠攏來了，夥計和詩人就打作了一堆，在人叢裏亂滾亂跳。這時候先前在詩人桌旁吃霜淇淋曹達的四位醉客，也站起來了。見了詩人的這一種行爲，都抱了不平，他們就拿杯子的拿杯子，拿番茄的拿番茄，一個個都看準了詩人的頭面，拍拍的將霜淇淋和番茄打了過去。於是冰淇淋的黃水，曹達水的泡沫，和番茄的紅汁，倒滿了詩人的頭面。詩人的顏面上頭髮上，淋成了一堆一堆的五顏六色的汁水，看過去像變了一張鬼臉。他眼睛已被黏得緊緊睜不開來了。當他東跌西碰，在人叢中摸來摸去的當中，這邊你也一腳，那邊我也一腿的大家在向他的屁股上踢，結果弄得詩人只閉著眼睛，一邊跳來跳去的在逃避，一邊只在啊唷啊唷的連聲亂叫。

一九二八年三月五日

注釋

①《二詩人》最初在一九二七年十二月《小說月報》第十八卷第十二號發表時，只有《二詩人》、《滴篤聲中》兩部分，後有作者「附記」：

作品中人物，並無所指。作者因近來讀了英國John Galsworthy的諷刺小說《The Bunning Spear》（約翰·高爾斯華綏的《燃燒的槍》——編者注），所以想學他的筆法。我以為像中國這樣平靜沉鬱的文壇上，有這樣的一二篇短篇，也未始不可以換換讀者的口味。所以以後若有工夫，想再多做 幾篇這樣的小說，集成一本來出版。

《在街頭》發表於一九二八年四月《北新》半月刊第二卷第十期。一九三〇年出版《達夫全集》時，與前兩部分合併，收入第六卷的《薇蕨集》，總題為《二詩人》。

逃走①

圓通庵在東山的半腰。前後左右參差掩映著的竹林老樹，岩石蒼苔等，都像中國古畫裏的花青赭石，點綴得雖很凌亂，但也很美麗。

山腳下是一條曲折的石砌小道，向西是城河，雖則已經枯了，但秋天的實實在在的一點蘆花淺水，卻比什麼都來得有味兒。城河上架著一根石橋，經過此橋，一直往西，可以直達到熱鬧的F市的中心。

半山的落葉，傳達了秋的消息，幾日間的涼意，把這小小的F市也從暑熱的昏亂裏喚醒了轉來，又是市民舉行盂蘭盆會的時節了。

這一年圓通庵裏的盂蘭盆會，特別的盛大，因爲正和新塑的一尊韋馱佛像開光併合在一道。庵前牆上貼在那裏的那張黃榜上寫著有三天三夜的韋馱經懺和一堂大施餓鬼的平安焰口。

新秋七月初旬的那天晴朗的早晨，交錯在F市外的幾條桑麻野道之上，便有不少的善男信女，提著香籃，套著黃袋，在赴圓通庵去參與勝會，其中尤以年近六十左右的老婦人爲最多。

在這一群虔誠的信者中間，夾著在走的，有一位體貌清癯，頭髮全白，穿著一件青竹布衫藍夏布裙，手裏支著一枝龍頭木杖的老婦人。在她的面前，有一位十二三歲的清秀的孩子，穿了一件竹布長衫，提著香籃，在作她的先導。她似乎是本地的縉紳人家的所出，一路上來往的行人，見了她和她招呼問答的很多很多。她立住了腳在和人酬應的中間，前面的那小孩子，每要一個人遠跑開去，這時候她總放高了柔和可愛的喉音叫著：

「澄兒啊！走得那麼快幹什麼？」

於是被叫作澄兒者，總紅著臉，馬上就立下來靜站在道旁等她慢慢的到來。

太陽已經很高了，野路上搖映著桑樹枝的碎影。淨碧的長空裏，時時飛過一塊白雲，野景就立刻會變一變光線，高地和水田中間的許多綠色的生物，就會明一層暗一層的移動一回。樹枝上的秋蟬也會一時噤住不響，等一忽再一齊放出聲來。

這一次澄兒又被叫了，他就又靜站在道旁的野草中間等她。可是等她慢慢的走到了他面前的時候，他卻臉上露著了一臉不耐煩的神氣，光著了他黑晶晶的兩隻大眼對她說：

「奶奶！你走得快一點吧，少和人家說幾句話，我的兩隻手提香籃已經提得怪酸痛了。」

說著他就把左手提著的香籃換入了右手。他的奶奶——祖母——聽了他這怨聲，心裏也似乎感到了痛惜他的意思，所以就作了滿臉慈和的笑容安撫他說：

「乖寶，今天可難爲你了。」

走到將近石橋旁邊的三叉路口的時候，澄兒偶然舉起頭來，在南面的那條沿山的小道上，遠遠卻看見了一位額上披著黑髮，皮膚潔白，衣服很整潔的小姑娘也在向著到圓通庵去的大道上走。

在這小姑娘前面走著的，他一眼看了就曉得她是家裏的使喚丫頭，後面慢慢跟著的，當然是她的母親。澄兒的心跳躍起來了，臉上也立時漲滿了血潮。他伏倒了頭，加緊了腳步，拚命的往石橋上趕，意思是想跑上她們的先，追過她們的頭，不被她們看見這一種窘狀。趕走了十幾步路，果然後面他的祖母又叫起他來了；這一回他卻不再和從前一樣的柔順，不再靜站在道旁等她了，因爲他心裏明明知道，祖母又在和陶家的寡婦談天了，而這寡婦的女兒小蓮英哩，卻是使他感到窘迫的正因。

他急急的走著，一面在他昏亂的腦裏，卻在溫尋他和蓮英見面的前後幾回的情景。第一次的看到蓮英，他很明細地記著的，是在兩年前的一天春天的午後。他剛從小學校放學出來，偶爾和幾位同學，跑上了輪船碼頭，想打那裏經過之後，就上東山前的雷祖殿去閒耍的，可是汽笛叫了兩聲，晚輪船正巧到了碼頭了，幾位朋友就和他一齊上輪船公司的碼頭岸上去看了一回熱鬧。在這熱鬧的旅客叢中，他突然看見了這一位年紀和他相仿，頭上梳著兩隻丫髻，皮膚細白得同水磨粉一樣的蓮英。他看得瘋魔了，同學們在邊上催他走，他也沒有聽到。一直到旅客走盡，蓮英不知走向了什麼地方去的時候，他的同學中間的一個，拉著他的手取笑他說：

「喂！樹澄！你是不是看中了那個小姑娘了？要不要告訴你一個仔細？她是住在我們間壁的陶寡婦的女兒小蓮英，新從上海她叔父那裏回來的。你想她麼？你想她，我就替你做媒。」

聽到了這一位淘氣同學的嘲笑，他才同醒了夢似的回復了常態，漲紅了臉，和那位同學打了起來。結果弄得雷祖殿也沒有去成，他一個人就和他們分了手跑回到家裏來了。

自從這一回之後，他的想見蓮英的心思，一天濃似一天，可是實際上的他的行動，卻總和這一個心思相反。蓮英的住宅的近旁，他絕跡不敢去走，就是平時常常進出的那位淘氣同學的家裏，他也不敢去了。有時候到了忍無可忍的時候，他就在昏黑的夜裏，偷偷摸摸的從家裏出來，心裏頭一個人想了許多口實，路線繞之又繞，捏了幾把冷汗，鼓著勇氣，費許多顧慮，才敢從她的門口走過一次。這時候他的偷視的眼裏所看到的，只是一道灰白的圍牆，和幾口關閉上的門窗而已。可是關於她的消息，和她家裏的動靜行止，他卻自然而然不知從哪裡得來地聽得十分的詳細。他曉得她家裏除她母親而外，只有一個老傭婦和一個使喚的丫頭。他曉得她常要到上海的她叔父那裏去住的。他曉得她在F市住著的時候，和她常在一道玩的，是哪幾個女孩。他更曉得一位他的日日見面，再熟也沒有的珍珠，是她的最要好的朋友。而實際上有許多事情，他卻也是在裝作無意的中間，從這位珍珠那裏聽取了來的。不消說對珍珠啓口動問的勇氣，他是沒有的，就是平時由珍珠自動地說到蓮英的事情的時候，他總要裝出一臉毫無興趣絕不相干的神氣來；而在心裏呢，他卻只在希望珍珠能多說一點陶家家裏的家庭瑣事。

第二次的和她見面，是在這一年的九月，當城隍廟在演戲的晚上。他也和今天一樣，在陪了他的祖母看戲。他們的座位恰巧在她們的前面，這一晚弄得他眼昏耳熱，和坐在針氈上一樣，頭也不敢朝一朝轉來，話也不敢說一句。昏昏的過了半夜，等她們回去了之後，他又同失了什麼珍寶似的心裏只想哭出來。當然看的是什麼幾齣戲，和那一晚是什麼時候回來的那些事情，他是茫然想不起來了。

第三次的相見，是去年的正月裏，當元宵節的那一天早晨，他偶一不慎，竟跟了許多小孩，和一群龍燈樂隊，經過了她的門口。他雖則在熱鬧亂雜之中瞥見了她一眼，但當他正行經過她面前的時候，卻把雙眼朝向了別處，裝作了全沒有看見她的樣子。

「今天是第四次了！」他一邊急急的走著，一邊就在昏亂的腦裏想這些過去的情節。想到了今天的逃不過的這一回公然的相見，他心裏又起了一種難以名狀的苦悶。

「逃走吧！」他想，「好在圓通庵裏今天人多得很，我就從後門逃出，逃上東山頂上去吧！」想定了這一個逃走的計策之後，他的腳步愈加走得快了。

趕過了幾個同方向走去的香客，跑上山路，將近庵門的台階的時候，門前站著的接客老道，早就看見了他了。

「澄官！奶奶呢？你跑得那麼快趕什麼？」

聽到了這認識的老道的語聲，他就同得了救的遇難者一樣，臉上也自然而然的露了一臉笑容。搶上了幾步，將香籃交給了老道，他就喘著氣，匆促地回答說：

「奶奶後面就到了，香籃交給你，我要上山去玩去。」

這幾句話還沒有說完，他就擠進了庵門，穿過了大殿，從後面一扇朝山開著的小門裏走出了庵院，打算爬上山去，躲避去了。

F市是錢塘江岸的一個小縣城，市上倒也有三四千戶人家。因爲江流直下，到此折而東行，所以在往昔帆船來往的時候，F市卻是一個停船暫息的好地方。可是現在輪船開行之後，F市的商業卻凋敝得多了。和從前一樣地清麗可愛的只是環繞在F市周圍的舊日的高山流水。實在這F市附近的天然風景，真有秀逸清高的妙趣，決不是離此不遠的濃艷的西湖所能比得上萬分之一的。一條清澄澈底的江水，直瀉下來，到F市而轉換行程，彷彿是南面來朝的千軍萬馬。沿江的兩岸，是接連不斷的青山，和遍長著楊柳桃花的沙渚。大江到岸，曲折向東，因而江心開暢，比揚子江的下流還要遼闊。隔岸的煙樹雲山，望過去縹緲虛無，只是青青的一片。而這前面臨江的F市哩，北東西三面，又有蜿蜒似長蛇的許多山嶺圍繞在那裏。東山當市之東，直沖在江水之中，由隔岸望來，絕似在臥飲江水的蛟龍的頭部。滿山的岩石，和幾叢古樹裏的寺觀僧房，又絕似蛟龍頭上的鬚眉角鼻，各有奇姿，各具妙色。東山迤邐北延，愈進愈高，連接著插入雲峰的舒姑山嶺，兀立在F市的北面，卻作了擋住北方烈悍之風的屏障。舒姑山繞而西行，像一具長弓，弓的西極，回過來遙遙與大江西岸的諸峰相接。

像這樣的一個名勝的F市外，寺觀庵院的毗連興起原是當然的事情。而在這些南朝四百八十的古寺中間，樓台建築得比較完美的，要算東山頭上高臨著江渚的雷祖師殿，和殿後的恒濟仙壇，與在東山四面，靠近北郊的這一個圓通庵院。

樹澄逃出了庵門，從一條斜側的小道，慢慢爬上山去。爬到了山的半峰，他聽見腳下庵裏亭銅亭銅的鐘磬聲響了。漸爬漸高，爬到山脊的一塊岩石上立住的時候，太陽光已在幾棵老樹的枝頭，同金粉似的灑了下來。這時候他胸中的跳躍，已經平穩下去了。額上的珠汗，用長衫袖子來擦了一擦，他回頭來向西望了許多時候。腳下圓通庵裏的鐘磬之聲，愈來愈響了，看將下去，在庵院的瓦上，更有幾縷香煙，在空中飛揚繚繞，雖然是很細，但卻也很濃。更向西直望，是一塊有草樹長著的空地，再西便是F市的萬千煙戶了。太陽光平曬在這些草地屋瓦和如髮的大道之上，野路上還有絡繹不絕的許多行人，如小動物似的拖了影子在向圓通庵裏走來。更仰起頭來從樹枝裏看了一忽茫蒼無底的青空，不知怎麼的一種莫名其妙的淡淡的哀思，忽然湧上了他的心頭。他想哭，但覺得這哀思又沒有這樣的劇烈，他想笑，但又覺得今天的遭遇，並不是快樂的事情。一個人呆呆的在大樹下的岩石上立了半天，在這一種似哀非哀，似樂非樂的情懷裏惝怳了半天，忽兒聽見山下半峰中他所剛才走過的小徑上又有人語響了。他才從醒了夢似的急急跑進了山頂一座古廟的壁後去躲藏。

這裏本來是崎嶇的山路，並且又徑仄難行，所以除樵夫牧子而外，到這山頂上來的人原是很少。又因爲幾月來夏雨的澆灌，道旁的柴木，也已經長得很高了。他聽見了山下小徑上的人語，原看不出是怎樣的人，也在和他一樣的爬山望遠的；可是進到了古廟壁後去躲了半天；也並沒有聽出什麼動靜來。他正在笑自己的心虛，疑耳朵的聽覺的時候，卻忽然在他所躲藏的壁外窗下，有一種極清晰的女人聲氣在說話了：

「阿香！這裏多麼高啊，你瞧，連那奎星閣的屋頂，都在腳下了。」

聽到了這聲音，他全身的血液馬上就凝住了，臉上也馬上變成了青色。他屏住氣息，更把身子放低了一段，可以不使窗外的人看見聽見，但耳朵裏他卻只聽見自己的心臟鼓動得特別的響。咬緊牙齒把這同死也似的苦悶忍抑了一下，他聽見阿香的腳步，走往南去了，心裏倒寬了寬。又靜默捱忍了幾分鐘如年的時刻，他覺得她們已經走遠了，才把身體挺直了起來，從瓦楞窗的最低一格裏，向外望了出去。

他的預算大錯了，離窗外不遠，在一棵松樹的根頭，蓮英的那個同希臘石刻似的側面，還靜靜地呆住在那裏。她身體的全部，他看不到，從他那窗眼裏望去，他只看見了一頭黑雲似的短髮和一隻又大又黑的眼睛。眼睛邊上，又是一條雪白雪白高而且狹的鼻樑。她似乎是在看西面市內的人家，眼光是迷離浮散在遠處的，嘴唇的一角，也包得非常之緊，這明明是帶憂愁的天使的面容。

他凝視著她的這一個側面，不曉有多少時候，身體也忘了再低伏下去了，氣息也吐不出來了，苦悶，驚異，怕懼，懊惱，凡一切的感情，都似乎離開了他的軀體，一切的知覺，也似乎失掉了。他只同在夢裏似的聽到了一聲阿香在遠處叫他的聲音，他又只覺得在他那窗眼的世界裏，那個側面忽兒消失了。不知她去遠了多少時候，他的睜開的兩隻大眼，還是呆呆的睜著在那裏，在看山頂上的空處。直到一陣山下庵裏的單敲皮鼓的聲音，隱隱傳到了他的耳朵裏的時候，他的神思才恢復了轉來。他撇下了他的祖母，撇下了他祖母的香籃，撇下了中午圓通庵裏饗客的豐盛的素齋果實，一出那古廟的門，就同患熱病的人似的一直一直的往後山一條小道上飛跑走了，頭也不敢回一回，腳也不敢息一息地飛跑走了。

一九二八年九月作

注釋

①本篇最初發表於一九二八年九月《大眾文藝》第一卷第一期，題為《盂蘭盆會》。一九三〇年出版《達夫全集》時，收入第六卷中的《薇蕨集》，改為《逃走》。

楊梅燒酒①

病了半年，足跡不曾出病房一步，新近起床，自然想上什麼地方去走走。照新的說法，是去轉換轉換空氣；照舊的說來，也好去祓除祓除邪孽的不祥；總之久蟄思動，大約也是人之常情，更何況這氣候，這一個火熱的土王用事的氣候，實在在逼人不得不向海天空闊的地方去躲避一回。所以我首先想到的，是日本的溫泉地帶，北戴河，威海衛，青島，牯嶺等避暑的處所。但是衣衫襤褸，饘粥不全的近半年來的經濟狀況，又不許我有這一種模仿普羅大家的闊綽的行爲。尋思的結果，終覺得還是到杭州去好些；究竟是到杭州去的路費來得省一點，此外我並且還有一位舊友在那裏住著，此去也好去看他一看，在燈昏酒滿的街頭，也可以去和他敘一敘七八年不見的舊離情。

像這樣決心以後的第二天午後，我已經在湖上的一家小飯館裏和這位多年不見的老朋友在吃應時的楊梅燒酒了。

屋外頭是同在赤道直下的地點似的伏里的陽光，湖面上滿泛著微溫的泥水和從這些泥水裏蒸發出來的略帶腥臭的汽層兒。大道上車夫也很少，來往的行人更是不多。飯館的灰塵積得很厚的許多桌子中間，也只坐有我們這兩位點菜要先問一問價錢的顧客。

他——我這一位舊友——和我已經有七八年不見了。說起來實在話也很長，總之，他是我在東京大學裏念書時候的一位預科的級友。畢業之後，兩人東奔西走，各不往來，各不曉得各的住址，已經隔絕了七八年了。直到最近，似乎有一位不良少年，在假了我的名氏向各處募款，說：「某某病倒在上海了，現在被收留在上海的一個慈善團體的××病院裏。四海的仁人君子，諸大善士，無論和某某相識或不相識的，都希望惠賜若干，以救某某的死生的危急。」我這一位舊友，不知從什麼地方，也聽到了這一個消息，在一個月前，居然也從他的血汗的收入裏割出了兩塊錢來，慎重其事地匯寄到了上海的××病院、在這××病院內，我本來是有一位醫士認識的，所以兩禮拜前，他的那兩元義捐和一封很簡略的信終於由那一位醫士轉到了我的手裏。接到了他這封信，並且另外更發見了有幾處有我署名的未完稿件發表的事情之後，向遠近四處去一打聽，我才原原本本的曉得了那一位不良少年所作的在前面已經說過的把戲。而這一曲實在也是滑稽得很的小悲劇，現在卻終於成了我們兩個舊友的再見的基因。

他穿的是肩頭上有補綴的一件夏布長衫，進飯館之後，這件長衫卻被兩個紐扣吊起，掛上壁上去了。所以他和我都只剩了一件汗衫，一條短褲的野蠻形狀。當然他的那件汗衫比我的來得黑，而且背脊裏已經有兩個小孔了，而我的一件哩，卻正是在上海動身以前剛花了五毫銀幣新買的國貨。

他的相貌，非但同七八年前沒有絲毫的改變，就是同在東京初進大學預科的那一年，也還是一個樣兒。嘴底下的一簇繞腮鬍，還是同十幾年前一樣，似乎是剛剃過了三兩天的樣子，長得正有一二分厚，遠看過去，他的下巴像一個倒掛在那裏的黑漆小木魚。說也奇怪，我和他同學了四五年，及回國之後又不見了七八年的中間，他的這一簇繞腮鬍，總從沒有過長得較短一點或較長一點的時節。彷彿是他娘生他下地來的時候，這翳鬚就那麼地生在那裏，以後直到他死的時候，也不會發生變化似的。他的兩隻似乎是哭了一陣之後的腫眼，也仍舊是同學生時代一樣，只是朦朧地在看著鼻尖，淡含著一味莫名其妙的笑影。額角仍舊是那麼寬，顴骨仍舊是高得很，顴骨下的臉頰部仍舊是深深地陷入，窩裏總有一個小酒杯好擺的樣子。他的年紀，也仍舊是同學生時代一樣，看起來，從二十五歲到五十二歲止的中間，無論哪一個年齡都可以看的。

當我從火車站下來，上離車站不遠的一個暑期英算補習學校——這學校也真是倒楣，簡直是像上海的專吃二房東飯的人家的兩間閣樓——裏去看他的時候，他正在那裏上課。一間黑漆漆的矮屋裏，坐著八九個十四五歲的呆笨的小孩，眼睛呆呆的在注視著黑板。他老先生背轉了身，伸長了時時在起痙攣的手，盡在黑板上寫數學的公式和演題，屋子裏聲息全無，只充滿著滴滴答答的他的粉筆的響聲。因此他那一個圓背和那件有一大塊被汗濕透的夏布長衫，就很惹起了我的注意。我在樓下向他們房東問他的名字的時候，他在樓上一定是聽見的，同時在這樣靜寂的授課中間，我的一步一步走上樓去的腳步聲，他總也不會不聽到的，當我上樓之後，他的學生全部向我注視的一層眼光，就可以證明，但是向來神經就似乎有點麻木的他，竟動也不動一動，仍在繼續著寫他的公式，所以我只好靜靜的在後一排學生的一個空位裏坐落。

他把公式演題在黑板上寫滿了，又從頭至尾的看了一遍，看有沒有寫錯，又朝黑板空咳了兩三聲，又把粉筆放下，將身上的粉末打了一打乾淨，才慢慢的轉身來。這時候他的額上嘴上，已經盛滿了一顆顆的大汗，他的紅腫的兩眼，大約總也已滿被汗水封沒了吧，他竟沒有看到我而若無其事的又講了一陣，才宣告算學課畢，教學生們走向另一間矮屋裏去聽講英文。樓上起了動搖，學生們爭先恐後的奔往隔壁的那間矮屋裏去了，我才徐徐的立起身來，走近了他，把手伸出向他的黏濕的肩頭上拍了一拍。

「噢，你是幾時來的？」

終於他也表示出了一種驚異的表情，舉起了他那兩隻朦朧的老在注視鼻尖的眼睛。左手捏住了我的手，右手他就在袋裏摸出了一塊黑而且濕的手帕來揩他頭上的汗。

「因爲教書教得太起勁了，所以你的上來，我竟沒有聽到。這天氣可真了不得。你的病好了麼？」

他接連著說出了許多前後不接的問我的話，這是他的興奮狀態的表示，也還是學生時代的那一種樣子。我略答了他一下，就問他以後有沒有課了。他說：

「今天因爲甲班的學生，已經畢業了，所以只剩了這一班乙班，我的數學教完，今天是沒有課了。下一個鐘頭的英文，是由校長自己教的。」

「那麼我們上湖濱去走走，你說可以不可以？」

「可以，可以，馬上就去。」

於是乎我們就到了湖濱，就上了這一家大約是第四五流的小小的飯館。

在飯館裏坐下，點好了幾盤價廉可口的小菜，楊梅燒酒也喝了幾口之後，我們才開始細細的談起別後的天來。

「你近來的生活怎麼樣？」開始頭一句，他就問起了我的職業。

「職業雖則沒有，窮雖則也窮到可觀的地步，但是吃飯穿衣的幾件事情，總也勉強的在這裏支持過去。你呢？」

「我麼？像你所看見的一樣，倒也還好。這暑期學校裏教一個月書，倒也有十六塊大洋的進款。」

「那麼暑期學校完了就怎麼辦哩？」

「也就在那裏的完全小學校裏教書，好在先生只有我和校長兩個，十六塊錢一月是不會沒有的。聽說你在做書，進款大約總還好吧？」

「好是不會好的，但十六塊或六十塊裏外的錢是每月弄得到的。」

「說你是病倒在上海的養老院裏的這一件事情，雖然是人家的假冒，但是這假冒者何以偏又要來使用像你我這樣的人的名義哩？」

「這大約是因為這位假冒者受了一點教育的毒害的緣故。大約因為他也是和你我一樣的有了一點知識而沒有正當的地方去用。」

「嗳，嗳，說起來知識的正當的用處，我到現在也正在這裏想。我的應用化學的知識，回國以後雖則還沒有用到過一天，但是，但是，我想這一次總可以成功的。」

談到了這裏，他的顏面轉換了方向，不再向我看了，而轉眼看向了外邊的太陽光裏。

「嗳，這一回我想總可以成功的。」

他簡直是忘記了我，似乎在一個人獨語的樣子。

「初步機械二千元，工廠建築一千五百元，一千元買石英等材料和石炭，一千元人夫廣告，嗳，廣告卻不可以不登，總計五千五百元。五千五百元的資本。以後就可以燒製出品，算它只出一百塊的製品一天，那麼一三得三，一個月三千塊，一年麼三萬六千塊，打一個八折，三八兩萬四，三六一千八，總也還有兩萬五千八百塊。以六千塊還資本，以六千塊做擴張費，把一萬塊錢來造它一所住宅，嗳，住宅，當然公司裏的人是都可以來住的。那麼，那麼，只教一年，一年之後，就可以了。……」

我只聽他計算得起勁，但簡直不曉得他在那裏計算些什麼，所以又輕輕地問他：

「你在計算的是什麼？是明朝的演題麼？」

「不，不，我說的是玻璃工廠，一年之後，本利償清，又可以拿出一萬塊錢來造一所共同的住宅，呀，你說多麼占利啊！嗳，這一所住宅，造好之後，你還可以來住哩，來往著寫書，並且順便也可以替我們做點廣告之類，好不好？乾杯，乾杯，乾了它這一杯燒酒。」

莫名其妙，他把酒杯擎起來了，我也只得和他一道，把一杯楊梅已經吃了剩下來的燒酒乾了。

他乾下了那半杯燒酒，緊閉著嘴，又把眼睛閉上，陶然地靜止了一分鐘。隨後又張開了那雙紅腫的眼睛。大聲叫著茶房說：

「堂倌，再來兩杯！」

兩杯新的楊梅燒酒來後，他緊閉著眼，背靠著後面的板壁，一隻手拿著手帕，一次一次的揩拭面部的汗珠，一隻手盡是一個一個的拿著楊梅在往嘴裏送。嚼著靠著，眼睛閉著，他一面還盡在哼哼的說著：

「噯，噯，造一間住宅，在湖濱造一間新式的住宅。玻璃，玻璃麼，用本廠的玻璃，要斯斷格拉斯。一萬塊錢，一萬塊大洋。」

這樣的哼了一陣，吃楊梅吃了一陣了，他又忽而把酒杯舉起，睜開眼叫我說：

「喂，老同學，朋友，再乾一杯！」

我沒有法子，所以只好又舉起杯來和他乾了一半，但看看他的那杯高玻璃杯的楊梅燒酒，卻是楊梅與酒都已吃完了。喝完酒後，一面又閉上眼睛，向後面的板壁靠著，一面他又高叫著堂倌說：

「堂倌！再來兩杯！」

堂倌果然又拿了兩杯盛得滿滿的楊梅與酒來，擺在我們的面前。他又同從前一樣的閉上眼睛，靠著板壁，在一個楊梅，一個楊梅的往嘴裏送。我這時候也有點喝得醺醺地醉了，所以什麼也不去管它，只是沉默著在桌上將兩手叉住了頭打瞌睡，但是在還沒有完全睡熟的耳旁，只聽見同蜜蜂叫似的他在哼著說：

「啊，真痛快，痛快，一萬塊錢！一所湖濱的住宅！一個老同學，一位朋友，從遠地方來，喝酒，喝酒，喝酒！」

我因爲被他這樣的在那裏叫著，所以終於睡不舒服。但是這伏天的兩杯楊梅燒酒，和半日的火車旅行，已經弄得我倦極了，所以很想馬上去就近尋一個旅館來睡一下。這時候正好他又睜開眼來叫我乾第三杯燒酒了，我也順便清醒了一下，睜大了雙眼，和他真真地乾了一杯。等這一杯似甘非甘的燒酒落肚，我卻也有點支持不住了，所以就教堂倌過來算帳。他看見了堂倌過來，我在付帳了，就同發了瘋似的突然站起，一隻手叉住了我那隻捏著紙幣的右手，一隻左手盡在褲腰左近的皮袋裏亂摸；等堂倌將我的紙幣拿去，把找頭的銅元角子拿來擺在桌上的時候，他臉上一青，紅腫的眼睛一吊，順手就把桌上的銅元抓起，鏘丁丁的擲上了我的面部。撲搭地一響，我的右眼上面的太陽穴裏就涼陰陰地起了一種刺激的感覺，接著就有點痛起來了。這時候我也被酒精激刺著發了作，呆視住他，大聲地喝了一聲：

「喂，你發了瘋了麼，你在幹什麼？」

他那一張本來是畸形的面上，弄得滿面青青，漲溢著一層殺氣。

「操你的，我要打倒你們這些資本家，打倒你們這些不勞而食的畜生，來，我們來比比腕力看。要你來付錢，你算在賣富麼？」

他眉毛一豎，牙齒咬得緊緊，捏起兩個拳頭，狠命的就撲上了我的身邊。我也覺得氣極了，不管三七二十一就和他扭打了起來。

白丹，丁當，撲落撲落的桌椅杯盤都倒翻在地上了，我和他兩個就也滾跌到了店門的外頭。兩個人打到了如何的地步，我簡直不曉得了，只聽見四面嘩嘩嘩嘩的趕聚了許多閒人車夫巡警攏來。

等我睡醒了一覺，渴想著水喝，支著鱗傷遍體的身體在第二分署的木柵欄裏醒轉來的時候，短短的夏夜，已經是天將放亮的午夜三四點鐘的時刻了。

我睜開了兩眼，向四面看了一周，又向柵欄外剛走過去的一位值夜的巡警問了一個明白，才朦朧地記起了白天的情節。我又問我的那位朋友呢，巡警說，他早已酒醒，兩點鐘之前回到城站的學校裏去了。我就求他去向巡長回稟一聲，馬上放我回去。他去了一刻之後，就把我的長衫草帽並錢包拿還了我。我一面把衣服穿上，出去解了一個小解，一面就請他去倒一碗水來給我止渴。等我將五元紙幣私下塞在他的手裏，帶上草帽，由第二分署的大門口走出來的時候，天已經完全亮了。被曉風一吹，頭腦清醒了一點，我卻想起了昨天午後的事情全部，同時在心坎裏竟同觸了電似地起了一層淡淡的憂鬱的微波。

「啊啊，大約這就是人生吧！」

我一邊慢慢地向前走著，一邊不知不覺地從嘴裏卻念出了這樣的一句獨白來。

一九三〇年八月作

注釋

①本篇最初發表於一九三〇年八月一日《北新》半月刊第四卷第十三號。

她是一個弱女子①

一

她的名字叫鄭秀岳。上課之前點名的時候，一叫到這三個字，全班女同學的眼光，總要不約而同的會聚到她那張蛋圓粉膩的臉上去停留一刻，有幾個坐在她下面的同學，每會因這注視而忘記了回答一聲「到！」男教員中間的年輕的，每叫到這名字，也會不能自已地將眼睛從點名簿上偷偷舉起，向她那雙紅潤的嘴唇，黑漆的眼睛，和高整的鼻樑，試一個急速貪戀的鷹掠。雖然身上穿的，大家都是一樣的校服，但那套腰把緊緊的藍布衫兒，褶縐一類的短黑裙子，和她的這張粉臉，這雙肉手，這兩條圓而且長的白襪腿脚，似乎特別的相稱，特別的合式。

全班同學的年齡，本來就上下不差幾歲的，可是操起體操來，她所站的地位總在一排之中的第五六個人的樣子。在她右手的幾個，也有瘦而且長，比她高半個頭的；也有腫胖魁偉，像大寺院門前的金剛下世的；站在她左手以下的人，形狀更是畸畸怪怪，變態百出了，有幾個又矮又老的同學，看起來簡直是像歐洲神話裏化身出來的妖怪婆婆。

暑假後第二學期開始的時候，鄭秀岳的座位變過了。入學考試列在第七名的她，在暑假大考裏居然考到了第一。

這一年的夏天特別的熱，到了開學後的陽曆九月，殘暑還在蒸人。開校後第二個禮拜六的下午，鄭秀岳換了衣服，夾了一包書籍之類的小包站立在校門口的樹蔭下探望，似乎想在許多來往喧嚷著的同學，車子，行人的雜亂堆裏，找出她家裏來接她回去的包車來。

許多同學都嘻嘻哈哈的回去了，門前擱在那裏等候的車輛也少下去了，而她家裏的那乘新漆的鋼弓包車依舊還沒有來。頭上面猛烈的陽光在穿過了樹蔭施威，周圍前後對幾個有些認得的同學少不得又要招呼談幾句話，家裏的車子尋著等著可終於見不到蹤影。鄭秀岳當失望之後，臉上的汗珠自然地也增加了起來，紗衫的腋下竟淋淋地濕透了兩個圈兒。略把眉頭皺了一皺，她正想回身再走進校門去和門房談話的時候，從門裏頭卻忽而叫出了一聲清脆的喚聲來：

「鄭秀岳，你何以還沒有走？」

舉起頭來，向門裏的黑蔭中一望，鄭秀岳馬上就看出了一張清麗長方，瘦削可愛的和她在講堂上是同座的馮世芬的臉。

「我們家裏的車子還沒有來啦。」

「讓我送你回去，我們一道坐好啦。你們的家住在哪裡的。」

「梅花碑後頭，你們的呢？」

「那頂好得咧，我們住在太平坊巷裏頭。」

鄭秀岳躊躇遲疑了一會，可終被馮世芬的好意的勸招說服了。

本來，她倆就是在同班中最被注意的兩個。入學試驗是馮世芬考的第一，這次暑假考後，她卻落了一名，考到了第二。兩人的平均分數，相去只有一點三五的差異，所以由鄭秀岳猜來，想馮世芬心裏總未免有點不平的意氣含蓄在那裏。因此她倆在這學期之初，雖則課堂上的坐席，膳廳裏的食桌，宿舍的床位，自修室的位置都在一道。但相處十餘日間，鄭秀岳對她終不敢有十分過於親密的表示。而馮世芬哩，本來就是一個理性發達，天性良善的非交際家。對於鄭秀岳，她雖則並沒有什麼敵意懷著，可也不想急急的和她締結深交。但這一次的同車回去，卻把她兩人中間的本來也就沒有什麼的這一層隔膜穿破了。

當她們兩人正挽了手同坐上車去的中間，門房間裏，卻還有一位二年級的金剛，長得又高又大的李文卿立在那裏偷看她們。她的臉上，滿灑著一層紅黑色的雀斑。面部之大，可以比得過平常的長得很魁梧的中年男子。她做校服的時候，裁縫店總要她出加倍的錢，因爲尺寸太大，材料手工都要加得多。說起話來，她那副又洪又亮的沙喉嚨，就似乎是徐千歲在唱《二進宮》。但她家裏卻很有錢，獅子鼻上架在那裏的她那副金邊眼鏡，便是同班中有些破落小資產階級的女孩兒的豔羨的目標。初進學校的時候，她的兩手，各帶著三四個又粗又大的金戒指在那裏的。後來被舍監說了，她才咕噥著「那有什麼，不帶就不帶好啦」的洩氣話從手上除了下來。她很用功，但所看的書，都是些《二度梅》，《十美圖》之類的舊式小說。最新的也不過看鴛鴦蝴蝶式的什麼什麼姻緣。她有一件長處，就是用錢的毫無吝惜，與對同學的廣泛的結交。

她立在門房間裏，呆呆的看鄭秀岳和馮世芬坐上了車，看她們的車子在太陽光裏離開了河沿，才同男子似的自言自語地咂了一咂舌說：

「啐，這一對小東西倒好玩兒！」

她臉上同猛犬似地露出了一臉獰笑，老門房看了她這一副神氣，也覺得好笑了起來，就嘲弄似地對她說笑話說：

「李文卿，你爲啥勿同她們來往來往？」

李文卿聽了，在雀斑中間居然也漲起了一陣紅潮，就同壯漢似地呵呵哈哈的放聲大笑了幾聲，隨後拔起腳跟，便雄赳赳地大踏步走回到校裏面的宿舍中去了。

二

梅花碑西首的謝家巷裏，建立有一排朝南三開間，前後都有一方園地的新式住屋。這中間的第四家黑牆門上，釘著一塊泉唐鄭的銅牌，便是鄭秀岳的老父鄭去非的隱居之處。

鄭去非的年紀已將近五十了，自前妻生了一個兒子，不久就因產後傷風死去之後，一直獨身不娶，過了將近十年。可是出仕之後，輾轉變遷，他的差使卻不曾脫過。最初在福建做了兩任知縣，卸任回來，閒居不上半載，他的一位好友，忽在革命前兩年，就了江蘇的顯職，於是他也馬上被邀了入幕。在幕中住了一年，他又因老友的薦挽，居然得著了一個揚州知府的肥缺。本來是優柔寡斷的好好先生的他，爲幾個幕中同事所包圍，居然也破了十年來的獨身之戒，在接任之前，就娶了一位揚州的少女，爲他的掌印夫人。結婚之後，不滿十個月，鄭秀岳就生下來了。當她還不滿周歲的時候，她的異母共父，在上海學校裏念書的那位哥哥，忽在暑假考試之前染了霍亂，不到幾日竟病歿了在上海的一家病院之中。

鄭去非於痛子之餘，中年的心裏也就起了一種消極的念頭。民國成立，揚州撤任之後，他不想再去折腰媚上了，所以便帶了他的嬌妻幼女，搬回到了杭州的舊籍泉唐。本來也是科舉出身的他，墨守著祖上的宗風，從不敢稍有點違異，因之罷仕歸來，一點俸餘的積貯，也僅夠得他父女三人的平平的生活。

政潮起伏，軍閥橫行，中國在內亂外患不斷之中時間一年年的過去，鄭秀岳居然長成得秀媚可人，已經在杭州的這有名的女學校裏，考列到一級之首了。

馮世芬的車子，送她到了門口，鄭秀岳拉住了馮世芬的手，一定要她走下車來，一同進去吃點點心。鄭家的母親，見了自己的女兒和女兒的同學來家，自然是歡喜得非常，但開頭的第一句，鄭秀岳的母親，卻告訴她女兒說：

「車夫今天染了痧氣，午飯後就回了家。最初我們打電話打不通，等到打通的時候，門房說你們已經坐了馮家的包車，一道出校來了。」

馮世芬伶伶俐俐地和鄭家伯父伯母應對了一番，就被鄭秀岳邀請到了東廂房的她的臥室。兩人在臥房裏說說笑笑，吃吃點心，不知不覺，竟夢也似地過了兩三個鐘頭。直到長長的午後，日腳也已經斜西的時候，馮世芬堅約了鄭秀岳於下禮拜六，也必須到她家裏去玩一次，才匆匆地登車別去。

太平坊巷裏的馮氏，原也是杭州的世家。但是幾代下來，又經了一次辛亥的革命，馮家在任現職的顯官，已經沒有了。尤其是馮世芬的那一房裏，除了馮世芬當大，另外還有兩個弟弟之外，財產既是不多，而她的父親又當兩年前的壯歲，客死了在漢陽的任所。所以馮世芬和母親的生活的清苦，也正和鄭秀岳她們差仿不多。尤其是杭州人的那一種外強中乾，虛張門面的封建遺澤，到處在鞭撻杭州固有的舊家，而使他們做了新興資產階級的被征服者被壓迫者還不敢反抗。

馮世芬到了家裏，受了她母親的微微幾聲何以回來得這樣遲的責備之後，就告訴母親說：

「今天我到一位同學鄭秀岳家裏去耍子了兩個鐘頭，所以回來遲了一點，我覺得她們家裏，要比我們這裏響亮得多。」

「芬呀，人總是不知足的。萬事都還該安分守己才好。假使你爸爸不死的話，那我們又何必搬回到這間老屋裏來住哩？在漢陽江上那間洋房裏住住，豈不比哪一家都要響亮？萬般皆由命，還有什麼話語說哩！」

在這樣說話的中間，她的那雙淚盈盈的大眼，早就轉視到了起坐室正中懸掛在那裏的那幅遺像的高頭。馮世芬聽了她母親的這一番沉痛之言，也早把今天午後從新交遊處得來的一腔喜悅，壓抑了下去。兩人沉默了一會，她才開始說：

「娘娘，你不要誤會，我並不在羨慕人家，這一點氣骨，大約你總也曉得我的。不過你老這樣三不時地便要想起爸爸來這毛病，卻有點不大對，過去的事情還去說它作什麼！難道我們姊弟三人，就一輩子不會長大成人了麼？」

「唉，你們總要有點志氣，不墮家聲才好啊！」

這一段深沉的對話，忽被外間廳上的兩個小孩的腳步跑聲打斷了。他們還沒有走進廳旁側門之先，叫喚聲卻先傳進了屋裏。

「娘娘，今天車子作啥不來接我們？」

「娘娘，今天車子作啥不來接我們？」

跟著這喚聲跑進來的，卻是兩個看起來年紀也差仿不多，面貌也幾乎是一樣的十二三歲的頑皮孩子。他們的相貌都是清秀長方，像他們的姊姊。而鼻腰深處，張大著的那一雙大眼，一望就可以知道這三人，都便是那位深沉端麗的中年寡婦所生下來的姊弟行。

兩孩子把書包放上桌子之後，就同時跑上了他們姊姊的身邊，一個人拉著了一隻手，昂起頭笑著對她說：

「大姊姊，今天有沒有東西買來？」

「前禮拜六那麼的奶油餅乾有沒有帶來？」

被兩個什麼也不曉得的天使似的幼兒這麼一鬧，剛才籠在起坐室裏的一片愁雲，也漸漸地開散了。馮夫人帶著苦笑，伸手向袋裏摸出了幾個銅元，就半嗔半喜地罵著兩小孩說：

「你們不要鬧了，喏，拿了銅板去買點心去。」

三

秋漸漸的深了，鄭秀岳和馮世芬的交誼，也同園裏的果實坂裏的乾草一樣，追隨著時季而到了成熟的黃金時代。上課，吃飯，自修的時候，兩人當然不必說是在一道的。就是睡眠散步的時候，她們也一刻兒都捨不得分開。宿舍裏的床位，兩人本來是中間隔著一條走路，面對面對著的。可是她們還以爲這一條走路，便是銀河，深怨著每夜舍監來查宿舍過後，不容易馬上就跨渡過來。所以鄭秀岳就想了一個法子，和一位睡在她床背後和她的床背貼背的同學，講通了關節，教馮世芬和這位同學對換了床位。於是白天掛起帳子，儼然是兩張背貼背的床鋪，可是晚上帳門一塞緊，她們倆就把床背後的帳子撩起，很自由地可以爬來爬去。

每禮拜六的晚上，則不是鄭秀岳到馮家，便是馮世芬到鄭家去過夜。又因爲鄭秀岳的一刻都拋離不得馮世芬之故，有幾次她們倆簡直到了禮拜六也不願意回去。

人雖然是很溫柔，但情卻是很熱烈的鄭秀岳，只教有五分鐘不在馮世芬的邊上，就覺得自己是一個被全世界所遺棄的人，心裏頭會感到一種說不出的空洞之感，簡直苦得要哭出來的樣子。但兩人在一道的時候，不問是在課堂上或在床上，不問有人看見沒有看見，她們也只不過是互相看看，互相捏捏手，或互相摸摸而已，別的行爲，卻是想也不曾想到的。

同學中間的一種秘密消息，雖則傳到她們耳朵裏來的也很多很多，譬如李文卿的如何的最愛和人同鋪，如何的臨睡時一定要把上下衣褲脫得精光，更有一包如何如何的莫名其妙的東西帶在身邊之類的消息，她們聽到的原也很多，但是她們卻始終沒有懂得這些事情究竟是什麼意義。

將近考年假考的有一天晴寒的早晨，鄭秀岳因為前幾天和馮世芬同用了幾天功，溫了些課，身體覺得疲倦得很。起床鐘打過之後，馮世芬屢次催她起來，她卻只睡著斜向著了馮世芬動也不動一動。忽兒一陣腰酸，一陣腹痛，她覺得要上廁所去了，就懇求馮世芬再在床上等她一歇，等她解了溲回來之後，再一同下去洗面上課。過了很長很長的一段時間，她卻臉色變得灰白，眼睛放著急迫的光，滿面驚惶地跑回到床上來了。到了去床還有十步距離的地方，她就尖了喉嚨急叫著說：

「馮世芬！馮世芬！不好了！不好了！」

跑到了床邊，她就又急急的說：

「馮世芬，我解了溲之後，用毛紙揩揩，竟揩出了滿紙的血，不少的血！」

馮世芬起初倒也被她駭了一跳，以為出了什麼大事情了，但等聽到了最後的一句，就哈哈哈哈的笑了起來。因為馮世芬比鄭秀岳大兩歲，而鄭秀岳則這時候還剛滿十四，她來報名投考的時候，卻是瞞了年紀才及格的。

鄭秀岳成了一個完全的女子了，這一年年假考考畢之後，剛回到家裏還沒有住上十日的樣子，她又有了第二次的經驗。

她的容貌也越長得豐滿起來了，本來就粉膩潔白的皮膚上，新發生了一種光澤，看起來就像是用絨布擦熟的白玉。從前做的幾件束胸小背心，一件都用不著了，胸部腰圍，竟大了將近一寸的尺寸。從來是不大用心在裝修服飾上的她，這一回年假回來，竟向她的老父敲做了不少的衣裳，買了不少的化妝雜品。

天氣晴暖的日子，和馮世芬上湖邊去閒步，或湖裏去划船的時候，現在她所注意的，只是些同時在遊湖的富家子女的衣裝樣式和材料等事情。本來對家庭毫無不滿的她，現在卻在心裏深深地感覺起清貧的難耐來了。

究竟是馮世芬比她大兩歲年紀，漸漸地看到了她的這一種變化，每遇著機會，便會給以很誠懇很徹底的教誡。譬如有一次她們倆正在三潭印月吃茶的時候，忽而從前面埠頭的一隻大船上，走下來了一群大約是軍閥的家室之類的人。其中有一位類似蕩婦的年輕太太，穿的是一件彷彿由真金線織成的很鮮豔的袍子。袍子前後各繡著兩朵白色的大牡丹，日光底下遠看起來，簡直是一堆光耀眩人的花。緊跟在她後面的一位年紀也很輕的馬弁臂上，還搭著一件長毛烏絨面子烏雲豹皮裏子的斗篷在那裏。鄭秀岳於目送了她們一程之後，就不能自已地微嘆著說：

「一樣的是做人，要做得她那樣才算是不枉過了一生！」

馮世芬接著就講了兩個鐘頭的話給她聽。說，做人要自己做的，濁富不如清貧，軍閥資本家土豪劣紳的錢都是背了天良剝削來的。衣飾服裝的美不算是偉大的美，我們必須要造成人格的美和品性的美來才算偉大。清貧不算倒楣，積著許多造孽錢來誇示人家的人才是最無恥的東西；虛榮心是頂無聊的一種心理，女子的墮落階級的第一段便是這虛榮心，有了虛榮心就會生嫉妒心了。這兩種壞心思是由女子的看輕自己不謀獨立專想依賴他人而生的卑劣心理，有了這種心思，一個人就永沒有滿足快樂的日子了。錢財是人所造的，人而不駕馭錢財反被錢財所駕馭，那還算得是人麼？

馮世芬說到了後來，幾乎興奮得要出眼淚，因為她自己心裏也十分明白，她實在也是受著資本家土豪的深刻壓迫的一個窮苦女孩兒。

四

鄭秀岳馮世芬升入了二年級之後，座位仍沒有分開，這一回卻是馮世芬的第一，鄭秀岳的第二。春期開課後還不滿一個月的時候，杭州的女子中等學校要聯合起來開一個演說競賽會。在聯合大會未開之前，各學校都在預選代表，練習演說。鄭秀岳她們學校裏的代表舉出了兩個來，一個是三年級的李文卿，一個是二年級的馮世芬。但是聯合大會裏出席的代表是只限定一校一個的。所以在聯合大會未開以前的一天禮拜六的晚上，他們代表倆先在本校裏試了一次演說的比賽。題目是《富與美》，評判員是校裏的兩位國文教員。這中間的一位，姓李名得中，是前清的秀才，湖北人，擔任的是講解古文詩詞之類的功課，年紀已有四十多了。李先生雖則年紀很大，但頭腦卻很會變通，可以說是舊時代中的新人物。所以他的講古文並不拘泥於一格，像放大的纏足姑娘走路般的白話文，他是也去選讀，而他自己也會寫寫的。其他的一位，姓張名康，是專教白話文新文學的先生，年紀還不十分大，他自己每在對學生說只有廿九歲，可是客觀地觀察他起來，大約比廿幾歲總還要老練一點。張先生是北方人，天才煥發，以才子自居。在北京混了幾年，並不曾經過學堂，而寫起文章來，卻總娓娓動人。他的一位在北京大學畢業而在當教員的宗兄有一年在北京死了，於是他就頂替了他的宗兄，開始教起書來。

那一晚的演說《富與美》，係由李文卿作正而馮世芬作反的講法的。李文卿用了她那一副沙喉嚨和與男子一樣的姿勢動作在講臺上講了一個鐘頭。內容的大意，不過是說：「世界上最好的事情是富，富的反對面窮，便是最大的罪惡。人富了，就可以買許多東西，吃也吃得好，穿也穿得好，還可以以金錢去買到許多許多別的不能以金錢換算的事物。那些什麼名譽，人格，自尊，清節等等，都是空的，不過是窮人用來聊以自娛的名目。還有天才，學問等等也是空的，不過是窮措大在那裏嚇人的傲語。會刮地皮積巨富的人，才是實際的天才。會亂鑽亂剝，從無論什麼裏頭都去弄出錢來等事情，才是實際的學問。什麼叫孝悌忠信禮義廉恥，要顧到這些的時候，那你早就餓殺了。有了錢就可以美，無論怎麼樣的美人都買得到。只教有錢，那身上家裏，就都可以裝飾得很美麗。所以無錢就是不能夠有美，就是不美。」

這是李文卿的演說的內容大意，馮世芬的反對演說，大抵是她時常對鄭秀岳說的那些主義。她說要免除貧，必先打倒富。財產是強盜的劫物，資本要為公才有意義。對於美，她主張人格美勞動美自然美悲壯美等，無論如何總要比肉體美裝飾美技巧美更加偉大。

演說的內容，雖是馮世芬的來得合理，但是李文卿的沙喉嚨和男子似的姿勢動作，卻博得了大眾的歡迎。尤其是她從許多舊小說裏讀來的一串一串的成語，如「閉月羞花之貌，沉魚落雁之容」之類的口吻，插滿在她的那篇演說詞裏，所以更博得了一般修辭狂的同學和李得中先生的讚賞。但等兩人的演說完後，由評判員來取決判斷的當兒，那兩位評判員中間，卻惹起了一場極大的爭論。

李得中先生先站起來說李文卿的姿勢喉音極好，到聯合大會裏去出席，一定能夠奪得錦標，所以本校的代表應決定是李文卿。他對錦標的兩字，說得尤其起勁，翻翻覆覆地竟說了三次。而張康先生的意見卻正和李先生的相反，他說馮世芬的思想不錯。後來你一言我一語的說了許多時候，形勢倒成了他們兩人的辯論大會了。

到了最後，張先生甚至說李先生姓李，李文卿也姓李，所以你在幫她。對此李先生也不示弱，就說張先生是亂黨，所以才贊成馮世芬那些犯上作亂的意見。張先生氣起來了，就索性說，昨天李文卿送你的那十聽使館牌，大約就是你贊成她的意見的主要原因罷。李先生聽了也漲紅了臉回答他說，你每日每日寫給馮世芬的信，是不是就是你贊成馮世芬的由來。

兩人先本是和平地說的，後來喉音各放大了，最後並且敲台拍桌，幾乎要在講臺上打起來的樣子。

台下在聽講的全校學生，都看得怕起來了，緊張得連咳嗽都不敢咳一聲。後來當他們兩位先生的熱烈的爭論偶爾停止片時的中間，大家都只聽見了那盞懸掛在講堂廳上的汽油燈的此此的響聲。

這一種暴風雨前的片時沉默，更在台下的二百來人中間造成了一種恐怖心理。正當大家的恐怖達到極點的時候，馮世芬卻不忙不迫的從座位裏站立了起來說：

「李先生，張先生，我因爲自己的身體不好，不能作長時間的辯論，所以去出席大會當代表的光榮，我自己情願放棄。我並且也贊成李先生的意見，要李文卿同學一定去奪得錦標，來增我們母校之光。同學們若贊成我的提議的，請一致起立，先向李代表，李先生，張先生表示敬意。」

馮世芬的聲量雖則不洪，但清脆透徹的這短短的幾句發言，竟引起了全體同學的無限的同情。平時和李文卿要好，或曾經受過李文卿的金錢及贈物的大部分的同學，當然是可以不必說，即毫無成見的少數中立的同學也立時應聲站立了起來。其中只兩三個和李文卿同班的同學，卻是滿面呈現著怒容，仍兀然的留在原位裏不肯起立。這可並不是因爲她們不贊成馮世芬之提議，而在表示反對。她們不過在怨李文卿的棄舊戀新，最近終把她們一個個都丟開了而在另尋新戀，因此所以想借這機會來報報她們的私仇。

五

到底是年長者的李得中先生的眼光不錯，李文卿在女子中等學校聯合演說競賽會裏，果然得了最優勝的金質獎章。於是李文卿就一躍而成了全校的英雄。從前大家只以滑稽的態度或防衛的態度對她的，現在有幾個頑固的同學，也將這種輕視她的心情減少了。而尤其使大家覺得她這個人的可愛的，是她對於這次勝利之後的那種小孩兒似的得意快活的神情。

一塊雙角子那麼大的金奬章，她又花了許多錢拿到金子店裏去鑲了一個邊，裝了些東西上去，於是從早晨到晚上她便把它掛在校服的胸前，遠看起來，彷彿是露出在外面的一隻奶奶頭。頭幾天把這塊金牌掛上的時候，她連在上課的時候，也盡在伏倒了頭看她自己的胸部。同學中間的狡滑一點的人，識破了她的這脾氣，老在利用著她，因爲你若想她花幾個錢來請請客，那你只教跑上她身邊去，拉住著她，要她把這塊金牌給你看個仔細，她就會笑開了那張鰲魚大嘴，挺直身子，張大胸部，很得意地讓你去看。你假裝仔細看後，再加上以幾句讚美的話，那你要她請吃什麼她就把什麼都買給你了。後來有一個人，每天要這樣的去看她的金牌好幾次，她也覺得有點奇怪了，就很認真地說：

「怎麼啦，你會這樣看不厭的？」

這看的人見了她那一種又得意又認真的態度表情，便不覺哈哈哈的大笑了起來。捧腹大笑了一陣之後，才把這要看的原因說出來給她聽。她聽了也有點發氣了，從這事情以後她請客就少請了許多。

與這請客是出於同樣的動機的，就是她對於馮世芬的特別的好意。她想她自己的這一次的成功，雖完全係出於李得中先生的幫忙，但馮世芬的放棄代表資格，也是她這次勝利的直接原因。所以她於演說競賽完後的當日，就去亨得利買了一隻金殼鑲鑽石的瑞士手錶，於晚飯之後，在操場上尋著了馮世芬和鄭秀岳，誠誠懇懇拿了出來，一定要給馮世芬留著做個紀念。馮世芬先驚奇了一下，盡立住了腳張大了眼，莫名其妙地對她看了半晌。靠在馮世芬的左手，同小鳥似地躲縮在馮世芬的腋下的鄭秀岳也駭倒了，心裏在跳，臉上漲出了兩圈紅霫。因爲雖在同一學校住了一年多，但因不同班之故，她們和李文卿還絕對不曾開過口交過談。況且關於李文卿又有那一種風說，凡是和她同睡過幾天的人，總沒有一個人不爲同學所輕視的。而李文卿又是個沒有常性的人，恃了她的金錢的富裕和身體的強大，今天到東，明天到西，盡在校內校外，結交男女好友。所以她們這一回受了她突如其來的這種襲擊，就有半晌不能夠開口說話，鄭秀岳並且還全身發起抖來了。

馮世芬於驚定之後，才急促的對李文卿說：

「李文卿，我和你本來就沒有交情。並且那代表資格，是我自己情願放棄的，與你無關，這種無爲的贈答，我斷不能收受。」

斬釘截鐵的說出了這幾句話，馮世芬便拖了鄭秀岳又向前走了。李文卿也追了上去，一邊跟，一邊她仍在懊惱似地大聲的說：

「馮世芬，我是一點惡意也沒有的，請你收著罷，我是一點惡意也沒有的。」

這樣的被跟了半天，馮世芬卻頭也不回一回，話也不答一句。並且那時候太陽早已下山，薄暮的天色，也沉沉晚了。馮世芬在操揚裏走了半圈，就和鄭秀岳一道走回到了自修室裏，而跟在後面的李文卿，也不知於什麼時候走掉了。

鄭秀岳她們在電燈底下剛把明天的功課預備了一半的時候，一個西齋的老齋夫，忽而走進了她們的自修室裏，手裏捏了一封信和一隻黑皮小方盒，說是三年級的李文卿教送來的。

馮世芬因爲幾刻鐘前在操場上所感到的餘憤未除，所以一刻也不遲疑地對老齋夫說：

「你全部帶回去好了，只說我不在自修室裏，尋我不著就對。」

老齋夫驚異地對馮世芬的嚴不可犯的臉色看了一下，然後又遲疑膽怯地說：

「李文卿說，一定要我放在這裏的。」

這時候鄭秀岳心裏，早在覺得馮世芬的行爲太過分了，所以就溫和地在旁勸馮世芬說：

「馮世芬，且讓他放在這裏，看它一看如何？若要還她，明天教女傭人送回去，也還不遲呀。」

馮世芬卻不以爲然，一定要齋夫馬上帶了回去，但鄭秀岳好奇心重，從齋夫手裏早把那黑皮小方盒接了過來，在光著眼打開來細看。老齋夫把信向桌上一擱，馬上就想走了，馮世芬又叫他回來說：

「等一等，你把它帶了回去！」

鄭秀岳看了那隻精緻的手錶，卻愛惜得不忍釋手，所以眼看著盒子裏的手錶，一邊又對馮世芬說：

「索性把她那封信，也打開來看它一看，明天寫封回信教傭人和手錶一道送回，豈不好嗎？」

老齋夫在旁邊聽了，點了點頭，笑著說：

「這才不錯，這才可以教我去回報李文卿。」

鄭秀岳把表盒擱下，伸手就去拿那封信看，馮世芬到此，也沒有什麼主意了，就只能教老齋夫先去，並且說，明朝當差這兒的傭人，再把信和表一道送上。

六

世芬同學大姊妝次

桃紅柳綠，鳥語花香，芳草繽紛，落英滿地，一日不見，如三秋矣，一秋不見，如三百年也，際此春光明媚之時，恭維吾姊起居迪吉，為欣為頌。敬啓者，茲因吾在演說大會中奪得錦標，殊為僥倖，然飲水思源，不可謂非吾姊之所賜。是以買得銅壺，為姊計漏，萬望勿卻笑納，留作紀念。吾之此出，誠無惡意，不過欲與吾姊結不解之緣，訂百年之好，並非即欲雙宿雙飛，效魚水之歡也。肅此問候，聊表寸衷。

妹李文卿鞠躬

鄭秀岳讀了這一封信後，雖則還不十分懂得什麼叫作魚水之歡，但心裏卻佩服得了不得，從頭到尾，竟細讀了兩遍，因爲她平日接到的信，都是幾句白話，讀起來總覺得不大順口。就是有幾次有幾位先生私私塞在她手裏的信條，也沒有像這一封信樣的富於辭藻。她自己雖則還沒有寫過一封信給任何人，但她們的學校裏的同學和先生們，在杭州是以擅於寫信出名的。同學好友中的私信往來，當然是可以不必說，就是年紀已經過了四十，光禿著頭，帶著黑邊大眼鏡，肥胖矮小的李得中先生，時常也還在那裏私私寫信給他所愛的學生們。還有瘦弱長身，臉色很黃，頭髮極長，在課堂上，居然嚴冷可畏，下了課堂，在房間裏接待學生的時候，又每長吁短嘆，老在訴說身世的悲涼，家庭的不幸的張康先生，當然也是常在寫信的。可是他們的信，和這封李文卿的信拿來一比，覺得這文言的信讀起來要有趣得多。

她讀完信後，心裏盡這樣的想著，所以居然伏倒了頭，一動也不動的靜默了許多時。在旁邊坐著的馮世芬，靜候了她一歇，看她連一點兒動靜都沒有了，就用手向她肩頭上去拍了一下，問她說：

「你在這裏呆想什麼？」

鄭秀岳倒臉上紅了一紅，一邊將寫得流利豁達大約是換過好幾張信紙才寫成的那張粉紅布紋箋遞給了馮世芬，一邊卻笑著說：

「馮世芬，你看，她這封信寫得真好！」

馮世芬舉起手來，把她的捏著信箋的手一推，又朝轉了頭，看向書本上去，說：

「這些東西，去看它作什麼！」

「但是你看一看，寫得真好哩。我信雖則接到得很多，可是同這封信那麼寫得好的，卻還從沒有看見過。」

馮世芬聽了她這句話之後，倒也像驚了一頭似的把頭朝了轉來問她說：

「喔，你接到的信，都在拆看的麼？」

她又紅了一紅臉，輕輕回答說：

「不看它們又有什麼辦法呢？」

馮世芬朝她看了一眼，微微地笑著，回身就把書桌下面的小抽斗一抽，雜亂地抓出了一大堆信來丟向了她的桌上。

「你要看，我這裏還有許多在這兒。」

這一回倒是鄭秀岳吃起驚來了。她平時總以爲只有她，全校中只有她一個人，是在接著這些奇怪的信的，所以有幾次很想對馮世芬說出來，但終於沒有勇氣。而馮世芬哩，平常同她談的，都是些課本的事情，和社會上的情勢，關於這些私行汙事，卻半點也不曾提及過。故而她和馮世芬雖則情逾骨肉地要好了半年多，但曉得馮世芬的也在接收這些秘密信件，這倒還是第一次。驚定之後，她伸手向桌上亂堆在那裏的紅綠小信件撥了幾撥，才發見了這些信件，都還是原封不動地封固在那裏，發信者有些是教員，有些是同學，還有些是她所不知道的人，不過其中的一大部分，卻是曾經也寫信給過她自己的。

「馮世芬，這些信你既不拆看，爲什麼不去燒掉？」

「燒掉它們作什麼，重要的信，我才去燒哩。」

「重要的信，你倒反去燒？什麼是重要的信？是不是文章寫得很好的信？」

「倒也不一定，我對於文章是一向不大注意的。你說李文卿的這封信寫得很好，讓我看，她究竟做了一篇怎麼的大文章。」

鄭秀岳這一回就又把剛才的那張粉紅箋重新遞給了她，一邊卻靜靜地在注意著她的讀信時候的臉色。

馮世芬讀了一行，就笑起來了，讀完了信，更樂得什麼似的笑說：

「啊啊，她這文章，實在是寫得太好了。」

「馮世芬，這文章難道還不好麼？那麼要怎麼樣的文章才算好？」

馮世芬舉目向電燈凝視了一下，明明似在思索什麼的樣子，她的臉上的表情，從嚴肅的而改到了決意的。把頭一搖，她就伸手到了她的夾襖裏層的內衣袋裏摸索了一回，取出了一個對折好的狹長白信封後，她就遞給鄭秀岳說：

「這才是我所說的重要的信！」

鄭秀岳接來打開一看，信封上寫的是幾行外國字。兩個郵票，也是一紅一綠的外國郵票。信封下面角上頭才有用鋼筆寫的幾個中國字，「中國杭州太平坊巷馮宅馮世芬收。」

七

世芬小同志：

別來三載，通信也通了不少了，這一封信，大約是我在歐洲發的最後一封，因為三天之後，我將繞道西伯利亞，重返中國。

你的去年年底發出的信，是在瑞士收到的。你的思想，果然進步了，真不負我二年來通信啓發之勞，等我返杭州後，當更為你介紹幾個朋友，好把你造成一個能擔負改造社會的重任的人才。中國的目前最大壓迫，是在各國帝國主義的侵略，封建餘孽，軍閥集團，洋商買辦，都是帝國主義者的忠實代理人。他們再和內地的土豪、劣紳一勾結，那民眾自然沒有翻身的日子了。可是民眾已在覺悟，大革命的開始，為期當不在遠。廣州已在開始進行工作，我回杭州小住數日，亦將南下，去參加建設革命基礎。

不過中國的軍閥實在根蒂深強，打倒一個，怕又要新生兩個。現在黨內正在對此事設法防止，因為革命軍閥實在比舊式軍閥還可怕萬倍。

我此行同伴友人很多，在墨斯哥將停留一月，最遲總於陽曆五月底可抵上海。請你好好的用功，好好的保養身體，預備我來和你再見時，可以在你臉上看到兩圈鮮紅的蘋果似的皮層。

你的小舅舅陳應環　二月末日在柏林

鄭秀岳讀完了這一封信，也呆起來了。雖則信中的意義，她不能完全懂得，但一種力量，在逼上她的柔和猶惑的心來。她視而不見地對電燈在呆視著，但她的腦裏彷彿是朦朧地看出了一個巨人，放了比李文卿更洪亮更有力的聲音在對她說話：「你們要自覺，你們要革命，你們要去吃苦犧牲！」因爲這些都是平時馮世芬和她常說的言語，而馮世芬的這些見解，當然是從這一封信的主人公那裏得來的。

旁邊的馮世芬把這信交出之後，又靜靜兒的去看書去了，等她看完了一節，重新掉過頭來向鄭秀岳回望時，只看見她將信放在桌上，而人還在對了電燈發呆。

「鄭秀岳，你說怎麼樣？」

鄭秀岳被她一喊，才同夢裏醒來似的眨了幾眨眼睛，很嚴肅地又對馮世芬看了一歇說：

「馮世芬，你真好，有這麼一個小舅舅常在和你通信。他是你娘娘的親兄弟麼？多大的年紀？」

「是我娘娘的堂小兄弟，今年二十六歲了。」

「他從前是在什麼地方讀書的？」

「在上海的同濟。」

「是學文學的麼？」

「學的是工科。」

「他同你通信通了這麼長久，你爲什麼不同我說？」

「半年來我豈不是常在同你說的麼？」

「好啦，你卻從沒有說過。」

「我同你說的話，都是他教我的呀，我不過沒有把信給你看，沒有把他的姓名籍貫告訴你知道，不過這些卻是一點兒關係也沒有的私事，要說他作什麼。重要的，有意義的話，我差不多都同你說了。」

在這樣對談的中間，就寢時候已經到了。鐘聲一響，自修室裏就又雜亂了起來。馮世芬把信件分別收起，將那封她小舅舅的信仍復藏入了內衣的袋裏。其他的許多信件和那張粉紅信箋及小方盒一個，一併被塞入了那個書桌下面的抽斗裏面。

鄭秀岳於整好桌上的書本之後，便問她說：

「那手錶呢？」

「已經塞在小抽斗裏了。」

「那可不對，人家要來偷的呢！」

「偷去了也好，橫豎明朝要送去還她的。我真不願意手觸著這些土豪的賜物。」

「你老這樣的看它不起，買買恐怕要十多塊錢哩！」

「那麼，你為我帶去藏在那裏罷，等明朝再送去還她。」

這一天晚上，馮世芬雖則早已睡著了，但睡在邊上的鄭秀岳，卻終於睡不安穩。她想想馮世芬的舅舅，想想那替馮世芬收藏在床頭的手錶和李文卿，覺得都可以羨慕。一個是那樣純粹高潔的人格者，連和他通通信的馮世芬，都被他感化到這麼個程度。一個是那樣的有錢，連十幾塊錢的手錶，都會漠然地送給他人。她想來想去，想到了後來，愈加睡不著了，就索性從被裏伸出了一隻手來，輕輕地打開了表盒，拿起了那隻手錶。拿了手錶之後，她捏弄了一回，又將手縮回被裏，在黑暗中摸索著，把這小表繫上了左手的手臂。

「啊啊，假使這表是送給我的話，那我要如何的感謝她呀！」

她心裏在想，想到了她假如有了這一個表時，將如何的快活。譬如上西湖去坐船的時候，可以如何的和船家講鐘頭說價錢，還有在上課的時候看看下課鐘就快打了，又可以得到幾多的安慰！心裏頭被這些假想的愉快一掀動，她的神經也就弛緩了下去，眼睛也就自然而然地合攏來了。

八

早晨醒來的時候，馮世芬忽而在朦朧未醒的鄭秀岳手上發見了那一隻手錶。這一天又是陰悶微雨的一天養花天氣，馮世芬覺得悲涼極了，對鄭秀岳又不知說了多少的教誡她的話。說到最後，馮世芬哭了，鄭秀岳也出了眼淚，所以一起來後，鄭秀岳就自告奮勇，說她可以把這表去送回原主，以表明她的心跡。

但是見了李文卿，說了幾句馮世芬教她應該說的話後，李文卿卻癡癡地瞟了她一眼。她臉紅了，就俯下了頭，不再說話。李文卿馬上伸手來拉住了她的手，輕輕地說：

「馮世芬若果真不識抬舉，那我也不必一定要送她這隻手錶。但是向來我有一個脾氣，就是送出了的東西，決不願意重拿回來，既然如此，那就請你將這表收下，作爲我送你的紀念品。可是不可使馮世芬知道，因爲她是一定要來干涉這事情的。」

鄭秀岳俯伏了頭，漲紅了臉，聽了李文卿的這一番話，心裏又喜又驚，正不知道如何回答她的好。李文卿看了她這一種樣子，倒覺得好笑起來了，就一邊把擺在桌上的那黑皮小方盒，向她的袋裏一塞，一邊緊捏了一把她的那隻肥手，又俯下頭去，在她耳邊輕輕地說：

「快上課了，你馬上去罷！以後的事情，我們可以寫信。」

她說了又用力把她向門外一推，鄭秀岳幾乎跌倒在門外的石砌階沿之上。

鄭秀岳於踉蹌立定腳跟之後，心裏還是猶疑不決。想從此把這隻表受了回去，可又覺得對不起馮世芬的那一種高潔的心情，想把手錶毅然還她呢，又覺得實在是拋棄不得。正當左右爲難，去留未決的這當兒，時間卻把這事情來解決了，上課的鐘，已從前面大廳外當當當地響了過來。鄭秀岳還立在階沿上躊躇的時候，李文卿卻早拿了課本，從她身邊走過，走出圓洞門外，到課堂上去上課去了。當大踏步走近她身邊的時候，她還在她耳邊說了一句「以後我們通信罷！」

鄭秀岳見李文卿已去，不得已就只好急跑回到自修室裏，但馮世芬的人和她的課本都已經不在了。她急忙把手錶從盒子裏拿了出來，藏入了貼身的短衫袋內，把空盒子塞入了抽斗底裏，再把課本一拿，便三腳兩步地趕上了課堂。向座位裏坐定，先生在點名的中間，馮世芬就輕輕地向她說：

「那表呢？」

她遲疑了一會，也輕輕地回答說：

「已經還了她了。」

從此之後，李文卿就日日有秘密的信來給鄭秀岳，鄭秀岳於讀了她的那些桃紅柳綠的文雅信後，心裏也有點動起來了，但因爲馮世芬時刻在旁，所以回信卻一次也沒有寫過。

這一次的演說大會，雖則爲鄭秀岳和李文卿造成了一個訂交的機會，但是同時在校裏，也造成了兩個不共戴天的仇敵，就是李得中先生和張康先生。

李得中先生老在課堂上罵張康先生，說他是在借了新文學的名義而行公妻主義，說他是個色鬼，說他是在裝作頹廢派的才子而在博女人的同情，說他的文憑是假的，因爲真正在北大畢業者是他的一位宗兄，最後還說他在北方家鄉蓄著有幾個老婆，兒女已經有一大群了。

張康先生也在課堂上且辯明且罵李得中先生說：

「我是真正在北大畢業的，我年紀還只有二十幾歲，哪裡會有幾個老婆呢？兒女是只有一男一女的兩個，何嘗有一大群？那李得中先生才奇怪哩，某月某日的深夜我在某旅館裏看見他和李文卿走進了第三十六號房間。他做的白話文，實在是不通，我想白話文都寫不通的人，又哪兒會懂文言文呢？他的所以從來不寫一句文言文，不做一句文言詩者，實在是因爲他自己知道了自己的短處在那裏藏拙的緣故。我的先生某某，是當代的第一個文人，非但中國人都崇拜他，就是外國人也都在崇拜他，我往年常到他家裏去玩的時候，看看他書架上堆在那裏的，儘是些線裝的舊書，而他卻是專門做白話文的人。現在我們看看李得中這老朽怎麼樣？在他書架上除了幾部《東萊博議》，《古文觀止》，《古唐詩合解》，《古文筆法百篇》，《寫信必讀》，《金瓶梅》之外，還有什麼？」

像這樣的你攻擊我，我攻擊你的在日日攻擊之中，時間卻已經不理會他們的仇怨和攻擊，早就向前跑了。

有一天五月將盡的悶熱的禮拜二的午後，馮世芬忽而於退課之後向鄭秀岳說：

「我今天要回家去，打算於明天坐了早車到上海去接我那舅舅。前禮拜回家去的時候，從北京打來的電報已經到了，說是他準可於明天下午到上海的北站。」

鄭秀岳聽到了這一個消息，心裏頭又悲酸又驚異難過的狀態，真不知道要如何說出來才對。她一想到從明天起的個人的獨宿獨步，獨往獨來，真覺得是以後再也不能做人的樣子。雖則馮世芬在安慰她說過三五天就回來的，雖則她自己也知道天下無不散的筵席，但是這目下一時的孤獨，將如何度過去呢？她把馮世芬再留一刻再留一刻地足足留了兩個多鐘頭，到了校裏將吃晚飯的時候，才揩著眼淚，送她出了校門。但當馮世芬將坐上家裏來接，已經等了兩個多鐘頭的包車的時候，她仍復趕了上去，一把拖住了嗚咽著說：

「馮世芬，馮——世——芬——，你，你，你可不可以不去的？」

九

鄭秀岳所最恐懼的孤獨的時間終於開始了，第一天在課堂上，在自修室，在操場膳室，好像是在做夢的樣子。一個不提防，她就要向邊上「馮世芬！」的一聲叫喊出來。但注意一看，看到了馮世芬的那個空席，心裏就馬上會起絞榨，頭上也像有什麼東西罩壓住似地會昏轉過去。當然，在年假期內的她，接連幾天不見到馮世芬的日子也有，可是那時候她周圍有父母，有家庭，有一個新的環境包圍在那裏，雖則因爲馮世芬不在旁邊，有時也不免要感到一點寂寞，但決不是孤苦零丁，同現在那麼的寂寞刺骨的。況且馮世芬的住宅，又近在咫尺，她若要見她，一坐上車，不消十分鐘，馬上就可以見到。不過現在是不同了，在這同一的環境之下，在這同一的軌道之中，忽而像剪刀似的失去了半片，忽而不見了半年來片刻不離的馮世芬，教她如何能夠過得慣呢？所以禮拜三的晚上，她在床上整整的哭了半夜方才睡去。

禮拜四的日間，她的孤居獨處，已經有點自覺意識了，所以白天上的一日課，還不見得有什麼比頭一天更難受之處。到了晚上，卻又有一件事情發生了，便是李文卿的知道了馮世芬的不在，硬要搬過來和她睡在一道。

吃過晚飯，她在自修室剛坐下的時候，李文卿就教那老齋夫送了許多罐頭食物及其他的食品之類的東西過來，另外的一張粉紅箋上，於許多桃紅柳綠的句子之外，又是一段什麼魚水之歡，同衾之愛的文章。信箋的末尾，大約是防鄭秀岳看不懂她的來意之故，又附了一行白話文和一首她自己所注明的「情」詩在那裏。

秀岳吾愛！

今晚上吾一定要來和吾愛睡覺。

附情詩一首

桃紅柳綠好春天，吾與卿卿一枕眠，吾欲將身化錦被，天天蓋在你胸前。

詩句的旁邊，並且又用紅墨水連圈了兩排密圈在那裏，看起來實在也很鮮豔。

鄭秀岳接到了這許多東西和這一封信，心裏又動亂起來了，教老齋夫暫時等在那裏，她拿出了幾張習字紙來，想寫一封回信過去回覆了她。可是這一種秘密的信，她從來還沒有寫過，生怕文章寫得不好，要被李文卿笑。一張一張地寫壞了兩張之後，她想索性不寫信了，「由它去罷，看她怎麼樣。」可是若不寫信去覆絕她的話，那她一定要以爲是默認了她的提議，今晚上又難免要鬧出事來的。不過若毅然決然地去覆絕她呢，則現在還藏在箱子底下，不敢拿出來用的那隻手錶，又將如何的處置？一陣心亂，她就顧不得什麼了，提起了筆，就寫了「你來罷！」的三個字在紙上。把紙折好，站起來想交給候在門外的齋夫帶去的時候，她又突然間注意到了馮世芬的那個空座。

「不行的，不行的，太對不起馮世芬了。」

腦裏這樣的一轉，她便同新得了勇氣的鬥士一樣，重回到了座裏。把手裏捏著的那一張紙，團成了一個紙團，她就急速地大著膽寫了下面那樣的一條回信。

文卿同學姊：

來函讀悉，我和你宿舍不同，斷不能讓你過來同宿！萬一出了事情，我只有告知舍監的一法，那時候倒反大家都要弄得沒趣。食物一包，原璧奉還，等馮世芬來校後，我將和她一道來謝你的好意。匆此奉覆。

妹鄭秀岳敬上

那老齋夫似乎是和李文卿特別的要好，一包食品，他一定不肯再帶回去，說是李文卿要罵他的，推讓了好久，鄭秀岳也沒有辦法，只得由他去了。

因爲有了這一場事情，鄭秀岳一直到就寢的時候爲止，心裏頭還平靜不下來。等她在薄棉被裏睡好，熄燈鐘打過之後，她忽聽見後面馮世芬床裏，出了一種息索的響聲。她本想大聲叫喊起來的，但怕左右前後的同學將傳爲笑柄，所以只空咳了兩聲，以表明她的還沒有睡著。停了一忽，這息索的響聲，愈來愈近了，在被外頭並且感到了一個物體，同時一種很奇怪的簡直聞了要窒死人的爛蔥氣味，從黑暗中傳到了她的鼻端。她是再也忍不住了，便只好輕輕地問說：

「哪一個？」

緊貼近在她的枕頭旁邊，便來了一聲沙喉嚨的回答說：

「是我！」

她急起來了，便接連地責罵了起來說：

「你作什麼，你來作什麼？我要叫起來了，我同你去看舍監去！」

突然間一隻很粗的大手蓋到了她的嘴上，一邊那沙喉嚨就輕輕地說：

「你不要叫，反正叫起來的時候，你也沒有面子的。到了這時候，我回也回不去了，你讓我在被外頭睡一晚罷！」

聽了這一段話，鄭秀岳也不響了。那沙喉嚨便又繼續說：

「我冷得很，馮世芬的被藏在什麼地方的，我在她床上摸遍了，卻終於摸不著。」

鄭秀岳還是不響，約莫總過了五分鐘的樣子，沙喉嚨忽然又轉了哀告似的聲氣說：

「我的衣褲是全都脫下了的，這是從小的習慣，請你告訴我罷，馮世芬的被是藏在什麼地方的？我冷得很。」

又過了一兩分鐘，鄭秀岳才簡潔地說了一句「在腳後頭。」本來腳後頭的這一條被，是她自己的，因爲昨天想馮世芬想得心切，她一個人怎麼也睡不著，所以半夜起來，把自己的被折疊好了，睡入了馮世芬的被裏。但到了此刻，她也不能把這些細節拘守著了，並且她若要起來換一條被的話，那李文卿也未見得會不動手動腳，那一個赤條條的身體，如何能夠去和它接觸呢？

李文卿摸索了半天，才把鄭秀岳的薄被拿來鋪在裏床，睡了進去。聞得要頭暈的那陣爛蔥怪味，卻忽而減輕了許多。停了一回，這怪氣味又重起來了，同時那隻大手又摸進了她的被裏，在解她的小衫的鈕扣。她又急起來了，用盡了力量，以兩手緊緊捏住了那隻大手，就又叫著說：

「你作什麼？你作什麼？我要叫起來了。」

「好好，你不要叫，我不作什麼。我請你拿一隻手到被外頭來，讓我來捏捏？」

鄭秀岳沒有法子，就以一隻本來在捉住著那隻大手的手隨它伸出了被外。李文卿捉住了這隻肥嫩嬌小的手，突然間把它拖進了自己的被內。一拖進被，她就把這隻手牢牢捏住當作了機器，向她自己的身上亂摸了一陣。鄭秀岳的指頭卻觸摸著了一層同沙皮似的皮膚，兩隻很鬆很寬向下倒垂的奶奶，腋下的幾根短毛，在這短毛裏凝結在那裏的一塊黏液。漸摸漸深，等到李文卿要拖她的這隻手上腹部下去的時候，她卻拚死命的掙扎了起來，馬上想抽回她的這隻手臂上已經被李文卿捏得有點酸痛了的右手。她雖用力掙扎了一陣，但終於掙扎不脫，李文卿到此也知道了她的意思了，就停住了不再往下摸，一邊便以另外的一隻空著的手拿了一個涼陰陰的戒指，套上了鄭秀岳的那隻手的中指。戒指套上之後，李文卿的手放鬆了，鄭秀岳就把自己的手縮了回去，但當她的這隻手拿過被頭的時候，她的鼻裏又聞著了一陣更猛烈更難聞的異臭。

鄭秀岳的手縮回了被裏，重將被頭塞好的時候，李文卿便輕輕的朝她說：

「乖寶，那只戒指，是我老早就想送給你的，你也切莫要把馮世芬曉得。」

十

早晨天一亮，大約總只有五點多鐘的光景，鄭秀岳就從床上爬了起來。向裏床一看，李文卿的臉朝了天，獅子鼻一掀一張，同男人似地呼吸出很大的鼾聲，還在那裏熟睡。

把帳子放了一放下，鞋襪穿了一穿好，她就匆匆忙忙的走下了樓，去洗臉去。因為這時候還在打起床鐘之先，在挑臉水的齋夫倒奇怪起來了，問了一聲「你怎麼這樣的早？」便急忙去挑熱水去了。鄭秀岳先倒了一杯冷水，拿了牙刷想刷牙齒，但低頭一看，在右手的中指上忽看見了一個背上有一塊方形的印戒。拿起手來一看，又是一陣觸鼻的爛蔥氣味，而印戒上的篆文，卻是「百年好合」的四個小字。她先用冷水洗了一洗手，把戒指也除下來用冷水淋了一淋，就擦乾了藏入了內衣的袋裏。

這一天的功課，她簡直一句也沒有聽到，在課堂上，在自修室，她的心裏頭只有幾個思想，在那裏混戰。

——馮世芬何不早點回來？

——這戒指真可愛，但被馮世芬知道了不曉得又將如何的被她教誡！

——李文卿人雖則很粗，但實在真肯花錢！

——今晚上她倘若是再來，將怎麼辦呢？

這許多思想雜亂不斷地擾亂了她一天，到了傍晚，將吃晚飯的時候，她卻終於上舍監那裏去告了一天假，雇了一乘車子回家去了。

在家裏住了兩天，到了禮拜天的午後，她於上學校之先，先到了太平坊巷裏去問馮世芬究竟回來了沒有？她娘回報她說：

「已經回來了。可是今天和她舅舅一道上西湖去玩去了，等她回來的時候，就叫她上謝家巷去可好？」

鄭秀岳聽到了這消息，心裏就寬慰了一半。但一想到從前馮世芬去遊西湖，總少不了她，她去遊西湖，也決少不得馮世芬的，現在她可竟丟下了自己和她舅舅一道去玩了。在回來的路上，她愈想愈恨，愈覺得馮世芬的可惡。「我索性還是同李文卿去要好罷，馮世芬真可惡，真可惡！我總有一天要報她的仇！」一路上自怨自惱，恨到了幾乎要出眼淚。等她將走到自家的門口的時候，她心裏已經有絕大的決心決下了，「我馬上就回校去，馮世芬這種人我還去等她作什麼，我寧願被人家笑罵，我寧願去和李文卿要好的。」

可是等她一走進門，她的娘就從客廳上迎了出來叫著說：

「秀！馮世芬在你房裏等得好久了，你一出去她就來的。」

一口氣跑到了東廂房裏，看見了馮世芬的那一張清麗的笑臉，她一撲就撲到了馮世芬的懷裏。兩手緊緊抱住了馮世芬的身體，她什麼也不顧地便很悲切很傷心地哭了出來。起初是幽幽地，後來竟斷斷續續地放大了聲音。

馮世芬兩手撫著她的頭，也一句話都不說，由她在那裏哭泣，等她哭了有十分鐘的樣子，胸中的鬱憤大約總有點哭出了的時候，馮世芬才抱了她起來，扶她到床上去坐好，更拿出手帕來把她臉上的眼淚揩了揩乾淨。這時候鄭秀岳倒在淚眼之下微笑起來了，馮世芬才慢慢地問她說：

「怎麼了？有誰欺侮你了麼？」聽到了這一句話，她的剛才止住的眼淚，又接連不斷地落了下來，把頭一衝，重復又倒到了馮世芬的懷裏。馮世芬又等了一忽，等她的泣聲低了一點的時候，便又輕輕地慰撫她說：

「不要再哭了，有什麼事情請說出來。有誰欺侮了你不成？」

聽了這幾句柔和的慰撫話後，她才把頭舉了起來，將一雙淚盈盈的眼睛注視著馮世芬的臉部，搖了幾搖頭，表示她並沒有什麼，並沒有誰欺侮她的意思。但一邊在她的心裏，卻起了絕大的後悔，後悔著剛才的那一種想頭的卑劣。「馮世芬究竟是馮世芬，李文卿哪裡能比得上她萬分之一呢？不該不該，真不應該，我馬上就回到校裏把她的那個表那個戒指送還她去，我何以會下流到了這步田地？」

一個鐘頭之後，她兩人就又同平時一樣地雙雙回到了校裏。一場小別，倒反增進了她們兩人的情愛。這一天晚上，馮世芬仍照常在她的裏床睡下，但剛睡好的時候，馮世芬卻把鼻子吸了幾吸，問鄭秀岳說：

「怎麼啦，我們的床上怎麼會有這一種狐腋的臭味？」

鄭秀岳聽她不懂，便問她什麼叫作狐腋，等馮世芬把這種病的症狀氣息說明之後，她倒笑了起來，突然間把自己的頭捱了過去，在馮世芬的臉上深深地深深地吻了半天。她和馮世芬兩人交好了將近一年，同床隔被地睡了這些個日子，這舉動總算是第一次的最淫汙的行爲，而她們兩人心裏卻誰也不感到一點什麼別的激刺，只覺得這不過是一種不能以言語形容的最親愛的表示而已。

十一

又到了快考暑假考的時候了。學校裏的情形雖則沒有什麼大的變動，但馮世芬的近來的樣子，卻有點變異起來了。

自從上海回來之後，她對鄭秀岳的親愛之情，雖仍舊沒有變過，上課讀書的日程，雖仍舊在那裏照行，但有時候她竟會癡癡呆呆地，目視著空中呆坐到半個鐘頭以上。有時候她居然也有故意避掉了鄭秀岳，一個人到操場上去散步，或一個人到空寂無人的講堂上去坐在那裏的。自然對於大考功課的預備，近來也竟忽略了。有好幾晚，她並且老早就到了寢室，在黑暗中摸上了床，一聲不響地去睡在被裏。更有一天晴暖的午後，她草草吃完午飯，就說有點頭痛，去向舍監那裏告了假，回家去了半天，但到晚上回來的時候，鄭秀岳看見她的兩眼腫得紅紅的，似乎是哭過了一陣的樣子。

正當這一天馮世芬不在的午後三點鐘的時候，門房走進了校內，四處在找李文卿，說她父親在會客室裏等著要會她。李文卿自從在演說大會得了勝利以後，本來就是全校聞名的一位英雄，而且身體又高又大，無論在操場或在自修室裏總可以一尋就見的，而這一天午後竟累門房在校內各處尋了半天終於沒有見到。門房尋李文卿雖則沒有尋到，但因為他見人就問的關係上，這李文卿的爸爸來校的消息，卻早已傳遍了全校。有幾個曾經和李文卿睡過要好的同學，又在誇示人地詳細說述他——李文卿的爸爸——的歷史和李文卿的家庭關係。說他——李文卿的爸爸——本來是在徐州鄉下一個開宿店兼營農業的人。忽而一天寄居在他店裏的一位木客暴卒了，他為這客人衣棺收殮之後，更為他起了一座很好的墳莊。後來他就一年一年的買起田來，居然富傾了敵國。他鄉下的破落戶，於田地產業被他買占了去以後，總覺得氣他不過，便造他的謠言，說他的財產是從謀財害命得來的東西。他有一個姊姊，從小就被賣在杭州鄉下的一家農家充使婢的，後來這家的主婦死了，他姊姊就升作了主婦，現在也已經有五十開外的年紀了。他老人家發了財後，便不時來杭州看他的姊姊。他看看杭州地方，宜於安居，又因本地方人對他的仇恨太深，所以於十年前就賣去了他在徐州所有的產業，遷徙到杭州他姊姊的鄉下來住下。他的夫人，早就死了，以後就一直沒有娶過，兒女只有李文卿一個，因此她雖則到了這麼大的年紀，暑假年假回家去，總還是和她爸爸同睡在一鋪。杭州的鄉下人，對這一件事情，早也動了公憤了，可是因為他的姊姊為人實在不錯，又兼以鄉下人所抱的全是各人自掃門前雪的宗旨，所以大家都不過在背後罵罵他是豬狗畜生，而公開的卻還沒有下過共同的驅逐令。

這些歷史，這些消息，也很快的傳遍了全校，所以會客室的門口和玻璃窗前頭，竟來一班去一班地哄聚攏了許許多多的好奇的學生。長長胖胖，身體很強壯，嘴邊有兩條鼠鬚的這位李文卿的父親的面貌，同李文卿簡直是一色也無兩樣。不過他臉上的一臉橫肉，比李文卿更紅黑一點，而兩隻老鼠眼似的肉裏小眼，因爲沒有眼鏡戴在那裏的緣故，看起來更覺得荒淫一點而已。

李文卿的父親在會客室裏被人家看了半天，門房才帶了李文卿出來會她的父親。這時候老門房的臉上滿漾著了一臉好笑的笑容，而李文卿的急得灰黑的臉上卻罩滿了一臉不可抑遏的怒氣。有幾個淘氣的同學看見老門房從會客室裏出來，就拉住了他，問他有什麼好笑。門房就以一手掩住了嘴，又癡的笑了一聲。等同學再擠近前去問他的時候，他才輕輕地說，「我在廁所裏才找到了李文卿。她這幾天水果吃得多了，在下痢疾，我看了她那副眉頭簇緊的樣子，實在真真好笑不過。」

一邊在會客室裏面，大家卻只聽見李文卿放大了喉嚨在罵她的父親說：

「我叫你不要上學校裏來，不要上學校裏來，怎麼今天忽而又來了哩？在旅館裏不好打電話來的麼？你且看看外面的那些同學看，大約你是故意來倒倒我的霉的罷？我今天旅館裏是不去了，由你一個人去。」

大聲的說完了這幾句話，她一轉身就跑出了會客室，又跑上了上廁所去的那一條路。

到了晚上，鄭秀岳和馮世芬睡下之後，鄭秀岳將白天的這一段事情詳詳細細的重述給馮世芬聽了，馮世芬也一點兒笑容都沒有，只搖了搖頭，嘆了口氣說：

「唉！這些人家的無聊的事情，去管它作什麼？」

十二

暑假到後，許多同學又各歸各的分散了。鄭秀岳回到了家裏，似乎在路上中了一點暑氣，竟吐瀉了一夜，睡了三日，這中間馮世芬絕沒有來過。到了第五天的下午，父母親准她出門去了，她換了一身衣服，梳理了一下頭，想等太陽斜一點的時候，就上太平坊巷去看看馮世芬，去問問她爲什麼這麼長久不來的。可是，長長的午後，等等，等等，太陽總不容易下去，而她父親坐了出去的那一乘包車也總不回來。聽得五點鐘敲後，她卻不耐煩起來了，立起身來，就向大門外走。她剛走到了大門口邊，卻來了一個郵差，望見信封上的遒勁秀逸的字跡，她一看就曉得是馮世芬寫來給她的信。「難道她也病了麼？爲什麼人不來而來信？」她一邊猜測著，一邊就站立了下來在拆信。

最親愛的秀岳：

這封信到你手裏的時候，大約我總已不在杭州，不同你在呼吸一塊地方的空氣了。我也哪裡忍心別你？因此我不敢來和你面別。秀岳，這短短的一年，這和你在一道的短短的一年，回想起來，實在是有點依依難捨！

秀岳，我的自五月以來的胸中的苦悶，你可知道？人雖則是有理智，但是也有感情的。我現在已經犯下了一宗決不為宗法社會所容的罪了，尤其是在封建思想最深，眼光最狹小的杭州。但是社會是前進的，戀愛是神聖的，我們有我們的主張，我們也要爭我們的權利。

我與舅舅，明朝一早就要出發，去自己開拓我們的路去。

在舊社會不倒，中國固有的思想未解放之前，我們是決不再回杭州來了。

秀岳，在將和自幼生長著的血地永別之前的這幾個鐘頭，你可猜得出我心裏絞割的情形？母親是安閒地睡在房裏，弟弟們是無邪地在那裏打鼾。我今天晚上晚飯吃不下的時候，母親還問我「可要粥吃？」

我在書房裏整理書籍，到了十點多鐘未睡，母親還叫我「好睡了，書籍明朝不好整理的麼？」啊啊，這一個明朝，她又哪裡曉得明朝我將飄泊至於何處呢？

秀岳，我的去所，我的行止，請你切不要去打聽。你若將來能不忘你舊日的好友，請你常來看看我的年老的娘，常來看看我的年幼的弟弟！

啊啊，恨只恨我「母老，家貧，弟幼。」

寫到了此地，我眼睛模糊了，我擱下了筆，私私地偷進了我娘的房。她的臉上的表情，實在是崇高得很！她的飽受過憂患的洗禮的臉色，實在是比聖母的還要聖潔。啊啊，只有這一刻了，只有這一刻了，我的最愛最敬重的母親！那兩個小弟弟哩，似乎還在做踢球的好夢，他們在笑，他們在微微地笑。

秀岳，我別無所念，我就只丟不了，只丟不了這三個人，這三個世界上再好也沒有的人！我，我去之後，千萬，千萬，請你要常來看看她們，和她們出去玩玩。

秀岳，親愛的秀岳，從此永別了，以後你千萬要來的哩！

另外還有一包書，本來是舅舅帶來給我念的，我包好了擺在這裏，用以轉贈給你，因為我們去的地方，這一種冊籍是很多的。

秀岳，深望你讀了之後，能夠馬上覺悟，深望你要墮落的時候，能夠想想到我！人生苦短，而工作苦多，永別了，秀岳，等杭州的蘇維埃政府成立之後，再來和你相見。這也許是在五年之後，這也許要費十年的工。但是，但是，我的老母，她，她怕是今生不能親身見到的了。

秀岳，秀岳，我們各自珍重，各自珍重罷！

馮世芬含淚之書　七月十九日午前三時

鄭秀岳讀了這一封信後，就在大門口她立在那兒的地方「啊」的一聲哭了出來。她娘和傭人等趕出來的時候，她已經哭倒在地上，坐在那裏背靠上了牆壁。等女傭人等把她抬到了床上，她的頭髮也已經散了。悲悲切切的哭了一陣，又拿信近她的淚眼邊去看看，她的熱淚，更加湧如驟雨。又痛哭了半天，她才決然地立了起來。把頭髮拴了一拴，帶著不能成聲的淚音，哄哄地對坐在她床前的娘說：

「恩娘，我要去，我，我要去看看，看看馮世芬的母親！」

十三

鄭秀岳勉強支持著她已經哭損了的身體，和紅腫的眼睛，坐了車到太平坊巷馮世芬的室裏的時候，太陽光已經只隱現在幾處高牆頭上了。

一走進大廳的旁門，大約是心理關係罷，她只感到了一陣陰戚戚的陰氣。馮家的起坐室裏，一點兒響動也沒有，靜寂得同在墳墓中間一樣。她低聲叫了一聲「陳媽！」那頭髮已有點灰白的馮家老傭人才輕輕地從起坐室後走了出來。她問她：

「太太呢？小少爺們呢？」

陳媽也蹙緊了愁眉，將嘴向馮母臥房的方向指了一指，然後又走近前來，附耳低聲的說：

「大小姐到上海去的事情，你曉得了沒有？太太今天睡了一天，飯也沒有吃過，兩位小少爺在那裏陪她。你快進去，大小姐，你去勸勸我們太太。」

鄭秀岳橫過了起坐室，踏進了旁間後廂房的門，就顫聲叫了一聲「伯母！」

馮世芬的娘和衣朝裏床睡在那裏，兩個小孩，一個已經手靠了床前的那張方桌假睡著了，只有一個大一點的，臉上呈露著滿臉的被驚愕所壓倒的表情，光著大眼，兩腳掛落，默坐在他弟弟的旁邊一張靠背椅上。

鄭秀岳進了這一間已經有點陰黑起來的房，更看了這一種周圍的情形，叫了一聲伯母之後，早已不能說第二句話了。便只能靜走上了兩孩子之旁，以一隻手撫上了那大孩子的頭。她聽見床裏漏出了幾聲啜泣吸鼻涕的聲音，又看見那老體抽動了幾動，似在那裏和悲哀搏鬥，想竭力裝出一種鎮靜的態度來的樣子。等了一歇歇，馮世芬的娘旋轉了身，斜坐了起來，鄭秀岳在黝黑不明的晚天光線之中，只見她的那張老臉，於淚跡斑爛之外，還在勉強裝作比哭更覺難堪的苦笑。

鄭秀岳看她起來了，就急忙走了過去，也在床沿上一道坐下，可是急切間總想不出一句適當的話來安慰著這一位已經受苦受得不少了的寡母。

倒是馮夫人先開了口，頭一句就問：

「芬的事情，你可曉得？」

在話聲裏可以聽得出來，這一句話真費了她千鈞的力氣。

「是的，我就是爲這事情而來的，她……她昨晚上寫給了我一封信。」

反而是鄭秀岳先作了一種混濁的斷續的淚聲。

「對這事情，我也不想多說，但是她既然要走，何不好好的走，何不預先同我說一說明白。

應環的人品，我也曉得的，芬的性格，我也很知道，不過……不過……這……這事情偏出在杭州的……杭州的我們家裏，教我……教我如何的去見人呢？」

馮母到了這裏，似乎是忍不住了，才又啜吸了一下鼻涕。鄭秀岳臉上的兩條冷淚，也在慢慢地流下來，可是最不容易過的頭道難關現在已經過去了，到此她倒覺得重新獲得了一腔談話的勇氣。

「伯母，世芬的人，是決不會做錯事情的，我想他們這一回的出去，也決不會發生什麼危險。不過一時被剩落在杭州的我們，要感到一點寂寞，倒是真的。」

「這我倒也相信，芬從小就是一個心高氣硬的孩子，就是應環，也並不是輕佻浮薄的人。不過，不過親戚朋友知道了的時候，教我如何做人呢？」

「伯母，已成的事情，也是沒法子的。說到旁人的冷眼，那也顧慮不得許多。昨天世芬的信上也在說，他們是決不再回到杭州來了，本來杭州這一個地方，實在也真太閉塞不過。」

「我倒也情願他們不再來見我的面，因為我是從小就曉得他們的，無論如何，總可以原諒他們，可是杭州人的專喜歡中傷人的一般的嘴，卻真是有點可怕。」

說到了這裏，那支手假睡在桌上的孩子，醒轉來了。用小手擦了一擦眼睛，他卻向鄭秀岳問說：

「我們的大姐姐呢？」

鄭秀岳當緊張之餘，得了這突如其來的一個擋駕的幫手，心上也寬鬆了不少。回過頭來，對這小天使微笑了一眼，她就對他說：

「大姐姐到上海去讀書去了，等不了幾天，我也要去的，你想不想去？」

他張大了兩隻大眼，呆視著她，只對她把頭點了幾下。坐在他邊上的哥哥，這時候也忽而向他母親說話了：

「娘娘！那一包書呢？」

馮母到這時候，方才想起來似的接著說：

「不錯，不錯，芬還有一包書留在這裏給你。珍兒，你上那邊書房裏去拿了過來。」

大一點的孩子一珍跑出去把書拿了來後，鄭秀岳就把她剛才接到的那封信的內容詳細說了一說。她勸馮母，總須想得開些，以後世芬不在，她當常常過來陪伴伯母。若有什麼事情，用得著她做的，伯母儘可吩咐，她當盡她的能力，來代替世芬。兩位小弟弟的將來的讀書升學，她若在杭州，她的同學及先生也很多很多，托托人家，也並不是一件難事。說了一陣，天已經完全的黑下來了。馮母留她在那裏吃晚飯，她說家裏怕要著急，就告辭走了出來。

回到了家裏，上東廂房的房裏去把馮世芬留贈給她的那包書打開一看，裏面卻是些她從沒有聽見過的《共產主義ABC》《革命婦女》《洛查盧森堡書簡集》之類的封面印得很有刺激性的書籍。她正想翻開那本《革命婦女》來看的時候，傭人卻進來請她吃晚飯了。

十四

這一個暑假裏，因爲好朋友馮世芬走了，鄭秀岳在家裏得多讀了一點書。馮世芬送給她的那一包書，對她雖則口味不大合，她雖還不能全部瞭解，但中國人的爲什麼要這樣的受苦，我們受苦者應該怎樣去解放自己，以及天下的大勢如何，社會的情形如何等，卻朦朧地也有了一點認識。

此外則經過了一個暑期的蒸催，她的身體也完全發育到了極致。身材也長高了，言語舉止，思想嗜好，已經全部變成了一個爛熟的少女的身心了。

到了暑假將畢，學校也將就開學的一兩星期之前，馮世芬的出走的消息，似乎已經傳了開去，她竟並不期待著的接到了好幾封信。有的是同學中的好事者來探聽消息的，有的是來吊慰她的失去好友的，更有的是借題發揮，不過欲因這事情而來發表她們的意見的。可是在這許多封信的中間，有兩封出乎她的意想之外，批評眼光完全和她平時所想她們的不同的信，最惹起了她的注意。

一封是李文卿從鄉下寄來的。她對於馮世芬的這一次的戀愛，竟讚嘆得五體投地。雖則又是桃紅柳綠的一大篇，但她的大意是說，戀愛就是性交，性交就是戀愛，所以戀愛應該不擇對象，不分畛域的。世間所非難的什麼血族通姦，什麼長幼聚麀之類，都是不通之談，既然要戀愛了，則不管對方的是貓是狗，是父是子，一道玩玩，又有什麼不可以呢？末後便又是一套一日三秋，一秋三百年，和何日再可以來和卿同衾共被，合成串呂之類的四六駢文。

其他的一封是她們的教員張康先生從西湖上一個寺裏寄來的信。他的信寫得很哀傷，他說馮世芬走了，他猶如失去了一顆領路的明星。他說他雖則對馮世芬並沒有什麼異想，但半年來他一日一封寫給她的信，卻是他平生所寫過的最得意的文章。他又說這一種血族通姦，實在是最不道德的事情。末了他說他的這一顆寂寞的心，今後是無處寄託了，他很希望她有空的時候，能夠上裏湖他寄寓在那裏的那個寺裏去玩。

鄭秀岳向來是接到了信概不答覆的，但現在一則因假中無事，寫寫信也是一種消遣；二則因這兩個人，雖則批評的觀點不同，但對馮世芬都抱有好意，卻是一樣。還有一層意識下的莫名其妙的渴念，失去了馮世芬後的一種異常的孤淒，當然也是一個主要的動機，所以對於這兩封信，她竟破例地各作了一個長長的答覆。回信去後，李文卿則過了兩日，馬上又來信了，信裏頭又附了許多白話不像白話，文言不像文言的情詩。張康先生則多過了一日，也來了信。此後總很規則地李文卿二日一封，張康先生三日一封，都有信來。

到了學校開學的前一日，李文卿突然差旅館裏的傭人，送了一匹白紡綢來給鄭秀岳，中午並且還要邀她上西湖邊上錢塘秀色酒家去吃午飯。鄭秀岳因為這一個暑假期中，馮世芬不在杭州，好久不出去玩了，得了這一個機會，自然也很想出去走走。所以將近中午的時候，就告知了父母，坐了家裏的車，一直到了湖濱錢塘秀色酒家的樓上。

到了那裏，李文卿還沒有來，坐等了二十分鐘的樣子，她在樓上的欄邊才看見了兩乘車子跑到了門口息下。坐在前頭車裏的是怒容滿面的李文卿，後面的一乘，當然是她的爸爸。

李文卿上樓來看見了她，一開口就大聲罵她的父親說：

「我叫他不要來不要來，他偏要跟了同來，我氣起來想索性不出來吃飯了，但因爲怕你在這裏等一個空，所以才勉強出來的。」

吃過中飯之後，她們本來是想去落湖的，但因爲李文卿的爸爸也要同去，所以李文卿又氣了起來，直接就走回了旅館。鄭秀岳的歸路，是要走過他們的旅館的，故而三人到了旅館門口，鄭秀岳就跟他們進去坐了一坐。他們所開的是一間頭等單房間，雖則地方不大，只有一張銅床，但開窗一望，西湖的山色就在面前，風景是真好不過，鄭秀岳坐坐談談，在那裏竟過了個把鐘頭。李文卿的父親，當這中間，早就鼾聲大作，張著嘴，流著口沫，在床上睡著了。

開學之後，因爲天氣還熱，同學來的不多，所以開課又展延了一個星期。李文卿於開學的當日就搬進了宿舍，鄭秀岳則遲了兩日才搬進去。在未開課之先，學校裏的管束，本來是不十分嚴的，所以李文卿則說父親又來了，須請假外宿，而鄭秀岳則說還要回家去住幾日，兩個就於午飯畢後，帶了一隻手提皮篋，一道走了出來。

她們先上西湖去玩了半日，又上錢塘秀色酒家去吃了晚飯，兩人就一同去到了那鄭秀岳也曾去過的旅館裏開了一個房間。這旅館的帳房茶房，對李文卿是很熟的樣子。她一進門，就李太太李太太的招呼得特別起勁。

這一天的天氣，也真悶熱，晚上像要下陣頭雨的樣子，所以李文卿一進了房，就把她的那件白香雲紗大衫脫下了。大約是因爲她身體太肥胖的緣故，生來似乎是格外的怕熱，她在大衫底下，非但不穿一件汗衫，連小背心都沒有得穿在那裏的。所以大衫一脫，她的上半身就成了一個黑油光光的裸體了。她在電燈底下，走來走去，兩隻乳頭紫黑色的下垂皮奶，向左向右的搖動得很厲害。倒是鄭秀岳看得有點難爲情起來了，就含著微笑對她說：

「你爲什麼這樣怕熱？小衫不好拿一件出來穿穿的？」

「穿它做什麼？橫豎是要睡了。」

「你這樣赤了膊走來走去的走，倒不怕茶房看見？」

「這裏的茶房是被我們做下規矩的，不喊他們他們不敢進來。」

「那麼玻璃窗上的影子呢？」

「影子麼，把電燈滅黑了就對。」

拍的一響，她就伸手把電燈滅黑了。但這一晚似乎是有十一二的上弦月色的晚上，電燈滅黑，窗外頭還看得出朦朧的西湖夜景來。

鄭秀岳盡坐在窗邊，在看窗外的夜景，而李文卿卻早把一條短短的紗褲也脫了下來，上床去躺上了。

「還不來睡麼？坐在那裏幹什麼？」

李文卿很不耐煩地催了她好幾次，鄭秀岳才把身上的一條黑裙子脫下，和衣睡上了床去。李文卿也要她脫得精光，和她自己一樣，但鄭秀岳怎樣也不肯依她。兩人爭執了半天，鄭秀岳終於讓步到了上身赤膊，褲帶解去的程度，但下面的一條褲子，她怎麼也不肯脫去。

這一天晚上，蒸悶得實在異常，李文卿於爭執了一場之後，似乎有些疲倦了，早就呼呼地張著嘴熟睡了過去，而鄭秀岳則翻來覆去，有好半日合不上眼。

到了後半夜在睡夢裏，她忽而在腿中間感著了一種異樣的刺痛，朦朧地正想用手去摸，而兩隻手卻已被李文卿捏住了。當睡下的時候，李文卿本睡在裏床，她卻向外床打側睡在那裏的。不知什麼時候，李文卿早已經爬到了她的外面，和她對面的形成了一個合掌的形狀了。

她因為下部的刺痛實在有些熬忍不住了，雙手既被捏住，沒有辦法，就只好將身體往後一縮，而李文卿的厚重的上半隻方肩，卻乘了這勢頭向她的肩頭拚命的推了一下，結果她底下的痛楚更加了一層，而自己的身體倒成了一個仰臥的姿勢，全身合在她上面的李文卿卻輕輕地斷續地乖肉小寶的叫了起來。

十五

學校開課以後，日常的生活，就又恢復了常態。生性溫柔，滿身都是熱情，沒有一刻少得來一個依附之人的鄭秀岳，於馮世芬去後，總算得著了一個李文卿補足了她的缺陷。從前同學們中間廣在流傳的那些關於李文卿的風說，一件一件她都曉得了無微不至，尤其是那一包長長的莫名其妙的東西，現在是差不多每晚都寄藏在她的枕下了。

她的對李文卿的熱愛，比對馮世芬的更來得激烈，因為馮世芬不過給了她些學問上的幫助和精神上的啓發，而李文卿卻於金錢物質上的贈與之外，又領她入了一個肉體的現實的樂園。

但是見異思遷的李文卿，和她要好了兩個多月，似乎另外又有了新的友人。到了秋高氣爽的十月底邊，她竟不再上鄭秀岳這兒來過夜了；那一包據她說是當她入學的那一年由她父親到上海去花了好幾十塊錢買來的東西，當然也被她收了回去。

鄭秀岳於悲啼哀泣之餘，心裏頭就只在打算將如何的去爭奪她回來，或萬一再爭奪不到的時候，將如何的給她一個報復。

最初當然是一封寫得很悲憤的絕交書，這一封信去後，李文卿果然又來和她睡了一個禮拜。但一禮拜之後，李文卿又不來了。她就費了種種苦心，去偵察出了李文卿的新的友人。

李文卿的新友人叫史麗娟，年紀比李文卿還要大兩三歲，是今年新進來的一年級生。史麗娟的幼小的歷史，大家都不大明白，所曉得者，只是她從濟良所裏被一位上海的小軍閥領出來以後的情形。這小軍閥於領她出濟良所後，就在上海爲她租了一間亭子間住著，但是後來因爲被他的另外的幾位夫人知道了，吵鬧不過，所以只說和她斷絕了關係，就秘密送她進了一個上海的女校。在這女校裏住滿了三年，那軍閥暗地裏也時常和她往來，可是在最後將畢業的那一年，這秘密突然因那位女校長上軍閥公館裏去捐款之故，而破露出來了。於是費了許多周折，她才來杭州改進了這個女校。

她面部雖則扁平，但臉形卻是長方。皮色雖也很白，但是一種病的灰白色。身材高矮適中，瘦到恰好的程度。口嘴之大，在無論哪一個女校裏，都找不出一個可以和她比擬的人來。一雙眼角有點斜掛落的眼睛，靈活得非常，當她水汪汪地用眼梢斜視你一瞥的時候，無論什麼人也要被她迷倒，而她哩，也最愛使用這一種是她的特長的眼色。

鄭秀岳於偵察出了這史麗娟便是李文卿的新的朋友之後，就天天只在設法如何的給她一個報復。

有一天寒風凄冷，似將下秋雨的傍晚，晚飯過後在操場上散步的人極少極少。而在這極少數的人中間，鄭秀岳卻突然遇著了李文卿和史麗娟兩個在那裏攜手同行。自從李文卿和她生疏以來，將近一個月了，但她的看見李文卿和史麗娟同在一道，這卻還是第一次。

當她遠遠地看見了她兩個人的時候，她們還沒有覺察得她也在操場，盡在俯著了頭，且談且往前走。所以她眼睛裏放出了火花，在一株樹葉已將黃落的大樹背後躲過，跟在她們後面走了一段，她們還是在高談闊論。等她們走到了操場的轉彎角上，又回身轉回來時，鄭秀岳卻將身體一撲，劈面的衝了過去，先拉住史麗娟的胸襟，向她臉上用指爪挖了幾把，然後就回轉身來，又拖住了正在預備逃走的李文卿大鬧了一場。她在和李文卿大鬧的中間，一面已見慣了這些醋波場面的史麗娟，卻早忍了一點痛，急忙逃回到自修室裏去了。

且哭且罵且哀求，她和李文卿兩個，在空洞黑暗，寒風凜冽的操場上糾纏到了就寢的時候，方才回去。這一晚總算是她的勝利，李文卿又到她那裏去住宿了一夜。

但是她的報復政策終於是失敗了，自從這一晚以後，李文卿和史麗娟的關係，反而加速度地又增進了數步。

她的計策盡了，精力也不繼了，自怨自艾，到了失望消沉到極點的時候，才忽然又想起了馮世芬對她所講的話來：

「肉體的美是不可靠的，要人格的美才能永久，才是偉大！」

她於無可奈何之中，就重新決定了改變方向，想以後將她的全部精神貫注到解放人類，改造社會的事業上去。

可是這些空洞的理想，終於不是實際有血有肉的東西。第一她的肉體就不許，她從此就走上了這條狹而且長的棧道；第二她的感情，她的後悔，她的怨憤，也終不肯從此就放過了那個本來就爲全校所輕視，而她自己卒因爲意志薄弱之故，終於闖入了她的陷阱的李文卿。

因這種種的關係，因這複雜的心情，她於那最後的報復計畫失敗之後，就又試行了一個最下最下的報復下策。她有一晚竟和那一個在校中被大家所認爲的李文卿的情人李得中先生上旅館去宿了一宵。

李得中先生究竟太老了，而他家裏的師母，又是一個全校聞名的夜叉精。所以無論如何，這李得中先生終究是不能塡滿她的那一種熱情奔放，一刻也少不得一個寄託之人的欲望的。

到了年假考也將近前來，而李文卿也馬上就快畢業離開學校的時候，她於百計俱窮之後，不得已就只能投歸了那個本來是馮世芬的崇拜者的張康先生，總算在他的身上暫時尋出了一個依託的地方。

十六

鄭秀岳升入三年級的一年，李文卿已經畢業離校了。馮世芬既失了蹤，李文卿又離了校，在這一年中她轉轉地只想尋一個可以寄託身心，可以把她的全部熱情投入去燃燒的熔爐而終不可得。

經過了過去半年來的情波愛浪的打擊，她的心雖已成了一個百孔千瘡，鮮紅滴瀝的蜂窩，但是經驗卻教了她如何的觀察人心，如何的支配異性。她的熱情不敢外露了，她的意志，也有幾分確立了。所以對於張康先生，在學校放假期中，她雖則也時和他去住住旅館，遊遊山水，但在感情上，在行動上，她卻得到了絕對的支配權。在無論哪一點，她總處處在表示著，這愛是她所施與的，你對方的愛她並不在要來，就是完全沒有也可以，所以你該認明她仍舊是她自身的主人。

正當她的這一次的戀愛爭鬥之中，確實把握著了這勝利的駕馭權的時候，暑假過後，不知從何處傳來了一個消息，說李文卿於學校畢業之後，在西湖上和本來是她的那西齋的老齋夫的一個小兒子同住在那裏。這老齋夫的兒子，從前是在金沙港的蠶桑學校裏當小使的，年紀還不滿十八歲，相貌長得嫩白像一個女人，鄭秀岳也曾於禮拜日他來訪他老父的時候看見過幾次。她聽到了這一個消息，心裏卻又起了一種異樣的感觸，因爲將她自己目下的戀愛來比比李文卿的這戀愛，則顯見得她要比李文卿差得多，所以在異性的戀愛上，她又覺得大大的失敗了。

自從她得到了這李文卿的戀愛消息以後，她對張康先生的態度，又變了一變。本來她就只打算在他的身上尋出一個暫時的避難之所的，現在卻覺得連這仍舊是不安全不滿足的避難之所也是不必要了。

她和張先生的這若即若離的關係，正將隔斷，而她的學校生活也將完畢的這一年冬天，中國政治上起了一個絕大的變化，真是古來所未有過的變化。

舊式軍閥之互相火併，這時候已經到了最後的一個階段了。奉天鬍子匪軍佔領南京不久，就被孫傳芳的販賣鴉片，虜掠姦淫，殺人放火，無惡不作的閩海匪軍驅逐走了。

孫傳芳佔據東南五省不上幾月，廣州革命政府的北伐軍隊，受了第三國際的領導和工農大眾的扶持，著著進逼，已攻下了武漢，攻下了福建，迫近江浙的境界來了。革命軍到處，百姓簞食壺漿，歡迎唯恐不及。於是舊軍閥的殘部，在放棄地盤之先，就不得不露他們的最後毒牙，來向無辜的農工百姓，試一次致命的噬咬，來一次絕命的殺人放火，虜掠姦淫。可憐杭州的許多女校，這時候同時都受了這些孫傳芳部下匪軍的包圍，數千女生也同時都成了被征服地的人身供物。其中未成年的不幸的少女，因被輪姦而斃命者，不知多少。幸而鄭秀岳所遇到的，是一個匪軍的下級軍官，所以過了一夜，第二天就得從後門逃出，逃回了家。

這前後，杭州城裏的資產階級，早已逃避得十室九空。鄭秀岳於逃回家後，馬上就和她的父母在成千成萬的難民之中，奪路趕到了杭州城站。但她們所乘的這次火車已經是自杭開滬的最後一班火車，自此以後，滬杭路上的客車，就一時中斷了。

鄭秀岳父女三人，倉皇逃到了上海，先在旅館裏住了幾天，後來就在滬西租定了一家姓戴的上流人家的樓下統廂房，作了久住之計。

這人家的住宅，是一間兩樓兩底的弄堂房子，房東是銀行裏的一位行員，房客於鄭秀岳她們一家之外，前樓上還有一位獨身的在一家書館裏當編輯的人住在那裏。

聽那家房東用在那裏的一位紹興的半老女傭人之所說，則這位吳先生，真是上海灘上少有的一位規矩人，年紀已經有二十五歲了，但絕沒有一位女朋友和他往來，晚上，也沒有一天在外面過過夜。在這前樓住了兩年了，而過年過節，房東太太邀他下樓來吃飯的時候，還是怕羞怕恥的，同一位鄉下姑娘一樣。

還有他的房租，也從沒有遲納過一天，對底下人如她自己和房東的黃包車夫之類的賞與，總按時按節，給得很豐厚的。

鄭秀岳聽了這多言的半老婦的這許多關於前樓的住客的讚詞，心裏早已經起了一種好奇的心思了，只想看看這一位正人君子，究竟是怎麼樣的一個人才。可是早晨她起來的時候，他總已經出去到書館裏去辦事了，晚上他回來的時候，總一進門就走上樓去的，所以自從那一天禮拜天的下午，她們搬進去後，雖和他同一個屋頂之下住了六七天，她可終於沒有見他一面的機會。

直到了第二個禮拜天的下午，——那一天的天氣，晴暖得同小春天一樣，——吃過飯後，鄭秀岳聽見前樓上的一排朝南的玻璃窗開了，有一位男子的操寧波口音的聲音，在和那半老女傭人的金媽說話，叫她把竹竿擱在那裏，衣服由他自己來曬。停了一會，她從她的住室的廂房窗裏，才在前樓窗外看見了一張清秀溫和的臉來。皮膚很白，鼻子也高得很，眼睛比尋常的人似乎要大一點，臉形是長方的。鄭秀岳看見了他伏出了半身在窗外天井裏曬駱駝絨袍子，嗶嘰夾衫之類的面形之後，心裏倒忽然驚了一頭，覺得這相貌是很熟很熟。又仔細尋思了一下，她就微微地笑起來了，原來他的面形五官，是和馮世芬的有許多共同之點的。

十七

一九二七——中華民國十六——年的年頭和一九二六年的年尾，滬杭一帶充滿了風聲鶴唳的白色恐怖的空氣。在黨的鐵律指導下的國民革命軍，各地都受了工農老百姓的暗助，已經越過了仙霞嶺，一步一步的逼近杭州來了。

陽曆元旦以後，國民革命軍第二十九路軍，真如破竹般地直到了杭州，浙江已經成了一個遍地紅旗的區域了。這時候淞滬的一隅，還在舊軍閥孫傳芳的殘部的手中，但是一夕數驚，舊軍閥早已經感到了他們的末日的將至了。

處身於這一種政治大變革的危急之中，托庇在外國帝國主義旗幟下的一般上海的大小資產階級，和洋商買辦之類，還悠悠地在送灶謝年，預備過他們的舊曆的除夕和舊曆的元旦。

醉生夢死，服務於上海的一家大金融資本家的銀行裏的鄭秀岳他們的房東，到了舊曆的除夕夜半，也在客廳上擺下了一桌盛大的筵席，在招請他的房客全體去吃年夜飯，這一天係一九二七年二月一日，天氣陰晴，是晚來欲雪的樣子。

鄭秀岳她們的一家，在爐火熔熔，電光灼灼的席面上坐定的時候，樓上的那一位吳先生，還不肯下來。等面團身胖，嗓音洪亮的那一位房東向樓上大喊了幾聲之後，他才慢慢地走落了樓。房東替他和鄭去非及鄭秀岳介紹的時候，他只低下了頭，漲紅了臉，說了幾句什麼也聽不出來的低聲的話。這房東本來是和他同鄉，身體魁偉，面色紅豔，說一句話，總容易惹人家哄笑。他在介紹的時候說：

「這一位吳先生，是我們的同鄉，在我們這裏住了兩年了。叫吳一粟，係在某某書館編婦女雜誌的。鄭小姐，你倒很可以和他做做朋友，因爲他的脾氣像是一位小姐。你看他的臉漲得多麼紅？我們內人有幾次去調戲他的時候，他簡直會哭出來。」

房東太太卻佯嗔假怒地罵起她的男人來了。

「你不要胡說，今朝是大年夜頭，噢！你看吳先生已經把你弄得難爲情極了。」一場笑語，說得大家都呵呵大笑了起來。

鄭秀岳在吃飯的時候，冷靜地看了他好幾眼，而他卻只低下了頭，一句話也不說，盡在吃飯。酒，他是不喝的。鄭去非和房主人的戴次山還正在淺斟低酌的中間，他卻早已把碗筷擱下，吃完了飯，默坐在那裏了。

這一天晚上，鄭去非於喝了幾杯酒後，居然興致大發，自家說了一陣過去的經歷以後，便和房東戴次山談論起時局來。末後注意到了吳一粟的沉默無言，低頭危坐在那裏，他就又把話牽了回來，詳細地問及了吳一粟的身世。

但他問三句，吳一粟頂多只答一句，倒還是房主人的戴次山代他回答得多些。

他和戴次山雖是寧波的大同鄉，然而本來也是不認識的。戴次山於兩年前同這回一樣，於登報招尋同住者的時候，因爲他的資格身分很合，所以才應許他搬進來同住。他的父母早故了，財產是沒有的，到寧波的四中畢業爲止，一切學費之類，都由他的一位叔父也係在某書館裏當編輯的吳卓人負責的。現在吳卓人上山東去做女師校長去了，所以他只剩了一個人在上海。那婦女雜誌，本來是由吳卓人主編的。但他於中學畢業之後，因爲無力再進大學，便由吳卓人的盡力，進了這某書館而充作校對，過了二年，升了一級，就算升作了小編輯而去幫助他的叔父，從事於編輯婦女雜誌。兩年前他叔父去做校長去了，所以這婦女雜誌現在名義上雖則仍說是吳卓人主編，但實際上則只有他在那裏主持。

這便是鄭去非向他盤問，而大半係由戴次山替他代答的吳一粟的身世。

鄭秀岳聽到了吳卓人這名字，心裏倒動了一動。因爲這名字，是她和馮世芬要好的時候，常在雜誌上看熟的名字。婦女雜誌，在她們學校裏訂閱的人也是很多。聽到了這些，她心裏倒後悔起來了，因爲自從馮世芬走後，這一年多中間，她只在爲情事而顛倒，書也少讀了，雜誌也不看了，所以對於中國文化界和婦女界的事情，她簡直什麼也不知道了。當她父親在和吳一粟說話的中間，她靜靜兒的注視著他那靦腆不敢抬頭的臉，心裏倒也下了一個向上的決心。

「我以後就多讀一點書罷！多識一點時務罷！有這樣的同居者近在咫尺，這一個機會倒不可錯過，或者也許比進大學還強得多哩。」

當她正是混混然心裏在那麼想著的時候，她父親和戴次山的談話，卻忽而轉向了她的身上。

「小女過了年也十七歲了，雖說已在女學校畢了業，但真還是一個什麼也不知的小孩子。以後的升學問題之類，正要戴先生和吳先生指教才對哩。」

聽到了這一句話，吳一粟才舉了舉頭，很快很快地向她看了一眼。今晚上鄭秀岳已經注意了他這麼的半晚了，但他的看她，這卻還是第一次。

這一頓年夜飯，直到了午前一點多鐘方才散席。散席後吳一粟馬上上樓去了，而鄭秀岳的父母，和戴次山的夫婦卻又於飯後打了四圈牌。在打牌閒話的中間，鄭秀岳本來是坐在她母親的邊上看打牌的，但因為房東主人於不經意中說起了替她做媒的話，她倒也覺得有些害起羞來了，便走回了廂房前面的她的那間臥房。

十八

二月十九，國民革命軍已沿了滬杭鐵路向東推進，到了臨平。以後長驅直入，馬上就有將淞滬一帶的殘餘軍閥肅清的可能。上海的勞苦群眾，於是團結起來了，雖則在軍閥孫傳芳的大刀隊下死了不少的鬥士和男女學生，然而殺不盡的中國無產階級，終於在千重萬重的壓迫之下，結束了起來。口號是要求英美帝國主義駐兵退出上海，打倒軍閥，收回租界，打倒一切帝國主義，凡這種種目的條件若不做到，則總罷工也一日不停止。工人們下了堅定的決心，想以自己的血來洗清中國數十年來的積汙。

軍閥們恐慌起來了，帝國主義者們也恐慌起來了，於是殺人也越殺越多，華租各界的戒嚴也越戒得緊。手忙腳亂，屁滾尿流，軍閥和帝國主義的醜態，這時候真儘量地暴露了出來。洋場十里，霎時間變作了一個被恐怖所壓倒的死滅的都會。

上海的勞苦群眾既忍受了這重大的犧牲，罷了工在靜候著民眾自己的革命軍隊的到來，但軍隊中的已在漸露狐尾的新軍閥們，卻偏是遲遲不行，等等還是不到，等等還是不來。悲壯的第一次總罷工，於是終被工賊所破壞，死在軍閥及帝國主義者的刀下的許多無名義士，就只能飲恨於黃泉，在地下悲聲痛哭，變作了不平的厲鬼。

但是革命的洪潮，是無論如何總不肯倒流的，又過了一個月的光景，三月二十一日，革命的士兵的一小部分終於打到了龍華，上海的工農群眾，七十萬人，就又來了一次驚天動地的大罷工總暴動。

閘北，南市，吳淞一帶的工農，或拿起鐮刀斧頭，或用了手槍刺刀，於二十日晚間，各拚著命，分頭向孫傳芳的殘餘軍隊衝去。

放火的放火，肉搏的肉搏，苦戰到了二十二日的晚間，革命的民眾，終於勝利了，閩海匪軍真正地被殺得片甲不留。

這一天的傍晚，滬西大華紗廠裏的一隊女王，五十餘人，手上各纏著紅布，也乘夜陰衝到了曹家渡附近的員警分駐所中。

其中的一個，長方的臉，大黑的眼，生得清秀靈活，不像是幼年女工出身的樣子。但到了員警所前，向門口的崗警一把抱住，首先繳這軍閥部下的員警的械的，卻是這看起來真像是弱不勝衣的她。拿了槍桿。大家一齊闖入了員警的住室，向玻璃窗，桌椅門壁，亂刺亂打了一陣，她卻終於被刺刀刺傷了右肩，倒地躺下了。

這樣的混戰了二三十分鐘，女工中間死了一個，傷了十二個，幾個員警，終因寡不敵眾，分頭逃了開去。等男工的糾察隊到來，將死傷的女同志等各抬回到了各人的寓所，安置停妥之後，那右肩被刺刀刺傷，因流血過多而昏暈了過去的女工，才在她住的一間亭子間的床上睜開了她的兩隻大眼。

坐在她的腳後，在灰暗的電燈底下守視著她的一位幼年男工，看見她的頭動了一動，馬上就站了起來，走到了她的頭邊。

「啊，世芬阿姐，你醒了麼？好好，我馬上就倒點開水給你喝。」

她頭搖了一搖，表示她並不要水喝。然後喉頭又格格地響了一陣，臉上微現出了一點苦痛的表情。努力把嘴張了一張，她終於微微地開始說話了：

「阿六！我們有沒有得到勝利？」

「大勝，大勝，閘北的兵隊，都被我們打倒，現在從曹家渡起，一直到吳淞近邊，都在我們總工會的義勇軍和糾察隊的手裏了。」

這時候在她的苦痛的臉上，卻露出了一臉眉頭皺緊的微笑。這樣地苦笑著，把頭點了幾點，她才轉眼看到了她的肩上。

一件青布棉襖，已經被血水浸濕了半件，被解開了右邊，還墊在她的手下。右肩肩鎖骨邊，直連到腋下，全被一大塊棉花，用紗布紮裹在那裏，紗布上及在紗布外看得出的棉花上，黑的血跡也印透了不少，流血似乎還沒有全部止住的樣子。一條灰黑的棉被，蓋在她的傷處及胸部以下，仍舊還穿著棉襖的左手，是擱在被上的。

她向自己的身上看了一遍之後，臉上又露出了一種訴苦的表情。幼年工阿六這時候又問了她一聲說：

「你要不要水喝？」

她忍著痛點了點頭，阿六就把那張白木桌子上的熱水壺打開，倒了一杯開水遞到了她的嘴邊。她將身體動了一動，似乎想坐起來的樣子，但啊唷的叫了一聲，馬上就又躺下了。阿六即刻以一隻左手按上了她的左肩，急急地說：

「你不要動，你不要動，就在我手裏喝好了，你不要動。」

她一口一口的把開水喝了半杯，哼哼地吐了一口氣，就搖著頭說：

「不要喝了。」

阿六離開了她的床邊，在重把茶杯放回白木桌子上去的中間，她移頭看向了對面和她的床對著的那張板鋪之上。

只在這張空鋪上看出了一條紅花布的褥子和許多散亂著的衣服的時候，她卻急起來了。

「阿六！阿金呢？」

「嗯，嗯，阿金麼？阿金麼？她……她……」

「她怎麼樣了？」

「她，她在那裏……」

「在什麼地方？」

「在，工廠裏。」

「在廠裏幹什麼？」

「在廠裏，睡在那裏。」

「爲什麼不回來睡？」

「她，她也……」

「傷了麼？」

「嗯，嗯……」

這時候阿六的臉上卻突然地滾下了兩顆大淚來。

「阿六，阿六，她，她死了麼？」

阿六嗚咽著，點了點頭，同時以他的那隻汙黑腫裂的右手擦上了眼睛。

馮世芬咬緊了一口牙齒，張著眼對頭上的石灰壁注視了一忽，隨即把眼睛閉了攏去。她的兩眼角上也向耳根流下了兩條冷冰冰的眼淚水來，這時候窗外面的天色，已經有些白起來了。

十九

當馮世芬右肩受了傷，呻吟在亭子間裏養病的中間，一樣的在上海滬西，相去也沒有幾里路的間隔，但兩人彼此都不曾知道的鄭秀岳，卻得到了一個和吳一粟接近的機會。

革命軍攻入上海，閘北南市，各發生了戰事以後，神經痲木的租界上的住民，也有點心裏不安起來了，於是乎新聞紙就驟加了銷路。

本來鄭秀岳他們訂的是一份新聞報，房東戴次山訂的是申報，前樓吳一粟訂的卻是替黨宣傳的民國日報。鄭去非閒居無事，每天就只好多看幾種報來慰遣他的不安的心裏。所以他於自己訂的一份報外，更不得不向房東及吳一粟去借閱其他的兩種。起初這每日借報還報的使命，是托房東用在那裏的金媽去的，因爲鄭秀岳他們自己並沒有傭人，飯是吃的包飯。房東主人雖則因爲沒有小孩，家事簡單，但是金媽的一雙手，卻要做三姓人家的事情，所以忙碌的上半天，和要燒夜飯的傍晚，當然有來不轉身的時節，結果，這每日借報還報的差使，就非由鄭秀岳去辦不可了。

鄭秀岳初起，也不過於傍晚吳一粟回來的時候上樓去還還而已，決不進到他的住室裏去的。但後來到了禮拜天，則早晨去借報的事情也有了，所以漸漸由門口而走到了他的房裏。吳一粟本來是一個最細心，最顧忌人家的不便的人，知道了鄭去非的這看報嗜好之後，平時他要上書館去，總每日自己把報帶下樓來，先交給金媽轉交的。但禮拜日他並不上書館去，若再同平時一樣，把報特地送下樓來，則怕人家未免要笑他的過於殷勤。因爲不是禮拜日，他要鎖門出去，隨身把報帶下樓來，卻是一件極便極平常的事情。可是每逢禮拜日，他是整天的在家的，若再同樣的把報特地送下樓來，則無論如何總覺得有點可笑。

所以後來到了禮拜天，鄭秀岳也常常到他的房裏去向他借報去了。一個禮拜，兩個禮拜的過去，她居然也於去還報的時候和他立著攀談幾句了，最後就進到了在他的寫字臺旁坐下來談一會的程度。

吳一粟的那間朝南的前樓，光線異常的亮。房裏頭的陳設雖則十分簡單，但晴冬的早晨，房裏曬滿太陽的時候，看起來卻也覺得非常舒適。一張洋木黃漆的床，擺在進房門的右手的牆邊，上面鋪得整整齊齊，總老有一條潔白印花的被單蓋在那裏的。西面靠牆，是一排洋粟書櫥，共有三個，玻璃門裏，盡排列著些洋裝金字的紅綠的洋書。東面牆邊，靠牆擺著一張長方的紅木半桌，邊上排著兩張藤心的大椅。靠窗橫擺的是一張大號的寫字臺，寫字臺的兩面，各擺有藤皮的靠背椅子一張。東西牆上掛著兩張西洋名畫複製版的鏡框，西面卻是一堂短屏，寫的是一首《春江花月夜》。

當鄭秀岳和馮世芬要好的時候，她是尊重學問，尊重人格；尊重各種知識的。但是自從和李文卿認識以後，她又覺得李文卿的見解不錯，世界上最好最珍貴的就是金錢。現在換了環境，逃難到了上海，無端和這一位吳一粟相遇之後，她的心想又有點變動了，覺得馮世芬所說的話終究是不錯的。所以她於借報還報之餘，又問他借了兩卷過去一年間的婦女雜誌去看。

在這婦女雜誌的論說欄感想欄創作欄裏，名家的著作原也很多，但她首先翻開來看的，卻是那些吳一粟自己做的或譯的東西。

吳一粟的文筆很流利，論說，研究，則做得謹慎周到，像他的爲人。從許多他所譯著的東西的內容看來，他卻是一個女性崇拜的理想主義者。他謳歌戀愛，主張以理想的愛和精神的愛來減輕肉欲。他崇拜母性，但以人格感化，和兒童教育爲母性的重要天職。至於愛的道德，結婚問題，及女子職業問題等，則以抄譯西洋作者的東西較多，大致還係愛倫凱，白倍兒，蕭百納等的傳述者，介紹到了美國林西的伴侶結婚的時候，他卻加上了一句按語說：「此種主張，必須在女子教育發達到了極點的社會中，才能實行。若女子教育，只在一個半開化的階段，而男子的道德墮落，社會的風紀不振的時候，則此種主張反容易爲後者所惡用。」由此類推，他的對於紅色的戀，對於蘇俄的結婚的主張，也不難猜度了，故而在那兩卷過去一年的婦女雜誌之中，關於蘇俄的女性及婦女生活的介紹，卻只有短短的一兩篇。

鄭秀岳讀了，最感到趣味的，是他的一篇歌頌情死的文章。他以情死爲愛的極致，他說殉情的聖人比殉教的還要崇高偉大。於舉了中外古今的許多例證之後，他結末就造了一句金言說：「熱情奔放的青年男女喲，我們於戀愛之先，不可不先有一顆敢於情死之心，我們於戀愛之後，尤不可不常存著一種無論何時都可以情死之念。」

鄭秀岳被他的文章感動了，讀到了一篇他吊希臘的海洛和來安玳的文字的時候，自然而然地竟湧出來了兩行情淚。當她讀這一篇文字的那天晚上，似乎是舊曆十三四夜的樣子。讀完之後，她竟興奮得睡不著覺。將書本收起，電燈滅黑以後，她仍復癡癡呆呆地回到了視窗她那張桌子的旁邊靜坐了下去。皎潔的月光從窗裏射了進來。她探頭向天上一看，又看見了一角明藍無底的夜色天。前樓上他的那張書桌上的電燈，也還紅紅地點著在那裏。她彷彿看見了一灣春水綠波的海來斯滂脫的大海，她自己彷彿是成了那個多情多恨的愛弗洛提脫的女司祭，而樓上在書桌上大約是還在寫稿子的那個清麗的吳郎，彷彿就是和她隔著一重海峽的來安玳。

二十

新軍閥的羊皮下的狼身，終於全部顯露出來了。革命告了一個段落之後，革命軍閥就不要民眾，不要革命的工農兵了。

一九二七年四月十一日的夜半，革命軍閥竟派了大軍，在閘北南市等處，包圍住了總工會的糾察隊營部屠殺起來。赤手空拳的上海勞工大眾，以用了那樣重大的犧牲去向孫傳芳殘部手裏奪來的破舊的槍械，抵抗了一晝夜，結果當然是槍械的全部被奪，和糾察隊的全部滅亡。

那時候馮世芬的右肩的傷處，還沒有完全收口。但一聽到了這軍部派人來包圍糾察隊總部的消息，她就連夜冒雨赤足，從滬西走到了閘北。但是糾察隊總部的外圍，革命軍閥的軍隊，前後左右竟包圍了三匝。她走走這條路也不通，走走那條路也不通，終於在暗夜雨裏徘徊繞走了三四個鐘頭。天亮之後，卻有一條虯江路北的路通了，但走了一段，又被兵士阻止了去路。

到了第二天早晨，南北市糾察隊的軍械全部被繳去了，糾察隊員也全部被殺戮了，馮世芬趕到了閘北商務印書館的東方圖書館外，仍舊還不能夠進去。含著眼淚，鼓著勇氣，談判爭論了半天，她才得了一個守門的兵士的許可，走進了屍身積疊的那間臨時充作總工會糾察隊本部的東方圖書館內。找來找去的又找了許多時候，在圖書館樓下大廳的角落裏，她終於尋出了一個鮮血淋漓的陳應環的屍體。因爲他是跟廣州軍出發北伐。在革命軍到滬之先的三個月前，從武漢被派來上海參加組織總罷工大暴動的，而她自己卻一向就留在上海，沒有去到廣州。

中國的革命運動，從此又轉了方向了。南京新軍閥政府成立以後，第一件重要工作，就是向各帝國主義的投降和對蘇俄的絕交。馮世芬也因被政府的走狗壓迫不過，從滬西的大華紗廠，轉到了滬東的新開起來的一家廠家。

正當這個中國政治回復了昔日的舊觀，軍閥黨棍貪官汙吏土豪劣紳聯結了帝國主義者和買辦地主來壓迫中國民眾的大把戲新開幕的時候，鄭秀岳和吳一粟的戀愛也成熟了。

一向是遲疑不決的鄭秀岳，這一回卻很勇敢地對吳一粟表白了她的傾倒之情。她的一刻也離不得愛，一刻也少不得一個依託之人的心，於半年多的久渴之後，又重新燃燒了起來，比從前更猛烈地，更強熱地放起火花來了。

那一天是在陽曆五月初頭的一天很晴爽的禮拜天。吃過午飯，鄭秀岳的父母本想和她上先施公司去購買物品的，但她卻飾辭謝絕了。送她父母出門之後，她就又向窗邊坐下，翻開那兩卷已經看過了好幾次的婦女雜誌來看。偶爾一回兩回，從書本上舉起眼看看天井外的碧落，半彎同海也似的晴空，又像在招引她出去，上空曠的地方去翺翔。對書枯坐了半個多鐘頭，她又把眼睛舉起，在遙望晴空的時候，於前樓上本來是開在那裏的窗門口，她忽而看出了一個也是在依欄呆立，舉頭望遠的吳一粟的半身兒。她坐在那兒的地方的兩扇玻璃窗，是關上的，所以她在窗裏，可以看得見樓上吳一粟的上半身，而從吳一粟的樓上哩，因爲有反光的玻璃遮在那裏的緣故，雖則低頭下視，也看不見她的。

癡癡地同失了神似地昂著頭向吳一粟看了幾分鐘後，她的心弦，忽而被挑動了。立起身來，換上了一件新製的夾袍，把頭面向鏡子裏照了一回，她就拿起了那兩卷裝訂得很厚的婦女雜誌合本，輕輕地走出了廂房，走上樓梯。

這時候，房東夫婦似在樓上統廂房的房裏睡午覺，金媽在廚房間裏補縫衣服，而那房東的包車夫又上街去買東西去了，所以全屋子裏清靜得聲響毫無。

她走到了前樓門口，看見吳一粟的房門，開了三五寸寬的一條門縫，斜斜地半掩在那裏。輕輕開進了門，向前走了一步，「吳先生！」的低低叫了一聲，還在窗門口呆立著的吳一粟馬上旋轉了身來。吳一粟看見了她，臉色立時漲紅了，她也立住了脚，面孔紅了一紅。

「吳先生，你站在窗門口作什麼？」

她放著微笑，開口就發了這一句問。

「你不在用功麼？我進來，該不會耽誤你的工夫罷？」

「哪裡！哪裡！我剛才看書看得倦了，呆站在這兒看天。」

說出了這一句話後，他的臉又加紅了一層。

「這兩卷雜誌，我都讀過了，謝謝你。」

說著她就走近了書桌，把那兩大卷書放向了桌上。吳一粟這時候已經有點自在起來了，向她看了一眼，就也微笑著移動了一移動籐椅，請她在桌子對面的那張椅子上坐下，他自己也馬上在桌子這面坐了下去。

「這雜誌你覺得怎麼樣？」

這樣問著，他又舉眼看入了她的眼睛。

「好極了，我尤其是喜歡讀你的東西。那篇吊海洛和來安玳的文章，我反覆地讀了好幾遍。」

聽了她這一句話後，他的剛褪色的臉上又漲起了兩面紅暈。

「請不要取笑，那一篇還是在前兩年做的，後來因爲稿子不夠，才登了進去，真是幼稚得很的東西。」

「但我卻最喜歡讀，還有你的另外的著作譯稿，我也通通讀了，對於你的那一種高遠的理想，我真佩服得很。」

說到了這裏，她臉上的笑容沒有了，卻換上了一臉很率真很純粹的表情。

吳一粟對她呆了一呆，就接著勉強裝了一臉掩藏羞恥的笑，開閉著眼睛，俯下了頭，低聲的回答說：

「理想，各人總有一個的。」

又舉起了頭，把眼睛開閉了幾次，遲疑了一會，他才羞縮地笑著問說：

「蜜司鄭，你的理想呢？」

「我的完全同你的一樣，你的意見，我是全部都贊成的。」

又紅了紅臉，俯下了頭，他便輕輕地說：

「我的是一種空想，不過是一種空的理想。」

「爲什麼說是空的呢，我覺得是實在的，是真的，吳先生，吳先生，你……」說到了這裏，她的聲調，帶起熱情的顫音來了，一雙在注視著吳一粟的眼睛裏，也放出了同琥珀似的光。

「吳先生，你……不要以爲婦女中間，沒有一個同你抱著一樣的理想的人。我……我真覺得這理想是不錯的，是對的，完全是對的。」

吳一粟俯首靜默了一會，舉起頭來向鄭秀岳臉上很快很快的掠視了一過，便掉頭看向了窗外的晴空，只自言自語地說：

「今天的天氣，實在是好得很。」

鄭秀岳也掉頭看向了窗外，停了一會，就很堅決地招誘他說：

「吳先生，你想不想上外面去走走？」

吳一粟遲疑著不敢答應。鄭秀岳看破了他的意思了，就說她的父母都不在家裏，她想先出去，到里外面的馬路角上去立在那裏等他。一邊說著一邊她就立起身來走下了樓去。

二十一

晴和的下午的幾次禮拜天的出去散步，鄭秀岳和吳一粟中間的愛情，差不多已經確立定了。吳一粟的那一種羞縮怕見人的態度，只有對鄭秀岳一個人稍稍改變了些。雖則他和她在散步的時候，所談的都是些關於學問，關於女子在社會上的地位等空洞的東西，雖則兩人中間，誰也沒有說過一句「我愛你」的話，但兩人中間的感情瞭解，卻是各在心裏知道得十分明白。

鄭秀岳的父母，房東夫婦，甚而至於那傭人金媽，對於她和他的情愛，也都已經公認了，覺得這一對男女，若配成夫婦的話，是最好也沒有的喜事，所以遇到機會，只在替他們兩人拉攏。

七月底邊，鄭秀岳的失學問題，到了不得不解決的時候了。鄭去非在報上看見了一個吳淞的大學在招收男女學生，所以擇了一天禮拜天，就托吳一粟陪了他的女兒上吳淞去看看那學校。問問投考入學的各種規程。他自己是老了，並且對於新的教育，也不懂什麼，是以選擇學校及投考入學各事，都要拜託吳一粟去爲他代勞。

那一天是太陽曬得很烈的晴熱的初伏天，吳一粟早晨陪她坐火車到吳淞的時候，已將中午了。坐黃包車到了那大學的門口，吳一粟還在對車夫付錢的中間，鄭秀岳卻在校門內的門房間外，衝見了一年多不見的李文卿。她的身體態度，還是那一種女豪傑的樣子，不過臉上的顏色，似乎比從前更黑了一點，嘴裏新鑲了一副極黃極觸目的金牙齒。她拖住了鄭秀岳，就替站在她邊上的一位也鑲著滿口金牙不過二十光景的瘦弱的青年介紹說：

「這一位是顧竹生，係在安定中學畢業的。我們已經同住了好幾個月了，下半年想同他來進這一個大學。」

鄭秀岳看了一眼這瘦弱的青年，心裏正在想起那老齋夫的兒子，吳一粟卻走了上來。大家介紹過後，四人就一道走進了大學的園內，去尋事務所去。顧竹生和吳一粟走上了前頭，李文卿因在和鄭秀岳談著天，所以腳步就走得很慢。李文卿說，她和顧是昨天從杭州來的，住在上海四馬路的一家旅館裏，打算於考後，再一道回去，鄭秀岳看看前面的兩個人走得遠了，就向李文卿問起了那老齋夫的兒子。李文卿大笑了起來說：

「那個不中用的死鬼，還去提起他作什麼？他在去年九月裏，早就染了弱症死掉了。可惡的那老齋夫，他於那小兒子死後，向我敲了一筆很大的竹槓，說是我把他的兒子弄殺的。」

說完後又哈哈哈哈的大笑了一陣。

等李文卿和鄭秀岳走到那學校的洋樓旁門口的時候，顧竹生和吳一粟卻已從裏面走了出來，手裏各捏了一筒大學的章程。顧竹生見了李文卿，就放著他的那種同小貓叫似的聲氣說：

「今天事務員不在，學校裏詳細的情形問不出來，只要了幾份章程。」

李文卿要鄭秀岳他們也一道和他們回上海去，上他們的旅館裏去玩，但一向就怕見人的吳一粟卻向鄭秀岳丟了一個眼色，所以四人就在校門口分散了。李文卿和顧竹生坐上了黃包車，而鄭秀岳他們卻慢慢地在兩旁小吃店很多的野路上向車站一步一步的走去。

因爲怕再遇見剛才別去的李文卿他們，所以吳一粟和鄭秀岳走得特別的慢。但走到了離車站不遠的一個轉彎角上，西面自上海開來的火車卻已經到了站了。他們在樹蔭下站立了一會，看這火車又重復向西的開了出去，就重新放開了平常速度的腳步，走上海濱旅館去吃飯去。

這時候黃黃的海水，在太陽光底下吐氣發光，一隻進口的輪船，遠遠地從煙突裏放出了一大卷煙霧。對面遠處，是崇明的一縷長堤，看起來彷彿是夢裏的煙景。從小就住在杭州，並未接觸過海天空闊的大景過的鄭秀岳，坐在海風飄拂的這旅館的迴廊陰處，吃吃看看，更和吳一粟笑笑談談，就覺得她周圍的什麼都沒有了，只有她和吳一粟兩人，只有她和他，像亞當夏娃一樣，現在坐在綠樹深沉的伊甸園裏過著無邪的原始的日子。

那一天的海濱旅館，實在另外也沒有旁的客，所以他們坐著談著，竟挨到了兩點多鐘才喝完咖啡，立起身來，雇車到了炮臺東面的長堤之上。

是在這炮臺東面的絕無一個人的長堤上，鄭秀岳被這四周的風景迷醉了，當吳一粟正在教她向石條上坐下去息息的時候，她的身體突然間倒入了他的懷裏。

「吳先生，我們就結婚，好不好？我不想再讀書了。」

走在她後面的吳一粟，伸手抱住了她那站立不定的身體，聽到了這一句話，卻呆起來了。因爲他和她雖則老在一道，老在談許多許多的話，心裏頭原在互相愛著，但是關於結婚的事情，他卻從來也沒有想到過。第一他是一個孤兒，覺得世界上斷沒有一個人肯來和他結婚的；第二他的現在的七十元一月的薪水，只夠他一個人的衣食，要想養活另外一個人，是斷斷辦不到的；況且鄭秀岳又是一位世家的閨女，他怎麼配得上她呢？因此他聽到了鄭秀岳的這一句話，卻呆了起來，默默的抱著她和她的眼睛注視了一忽，在腦裏頭雜亂迅速地把他自己的身世，和同鄭秀岳談過的許多話的內容回想了一下，他終於流出來了兩滴眼淚。這時候鄭秀岳的眼睛也水汪汪地濕起來了。四隻淚眼，又默默對視了一會，他才慢慢的開始說：

「密司鄭，你當真是這樣的在愛我麼？」

這是他對她說到愛字的第一次，頭靠在他手臂上的鄭秀岳點了點頭。

「密司鄭，我是不值得你的愛的，我雖則抱有一種很空很大的理想，我雖則並沒有對任何人講過戀愛，但我曉得，我自己的心是汙穢的。真正高尚的人，就不會，不會犯那種自辱的，自辱的手淫了……」

說到了這裏，他的眼淚更是驟雨似地連續滴落了下來。聽了他這話，鄭秀岳也嗚嗚咽咽的哭起來了，因爲她也想起了從前，想起了她自家的已經汙穢得不堪的身體。

二十二

兩人的眼淚，卻把兩人的汙穢洗清了。鄭秀岳雖則沒有把她的過去，說給他聽，但她自己相信，她那一顆後悔的心，已經是純潔無辜，可以和他的相對而並列。他也覺得過去的事情，既經懺悔，以後就須看他自己的意志堅定不堅定，再來重做新人，再來恢復他兒時的純潔，也並不是一回難事。

這一年的秋天，吳卓人因公到上海來的時候，吳一粟和鄭秀岳就正式的由戴次山做媒，由兩家家長作主，定下了婚約。鄭秀岳的升學讀書的問題，當然就擱下來了，因爲吳卓人於回山東去之先，曾對鄭去非說過，明年春天，極遲也出不了夏天，他就想來爲他侄子辦好這一件婚事。

訂婚之後的兩人間的愛情，更是濃密了。鄭秀岳每晚差不多總要在吳一粟的房裏坐到十點鐘才肯下來。禮拜天則一日一晚，兩人都在一處。吳一粟的包飯，現在和鄭家包在一處了，每天的晚飯，大家總是在一道吃的。

本來是起來得很遲的鄭秀岳，訂婚之後，也養成了早起的習慣了，吳一粟上書館去，她每天總要送他上電車，看到電車看不見的時候，才肯回來。每天下午，總算定了他將回來的時刻，老早就在電車站邊上，立在那裏等他了。

吳一粟雖則膽子仍是很小，但被鄭秀岳幾次一挑誘，居然也能夠見面就擁抱，見面就親嘴了。晚上兩人對坐在那裏的時候，吳一粟雖在做稿子譯東西的中間，也少不得要五分鐘一抱，十分鐘一吻地擱下了筆從座位裏站起來。

一邊鄭秀岳也真似乎仍復回到了她的處女時代去的樣子，凡吳一粟的身體，聲音，呼吸，氣味等她總覺得是摸不厭聽不厭聞不厭的快樂之泉。白天他不在那裏的將近十個鐘頭的時間，她總覺得如同失去了一點什麼似的坐立都是不安，有時候真覺得難耐的時候，她竟會一個人開進他的門去，去睡在他的被裏，近來吳一粟房門上的那個彈簧鎖的鎖鑰，已經交給了鄭秀岳收藏在那裏了。

可是相愛雖則相愛到了這一個程度，但吳一粟因爲想貫徹他的理想，而鄭秀岳因爲尊重他的理想之故，兩人之間，決不曾犯有一點猥褻的事情。

像這樣的既定而未婚的蜜樣的生活，過了半年多，到了第二年的五月，吳卓人果然到上海來爲他的侄兒草草辦成了婚事。

本來是應該喜歡的新婚當夜，上床之後，兩人談談，談談，談到後來，吳一粟又發著抖哭了出來。他一邊在替純潔的鄭秀岳傷悼，以後將失去她處女的尊嚴，受他的蹂躪，一邊他也在傷悼自家，將失去童貞，破壞理想，而變成一個尋常的無聊的有家室的男子。

結婚之後，兩人間的情愛，當然又加進了一層，吳一粟上書館去的時刻，一天天的捱遲了。又兼以節季剛進了漸欲睏人的首夏，他在書館辦公的中間，一天之內呵欠不知要打多少。晚上的他的工作時間，自然也縮短了，大抵總不上十點，就上了床。這樣地自夏歷秋，經過了冬天，到了婚後第二年的春暮，吳一粟竟得著了一種夢遺的病症。

仍復住在樓下廂房裏的鄭去非老夫婦，到了這一年的春天，因爲女兒也已經嫁了，時勢也太平了，住在百物昂貴的上海，也沒有什麼意思，正在打算搬回杭州去過他們的餘生。忽聽見了愛婿的這一種暗病，就決定帶他們的女兒上杭州去住幾時，可以使吳一粟一個人在上海清心節欲，調養調養。起初鄭秀岳執意不肯離開吳一粟，後來經她父母勸了好久，並且又告訴了她以君子愛人以德的大義，她才答應。

吳一粟送他們父女三人去杭州之後，每天總要給鄭秀岳一封報告起居的信。鄭秀岳於初去的時候，也是一天一封，或竟有一天兩封的來信的，但過了十幾天，信漸漸地少了，減到了兩天一封，三天一封的樣子。住滿了一個月後，因爲天氣漸熱之故，她的信竟要隔五天才來一次了。吳一粟因爲曉得她在杭州的同學，教員，及來往的朋友很多，所以對於她的懶得寫信，倒也非常能夠原諒，可是等到暑假過後的九月初頭，她竟有一禮拜沒有信來。到這時候，他心裏也有點氣起來了。於那一天早晨，發出了一封微露怨意的快信之後，等到晚上回家，仍沒有見到她的來信，他就急急的上電報局去發了一個病急速回的電報。

實際上他的病狀，也的確並不曾因夫婦的分居而減輕，近來晚上，若服藥服得少一點，每有失眠不睡的時候。

打電報的那天晚上，是禮拜六，第二天禮拜日的早晨十點多鐘，他就去北火車站候她。頭班早車到了，但他在月臺上尋覓了半天，終於見不到她的蹤影。不得已上近處菜館去吃了一點點心，等第二班特別快車到的時候，他終於接到了她，和一位同她同來的禿頭矮胖的老人。她替他們介紹過後，這李先生就自顧自的上旅館去了，她和他就坐了黃包車，回到了他們已經住了很長久的戴宅舊寓。

一走上樓，兩人把自杭州帶來的行李食物等擺了一擺好，吳一粟就略帶了一點非難似的口吻向她說：

「你近來爲什麼信寫得這樣的少？」

她站住了腳，面上表示著驚懼，恐怕他要重加責備似地對他凝視了半晌，眼睛眨了幾眨，卻一句話也不說撲落落滾下了一串大淚來。

吳一粟見了她這副神氣，心裏倒覺得痛起來了，搶上了一步，把她的頭頸抱住，就輕輕地慰撫小孩似地對她說：

「寶，你不要哭，我並不是在責備你，我並不是在責備你，噢，你不要哭！」

同時他也將他自己的已在流淚的右頰貼上了她的左頰。

二十三

晚上上床躺下，她才將她發信少發的原因說了一個明白。起初他們父女三人，是住在旅館裏的，在旅館住了十幾天，才去找尋房屋。一個月之後，終於找到了適當的房子搬了進去。這中間買東買西，添置器具，日日的忙，又哪有空功夫坐下來寫信呢？到了最近，她卻傷了一次風，頭痛發熱，睡了一個禮拜，昨天剛好，而他的電報卻到了。既說明了理由，一場誤解，也就此冰釋了，吳一粟更覺到了他自己做得過火，所以落後倒反向她賠了幾個不是。

入秋以後，吳一粟的夢遺病治好了，而神經衰弱，卻只是有增無已。過了年假，春夏之交，失眠更是厲害，白天頭昏腦痛，事情也老要辦錯。他所編的那婦女雜誌，一期一期的精采少了下去，書館裏對他，也有些輕視起來了。

這樣的一直拖捱過去，又拖過了一年，到了年底，書館裏送了他四個月的薪水，請他停了職務。病只在一天一天的增重起來，而賴以謀生的職業，又一旦失去。他的心境當然是惡劣到了萬分，因此脾氣也變壞了。本來是柔和得同小羊一樣的他，失業以後，日日在家，和鄭秀岳終日相對，動不動就要發生衝突。鄭秀岳傷心極了，總以爲吳一粟對她，變了初心。每想起訂婚後的那半年多生活的時候，她就要流下淚來。

這中間並且又因爲經濟的窘迫，生活也節縮到了無可再省的地步。失業後閒居了三月，又是春風和暖的節季了，人家都在添置春衣，及時行樂，而鄭秀岳他們，卻因積貯將完之故，正在打算另尋一間便宜一點的亭子間來搬家。

正是這樣在跑來跑去找尋房子的中間，有一天傍晚，鄭秀岳忽在電車上遇見了五六年來沒有消息的馮世芬。

馮世芬老了，清麗長方的臉上，細看起來，竟有了幾條極細極細的皺紋。她穿在那裏的一件青細布的短衫，和一條黑布的夾褲，使她的年齡更要加添十歲。

鄭秀岳起初在三等拖車裏坐上的時候，竟沒有注意到她。等將到日升樓前，兩人都快下電車去的當兒，馮世芬卻從座位裏立起，走到了就坐在門邊的鄭秀岳的身邊。將一隻手按上了鄭秀岳的肩頭，馮世芬對她親親熱熱地叫了一聲之後，鄭秀岳方才驚跳了起來。

兩人下了電車，在先施公司的簷下立定，就各將各的近狀報告了個仔細。

馮世芬說，她現在在滬東的一個廠裏做夜工，就住在去提籃橋不遠的地方。今天她是上周家橋去看了朋友回來的，現在正在打算回去。

鄭秀岳將過去的事情簡略說了一說，就告訴了她以吳一粟的近狀。說他近來如何如何的虐待她，現在因爲失業失眠的結果，天天晚上非喝酒不行了，她現在出來就是爲他來買酒的。末了便說了他們正在想尋一間便宜一點的亭子間搬家的事情，問馮世芬在滬東有沒有適當的房子出租。

馮世芬聽了這些話後，低頭想了一想，就說：

「有的有的，就在我住的近邊。便宜是便宜極了，可只是齷齪一點，並且還是一間前樓，每月租金只要八塊。你明朝午後就來罷，我在提籃橋電車站頭等你們，和你們一道去看。那間房子裏從前住的是我們那裏的一個人很好的工頭，他前天搬走了，大約是總還沒有租出的。我今晚上回去，就可以替你先去說一說看。」

她們約好了時間，和相會的地點，兩人就分開了。鄭秀岳買了酒一個人在走回家去的電車上，又想起了不少的事情。

她想起了在學校裏和馮世芬在一道的時節的情形，想起了馮世芬出走以後的她的感情的往來起伏，更想起了她對馮世芬的母親，實在太對不起了，自從馮世芬走後，除在那一年暑假中只去了一兩次外，以後就絕跡的沒有去過。

想到最後，她又轉到了目下的自己的身上，吳一粟的近來對她的冷淡，對她的虐待，她越想越氣，越想越覺得不能甘心。正想得將要流下眼淚來的時候，電車卻已經到了她的不得不下去的站頭上了。

這一天晚上，吃過晚飯之後，在電燈底下，她一邊縫著吳一粟的小衫，一邊就告訴了他以馮世芬出走的全部的事情。將那一年馮世芬的事情說完之後，她就又加上去說：

「馮世芬她舅舅的性格，是始終不會改變的。現在她雖則不曾告訴我他的近狀怎樣，但推想起來，他的對她，總一定還是和當初一樣。可是一粟，你呢，你何以近來會變得這樣的呢？經濟的壓迫，我是不怕的，但你當初對我那樣熱烈的愛，現在終於冷淡到了如此，這卻真真使我傷心。」

吳一粟默默地聽到了這裏，也覺得有辯解的必要了，所以就柔聲的對她說：

「秀，那是你的誤解。我對你的愛，也何嘗有一點變更？可是第一，你要想想我的身體，病到了這樣，再要一色無二的維持初戀時候那樣的熱烈，是斷不可能的。這並不是愛的冷落，乃是愛的進化。我現在對你更愛得深刻了，所以不必擁抱，不必吻香，不必一定要抱住了睡覺，才可以表示我對你的愛。你的心思，我也曉得，你的怨我近來虐待你，我也承認。不過，秀，你也該設身處地的爲我想想。失業到了現在，病又老是不肯斷根，將來的出路希望，一點兒也沒有。處身在這一種狀態之下，我又哪能夠和你日日尋歡作樂，像初戀當時呢？」

鄭秀岳聽了這一段話，仔細想想，倒也覺得不錯。但等到吳一粟上床去躺下，她一個人因爲小衫的袖口還有一隻沒有縫好，仍坐在那裏縫下去的中間，心思一轉，把幾年前的情形，和現在的一比，則又覺得吳一粟的待她不好了。

「從前是他睡的時候，總要叫我去和他一道睡下的，現在卻一點兒也不顧到我，竟自顧自的去躺下了。這負心的薄情郎，我將如何的給他一個報復呢？」

她這樣的想想，氣氣，哭哭，這一晚竟到了十二點過，方才嘆了口氣，解衣上床去在吳一粟的身旁睡下。吳一粟身體雖則早已躺在床上，但雙眼是不閉攏的，聽到了她的暗泣和嘆氣的聲音，心神愈是不快，愈是不能安眠了。再想到了她的思想的這樣幼稚，對於愛的解釋的這樣簡單，自然在心裏也著實起了一點反感，所以明明知道她的流淚的原因和嘆氣的理由在什麼地方，他可終只朝著裏床裝作了熟睡，而閉口不肯說出一句可以慰撫她的話來。但在他的心裏，他卻始終是在哀憐她，痛愛她的，尤其是當他想到了這幾月失業以後的她的節儉辛苦的生活的時候。

二十四

差不多將到和馮世芬約定的時間前一個鐘頭的時候，鄭秀岳和吳一粟，從戴家的他們寓裏走了出來，屋外頭依舊是淡雲籠日的一天養花的天氣。

兩人的心裏，既已發生了暗礁，一路在電車上，當然是沒有什麼話說的。鄭秀岳並且在想未婚前的半年多中間，和他出來散步的時候，是如何的溫情婉轉，與現在的這現狀一比，真是如何的不同？總之境隨心轉，現在鄭秀岳對於無論什麼瑣碎的事情行動，片言隻語，總覺得和從前相反了，因之觸目傷懷，看來看去，世界上竟沒有一點可以使她那一顆熱烈的片時也少不得男子的心感到滿足。她只覺得空虛，只覺得在感到饑渴。

電車到了提籃橋，他們倆還沒有下車之先，馮世芬卻先看到了他們在電車裏，就從馬路旁行人道上急走了過來。鄭秀岳替他和馮世芬介紹了一回，三人並著在走的中間，馮世芬開口就說：

「那一間前樓還在那裏，我昨晚上已經去替你們說好了，今朝只須去看一看，付他們錢就對。」

說到了這裏，她就向吳一粟看了一眼，凜然的轉了話頭對他說：

「吳先生，你的失業，原也是一件恨事，可是你對鄭秀岳爲什麼要這樣在虐待呢？同居了好幾年，難道她的性情你還不曉得麼？她是一刻也少不得一個旁人的慰撫熱愛的。你待她這樣的冷淡，教她那一顆狂熱的心，去付託何人呢？」

本來就不會對人說話，而膽子又是很小的吳一粟，聽了這一片非難，就只是紅了臉，低著頭，在那裏苦笑。馮世芬看了他這一副和善忠厚難以爲情的樣子，心裏倒也覺得說的話太過分了，所以轉了一轉頭，就向走在她邊上的鄭秀岳說：

「我們對男子，也不可過於苛刻。我們是有我們的獨立人格的，假如萬事都要依賴男子，連自己的情感都要仰求男子來扶持培養，那也未免太看得起男子太看不起自己了。秀岳，以後我勸你先把你自己的情感解放出來，瑣碎的小事情不要去想它，把你的全部精神去用在大的遠的事情之上。金錢的浪費，原是對社會的罪惡，但是情感的浪費，卻是對人類的罪惡。」

這樣在談話的中間，他們三人卻已經到了目的地了。

這一塊地方，雖說是滬東，但還是在虹口的東北部，附近的翻砂廠，機織廠，和各種小工廠很多，顯然是一個工人的區域。

他們去看的房子，是一間很舊的一樓一底的房子。由鄭秀岳他們看來，雖覺得是破舊不潔的住宅，但在附近的各種歪斜的小平屋內的住民眼裏，卻已經是上等的住所了。

走上樓去一看，裏面卻和外觀相反，地板牆壁，都還覺得乾淨，而開間之大，比起現在他們住的那一間來，也小不了許多。八塊錢一月的租金，實在是很便宜，比到現在他們的那間久住的寓房，房價要少十塊。吳一粟毫無異議，就勸鄭秀岳把它定落。可是遲疑不決，多心多慮的鄭秀岳，又尋根掘底的向房東問了許多話，才把一個月的房金交了出來。

一切都說停妥，約好於明朝午後搬過來後，馮世芬就又陪他們走到了路上。在慢慢走路的中間，她卻不好意思地對鄭秀岳說：

「我住的地方，離這兒並不十分遠。可是那地方既小又齷齪，所以不好請你們去，我昨天的不肯告訴你們門牌地點，原因也就在此，以後你們搬來住下，還是常由我來看你們罷！」

走到了原來下電車的地方，看他們坐進了車，她就馬上向東北的回去了。

離開了他們住熟的那間戴宅的寓居，在新租的這間房子裏安排住下，諸事告了一個段落的時候，他們手頭所餘的錢，只有五十幾塊了。鄭秀岳遷到了這一個新的而又不大高尙的環境裏後，心裏頭又多了一層怨憤。因爲他的父母也曾住過，戀愛與結婚的記憶，隨處都是的那一間舊寓，現在卻從她的身體的周圍剝奪去了。而饑餓就逼在目前的現在的經濟狀況，更不得不使她想起就要寒心。

勉強的過了一個多月，把吳一粟的醫藥費及兩人的生活費開銷了下來，連搬過來的時候還在手頭的五十幾塊錢都用得一個也沒有剩餘。鄭秀岳不得已就只好拿出她的手飾來去押入當鋪。

當她從當鋪裏回來，看見了吳一粟的依舊是愁眉不展，毫無喜色的顏面的時候，她心裏頭卻又疾風驟雨似地起了一種莫名其妙的憎惡之情。

「我犧牲到了這一個地步，你也應該對我表示一點感激之情才對嚇。那些首飾除了父母給我的東西之外，還有李文卿送我的手錶和戒指在裏頭哩。看你的那一副臉嘴，倒彷彿是我應該去弄了錢來養你的樣子。」

她嘴裏雖然不說，但心裏卻在那樣怨恨的中間，如電光閃發般的，她忽而想起了李文卿，想起了李得中和張康的兩位先生。

她心意決定了，對吳一粟也完全絕望了，所以那一天晚上，於吳一粟上床之後，她一個人在電燈下，竟寫了三封同樣的熱烈地去求愛求助的信。

過了幾天，兩位先生的覆信都來了，她物質上雖然仍在感到缺乏，但精神上卻舒適了許多，因爲已經是久渴了的她的那顆求愛的心，到此總算得到了一點露潤。

又過了一個星期的樣子，李文卿的回信也來了，信中間並且還附上了一張五塊錢的匯票。她的信雖則仍舊是那一套桃紅柳綠的文章，但一種憐憫之情，同富家翁對寒號饑泣的乞兒所表示的一樣的一種憐憫之情，卻是很可以看得出來的，現在的鄭秀岳，連對於這一種憐憫，都覺得不是侮辱了。

她的來信說，她早已在那個大學裏畢了業，現在又上杭州去教書了。所以鄭秀岳的那一封信，轉了好幾個地方才接到。顧竹生在入大學後的翌年，就和她分開了，現在和她同住的，卻是從前大學裏的一位庶務先生。這庶務先生自去年起也失了業，所以現在她卻和鄭秀岳一樣，反在養活男人。這一種沒出息的男子，她也已經有點覺得討厭起來了。目下她在教書的這學校的校長，對她似乎很有意思，等她和校長再有進一步的交情之後，她當爲鄭秀岳設法，也可以上這學校裏去教書。她對鄭秀岳的貧困，雖也很同情，可是因爲她自家也要養活一個寄生蟲在她的身邊，所以不能有多大的幫助，不過見貧不救，富者之恥，故而寄上大洋五元，請鄭秀岳好為吳一粟去買點藥料之類的東西。

二十五

鄭秀岳他們的生活愈來愈窘，到了六月初頭，他們連幾件棉夾的衣類都典當盡了。迫不得已最怕羞最不願求人的吳一粟，只好寫信去向他的叔父求救，而鄭秀岳也只能坐火車上杭州去向她的父母去乞借一點。

她在杭州，雖也會到了李得中先生和李文卿，但張康先生卻因為率領學生上外埠去旅行去了，沒有見到。

在杭州住了一禮拜回來，物質上得了一點小康，她和吳一粟居然也恢復了些舊日的情愛。這中間吳卓人也有信來了，於附寄了幾十元錢來之外，他更勸吳一粟於暑假之後也上山東去教一點書。失業之苦，已經嘗透了的吳一粟，看見了前途的這一道光明，自然是喜歡得比登天還要快活。因而他的病也減輕了許多，而鄭秀岳在要求的那一種火樣的熱愛，他有時候竟也能夠做到了幾分。

但是等到一個比較得快樂的暑假過完，吳一粟正在計畫上山東他叔父那裏去的時候，一刻也少不得男人的鄭秀岳又提出了抗議。她主張若要去的話，必須兩人同去，否則還不如在上海找點事情做做的好。況且吳一粟近來身體已經養得差不多快復原了，就是做點零碎的稿子賣賣，每月也可以得到幾十塊錢。神經衰弱之後，變得意志異常薄弱的吳一粟，聽了她這番話，覺得也很有道理。又加以他的本性素來是怕見生人，不善應酬的，即使到了山東，也未見得一定會弄得好。正這樣在遲疑打算的中間，他的去山東的時機就白白的失掉了。

九月以後，吳一粟雖則也做了一點零碎的稿子去換了些錢，但賣文所得，一個多月積計起來，也不過二十多元，兩人的開銷，當然是入不敷出的。於是他們的生活困苦，就又回復到了暑假以前的那一個狀態。

在暑假以前，他們還有兩個靠山可以去靠一靠的。但到了這時候，吳一粟的叔父的那一條路自然的斷了，而杭州鄭秀岳的父母，又本來是很清苦的，要鄭去非每月匯錢來養活女兒女婿，也覺得十分爲難。

九月十八，日本帝國主義的軍隊和中國軍閥相勾結，打進了東三省。中國市場於既受了世界經濟恐慌的餘波之後，又直面著了這一個政治危機，大江南北的金融界，商業界，就完全停止了運行。

到了這一個時期，吳一粟連十塊五塊賣一點零碎稿子的地方也不容易找到了。弄得山窮水盡，倒是在廠裏做著夜工，有時候於傍晚上工去之前偶爾來看看他們的馮世芬，卻一元兩元地接濟了他們不少。

十二月初旬的一天陰寒的下午，吳一粟拿了一篇翻譯的文章，上東上西的去探問了許多地方，才換得了十二塊錢，於上燈的時候，歡天喜地的走了回來。但一進後門，房東的一位女主人，就把樓上房門的鎖鑰交給他說：

「師母上外面去了，說是她的一位先生在旅館裏等她去會會，晚飯大約是不來吃的，你一個人先吃好了，不要等她。」

吳一粟聽了，心裏倒也很高興，以為又有希望來了。既是她的先生來會她，大約總一定有什麼教書的地方替她謀好了來通知她的，因為前個月裏，她曾向杭州發了許多的信，在托她的先生同學，為她自己和吳一粟謀一個小學教員之類的糊口的地方。

吳一粟在這一天晚上，因為心境又寬了一寬，所以吃晚飯的時候，竟獨斟獨酌的飲了半斤多酒。酒一下喉，身上也加了一點熱度，向床上和衣一倒，他就自然而然的睡著了。一睡醒來，他聽見樓下房東的鐘，正堂堂的敲了十點。但向四面一看，空洞的一間房裏，鄭秀岳還沒有回來。他心裏倒有些急起來了，平時日裏她出去半日的時候原也很多，但在晚間，則無論如何，十點以前，總一定回來的。他先向桌上及抽斗裏尋了一遍，看有沒有字條留下，或者知道了她的去所，他也可以去接她。可是尋來尋去，尋了半天，終於尋不到一點她的字跡。又等了半點多鐘，他想想沒有法子，只好自家先上床去睡下再說。把衣服一脫，在攞向床前的那一張籐椅子上去的中間，他卻忽然在這籐椅的低窪的座裏，看見了一團白色的紙團兒來。

急忙的把這紙團撿起，拿了向電燈底下去攤開一看，原來是一張三馬路新惠中旅社的請客單子，上面寫著鄭秀岳的名字和他們現在的住址，下面的署名者是張康，房間的號數是二百三十三號。他高興極了，因爲張康先生的名字，他也曾聽見她提起過的。這一回張先生既然來了，他大約總是爲她或他自己的教書地方介紹好了無疑。

重復把衣服穿好，滅黑了電燈，鎖上了房門，他歡天喜地的走下了樓來。房主人問他，這麼遲了還要上什麼地方去?他就又把鎖鑰交出，說是去接她回來的，萬一她先回來了的話，那請把這鎖鑰交給她就行。

他尋到了旅社裏的那一號房間的門口，百葉腰門裏的那扇厚重的門卻正半開在那裏。先在腰門上敲了幾下，推將進去一看，他只見鄭秀岳披散了頭髮，倒睡在床前的地毯之上。身上穿的，上身只是一件鈕扣全部解散的內衣，胸乳是露出在外面的，下身的襯褲，也只有一隻腿還穿在褲腳之內，其他的一隻腿還精赤著裹在從床上拖下地來的半條被內。她臉上浸滿了一臉的眼淚，右嘴角上流出了一條鮮紅的血。

他真驚呆極了，驚奇得連話都不能夠說出一句來。張大了眼睛呆立在那裏總約莫有了三分鐘的光景，他的背後白打的腰門一響，忽而走進了一個人來。朝轉頭去一看，他看見了一位四十光景的瘦長的男子，上身只穿了一件短薄的棉襖，兩手還在腰間棉襖下繫縛褲子，看起樣子，他定是剛上外面去小解了來的。他的面色漲得很青，上面是蓬蓬的一頭長髮，兩隻眼睛在放異樣的光，顏面上的筋肉和嘴口是表示著興奮到了極點，在不斷地抽動。這男子一進來，房裏頭立時就充滿了一股殺氣。他瞠目看了一看吳一粟，就放了滿含怒氣的大聲說：

「你是這娼婦的男人麼？我今天替你解決了她。」

說著他將吳一粟狠命一推，又趕到了床前伏下身去一把頭髮將她拖了起來。這時候鄭秀岳卻大哭起來了。吳一粟也就趕了過去，將那男子抱住，拆散了他的拖住頭髮的一隻右手。他一邊在那裏拆勸，一邊卻含了淚聲亂嚷著說：

「饒了她罷，饒了她罷，她是一個弱女子，經不起你這麼亂打的。」

費盡了平生的氣力，將這男子拖開，推在沙發上坐下之後，他才問他，這究竟是怎麼一回事。他鼻孔裏盡吐著深深的長長的怒氣，一邊向棉襖袋裏一摸，就摸出了一封已經是團得很皺的信來向吳一粟的臉上一擲說：

「你自己去看罷！」

吳一粟彎身向地上撿起了那一封信，手發著抖，攤將開來一看，卻是李得中先生寄給鄭秀岳的一封很長很長的情書。

二十六

秀岳吾愛：

今天同時收到你的兩封信，充滿了異樣的情緒，我不知將如何來開口吐出我心上欲說的話。這重重傷痕的夢啊，怎麼如今又燃燒得這般厲害？直把我套入人生的謎裏，我掙扎不出來。尤其是我的心被驚動了，「何來餘情，重憶舊時人？這般深。」這變態而矛盾的心理狀況，我揭不穿。我全被打入深思中，我用盡了腦力。我有這一點小聰明，我未曾用過一點力量來挽回你的心，可是現在的你，由來信中的證明，你是確實的餘燼復燃了，重來溫暖舊時的人。可是我依然是那末的一個我，已曾被遺忘過的人，又憑什麼資格來引你贖回過去的愛。我雖一直不能忘情，但機警的性格指示我，叫我莫呆。故自十八年的夏季，在去滬車上和你一度把晤後，我清醒了許多，那印象種的深，到今天還留在。你該記得罷？那時我是為了要見你之切，才同你去滬的，那時的你，你倒再去想一下。你給我的機會是什麼，你說？我只感得空虛，我沒有勇氣再在上海住下去，我只好偷偷的走，那淡漠，我永印上了心。好，我唯有收起心腸。這是你造成我這麼來做，便此數年隔膜，我完全沉默了。不過那潛藏的暗潮仍然時起洶湧，不讓它流露就是了，只是個人知道。不料這作孽的未了緣，於今年六月會相逢於狹路，再攪亂了內部的平靜。但那時你啊，你是復原了熱情，我雖在存著一個解不透的謎，但我的愛的火焰，禁不住日臻熒熒。而今更來了這意料不到的你的心曲，我迷糊了，我不知怎樣處置自己，我只好叫喚蒼天！秀岳，我亦還愛你，怎好！

我打算馬上到上海來和你重溫舊夢。這信夜十時寫起，已寫到十二點半，總覺得情緒太複雜了，不知如何整理。寫寫，又需要長時的深思，思而再寫，我是太興奮了，故沒心的整整寫上二個半鐘頭。祝你愉快！

李得中　十一月八日十二時半

吳一粟在讀信的中間，鄭秀岳盡在地上躺著，嗚嗚咽咽地在哭。讀完了這一封長信之後，他的眼睛裏也有點熱起來了，所以一句話也說不出來，只向地上在哭的她和沙發上坐著在吐氣的他往復看了幾眼，似在發問的樣子。

大約是坐在沙發上的那男子，看得他可憐起來了罷，他於鼻孔裏吐了一口長氣之後，才慢慢地大聲對吳一粟說：

「你大約是吳一粟先生罷？我是張康。鄭秀岳這娼婦在學生時代，就和我發生過關係的。後來聽說嫁了你了，所以一直還沒有和她有過往來。但今年的五月以後，她又常常寫起很熱烈的信來了，我又哪裡知道這娼婦同時也在和那老朽來往的呢？就是我這一回的到上海來，也是爲了這娼婦的迫切的哀求而來的呀。那裏曉得睡到半夜，那老朽的這一封汙濁不通的信，竟被我在她的內衣袋裏發見了，你說可氣不可氣？」說到了這裏，他又深深地吐了一口氣。回轉頭去，更狠狠地向她毒視了一眼，他又叫著說：

「鄭秀岳，你這娼婦，你真騙得我好！」

說著他又捏緊拳頭，站起來想去打她去了，吳一粟只得再嚷著「饒了她，饒了她，她是一個弱女子！」而把他按住坐了下去。

鄭秀岳還在地上嗚咽著，張康仍在沙發上發氣，吳一粟也一句別的話都說不出來。立著，沉默著，對電燈呆視了幾分鐘後，他舉手擦了一擦眼淚，似含羞地吞吞吐吐地對張康說：

「張先生，你也不用生氣了，根本總是我不好，我，我，我自失業以來，竟不能夠，不能夠把她養活……」

又沉默了幾分鐘，他掀了一掀鼻涕，就走過了鄭秀岳的身邊，毫無元氣似地輕輕的說：

「秀，你起來罷，把衣服褲子穿一穿好，讓我們回去！」

聽了他這句話後，她的哭聲卻放大來了，哭一聲，啜一啜氣，哭一聲，啜一啜氣，一邊哭著，一邊她就斷斷續續地說：

「今天……今天……我……我是不回去了……我……我情願被他……被他打殺了……打殺了……在這裏……」

張康聽了她這一句話，又大聲的叫了起來說：

「你這娼婦，總有一天要被人打殺！我今天不解決你，這樣下去，總有一個人來解決你的。」

看他的勢頭，似乎又要站起來打了，吳一粟又只能跑上他身邊去賠罪解勸，只好千不是，萬不是的說了許多責備自己的話。

他把張康勸平了下去，一面又向鄭秀岳解勸了半天，才從地上扶了她起來。拿了一塊手巾，把她臉上的血和眼淚揩了一揩，更尋著了掛在鏡衣櫥裏的她那件袍子替她披上，棉褲棉襖替她拿齊之後，她自己就動手穿縛起襯衣襯褲來了。等他默默地扶著了她，走出那間二百三十三號的房間的時候，旅館壁上掛在那裏的一個圓鐘，短針卻已經繞過了Ⅲ字的記號。

二十七

一九三二年一月二十九日的侵晨，虹口一帶，起了不斷的槍聲，閘北方面，火光煙焰，遮滿了天空。

飛機擲彈的聲音，機關槍僕僕僕僕掃射的聲音，街巷間悲啼號泣的聲音，雜聚在一處，似在奏第二次世界大戰的前奏序曲。這中間，有一隊穿海軍紺色的制服的巡邏隊，帶了幾個相貌猙獰的日本浪人，在微明的空氣裏，竟用槍托斧頭，打進了吳一粟和鄭秀岳寄寓在那裏的那一間屋裏。

樓上樓下，翻箱倒篋的搜索了半小時後，鄭秀岳就在被裏被他們拉了出來，拖下了樓，拉向了那小隊駐紮在那裏的附近的一間空屋之中。吳一粟叫著喊著，跟他們和被拉著的鄭秀岳走了一段，終於被一位水兵旋轉身來，用槍托向他的腦門上狠命的猛擊了一下。他一邊還在喊著「饒了她，饒了她，她是一個弱女子！」但一邊卻同醉了似的向地上坐了下去，倒了下去。

兩天之後，法界的一個戰區難民收容所裏，牆角邊卻坐著一位瘦得不堪，額上還有一塊乾血凝結在那裏的中年瘋狂難民，白天晚上，盡在對了牆壁上空喊：

「饒了她！饒了她！她是一個弱女子！」

又過了幾天，一位清秀瘦弱的女工，同幾位很像是她的同志的人，卻在離鄭秀岳他們那裏不遠的一間貼近日本海軍陸戰隊曾駐紮過的營房間壁的空屋裏找認屍體。在五六個都是一樣的赤身露體，血肉淋漓的青年婦女屍體之中，那女工卻認出了雙目和嘴都還張著，下體青腫得特別厲害，胸前的一隻右奶已被割去了的鄭秀岳的屍身。

她於尋出了這因被輪姦而斃命的舊同學之後，就很有經驗似地教同志們在那裏守著而自己馬上便出去弄了一口薄薄的施材來爲她收殮。

把她自己身上穿在那裏的棉襖棉褲上的青布罩衫褲脫了下來，親自替那精赤的屍體穿得好好，和幾位同志，把屍身抬入了棺中，正要把那薄薄的棺蓋釘上去的時候，她卻又跑上了那屍體的頭邊，親親熱熱地叫了幾聲說：

「鄭秀岳！……鄭秀岳！……你總算也照你的樣子，貫徹了你那軟弱的一生。」又注目呆看了一忽，她的清秀長方意志堅決的臉上，卻也有兩滴眼淚流下來了。

馮世芬的收殮被慘殺的遺體，計算起來，五年之中，這卻是她的第二次的經驗。

後敘

《她是一個弱女子》的題材，我在一九二七年（見《日記九種》第五十一頁一月十日的日記）就想好了，可是以後輾轉流離，終於沒有功夫把它寫出。這一回日本帝國主義的軍隊來侵，我於逃難之餘，倒得了十日的空閒，所以就在這十日內，貓貓虎虎地試寫了一個大概。寫好之後，過細一看，覺得失敗的地方很多，但在這殺人的經濟壓迫之下，也不能夠再來重行改削或另起爐灶了，所以就交給了書鋪，教他們去出版。

書中的人物和事實，不消說完全是虛擬的，請讀者萬不要去空費腦筋，妄思證對。寫到了如今的小說，其間也有十幾年的歷史了，我覺得比這一次寫這篇小說時的心境更惡劣的時候，還不曾有過。因此這一篇小說，大約也將變作我作品之中的最惡劣的一篇。

一九三二年三月達夫記

注釋

①本篇於一九三四年四月由上海湖風書局出版，扉頁上有作者題辭：「謹以此書，獻給我最親愛、最尊敬的映霞。一九三二年三月達夫上。」

遲桂花①

××兄：

突然間接著我這一封信，你或者會驚異起來，或者你簡直會想不出這發信的翁某是什麼人。但仔細一想，你也不在做官，而你的境遇，也未見得比我的好幾多倍，所以將我忘了的這一回事，或者是還不至於的。因為這除非是要貴人或境遇很好的人才做得出來的事情。前兩禮拜為了採辦結婚的衣服傢俱之類，才下山去。有好久不上城裏去了，偶爾去城裏一看，真是像丁令威的化鶴歸來，觸眼新奇，宛如隔世重生的人。在一家書鋪門口走過，一抬頭就看見了幾冊關於你的傳記評論之類的書。再踏進去一問，才知道你的著作竟積成了八九冊之多了。將所有的你的和關於你的書全買將回來一讀，彷彿是又接見了十餘年不見的你那副音容笑語的樣子。我忍不住了，一遍兩遍的盡在翻讀，愈讀愈想和你通一次信，見一次面。但因這許多年數的不看報，不識世務，不親筆硯的緣故，終於下了好幾次決心，而仍不敢把這心願來實現。現在好了，關於我的一切結婚的事情的準備，也已經料理到了十之七八，而我那年老的娘，又在打算著於明天一侵早就進城去，早就上床去躺下了。我那可憐的寡妹，也因為白天操勞過了度，這時候似乎也已經墜入了夢鄉，所以我可以靜靜兒的來練這久未寫作的筆，實現我這已經懷念了有半個多月的心願了。

提筆寫將下來，到了這裏，我真不知將如何的從頭寫起。和你相別以後，不通聞問的年數，隔得這麼的多，讀了你的著作以後，心裏頭觸起的感覺情緒，又這麼的複雜；現在當這一刻的中間，洶湧盤旋在我腦裏想和你談談的話，的確，不止像一部二十四史那麼的繁而且亂，簡直是同將要爆發的火山內層那麼的熱而且烈，急遽尋不出一個頭來。

我們自從房州海岸別來，到現在總也約莫有十多年光景了罷！我還記得那一天晴冬的早晨，你一個人立在寒風裏送我上車回東京去的情形。你那篇《南遷》的主人公，寫的是不是我？我自從那一年後，竟為這胸腔的惡病所壓倒，與你再見一次面和通一封信的機會也沒有，就此回國了。學校當然是中途退了學，連生存的希望都沒有了的時候，哪裡還顧得到將來的立身處世？哪裡還顧得到身外的學藝修能？到這時候為止的我的少年豪氣，我的絕大雄心，是你所曉得的。同級同鄉的同學，只有你和我往來得最親密。在同一公寓裏同住得最長久的，也只有你一個人；時常勸我少用些功，多保養身體，預備將來為國家為人類致大用的，也就是你。每於風和日朗的晴天，拉我上多摩川上井之頭公園及武藏野等近郊去散走閒遊的，除你以外，更沒有別的人了。那幾年高等學校時代的愉快的生活，我現在只教一閉上眼，還歷歷透視得出來。看了你的許多初期的作品，這記憶更加新鮮了。這些我的所以愈讀你的作品，愈想和你通一次信者，原因也就在這些過去的往事的追懷。這些都是你和我兩人所共有的過去，我寫也沒有寫得你那麼好，就是不寫你總也還記得的，所以我不想再說。我打算詳詳細細向你來作一個報告的，就是從那年冬天回故鄉以後的十幾年光景的山居養病的生活情形。

那一年冬天咯了血，和你一道上房州去避寒，在不意之中，又遇見了那個肺病少女——是真砂子罷？連她的名字我都忘了——無端惹起了那一場害人害己的戀愛事件。你送我回東京之後，住了一個多禮拜，我就回國來了。我們的老家在離城市有二十來里地的翁家山上，你是曉得的。回家住下，我自己對我的病，倒也沒什麼驚奇駭異的地方，可是我痰裏的血絲，臉上的蒼白，和身體的瘦削，卻把我那已經守了好幾年寡的老母急壞了，因為我那短命的父親，也是患這同樣的病而死去的。於是她就四處的去求神拜佛、採藥求醫，急得連粗茶淡飯都無心食用，頭上的白髮，也似乎一天一天的加多起來了。我哩！戀愛已經失敗了，學業也已輟了，對於此生，原已沒有多大的野心，所以就落得去由她擺佈，積極地雖盡不得孝，便消極地盡了我的順。初回家的一年中間，我簡直門外也不出一步，各色各樣的奇形的草藥，和各色各樣的異味的單方，差不多都嘗了一個遍。但是怪得很，連我自己都滿以為沒有希望的這致命的病症，一到了回國後所經過的第二個春天，竟似乎有神助似地忽然減輕了，夜熱也不再發，盜汗也居然止住，痰裏的血絲早就沒有了。我的娘的喜歡，當然是不必說，就是在家裏替我煮藥縫衣，代我操作一切的我那位妹妹，也同春天的天氣一樣，時時展開了她的愁眉，露出了她那副特有的真真是討人歡喜的笑容。

到了初夏，我藥也已經不服，有興致的時候，居然也能夠和她們一道上山前山後去採採茶，摘摘菜，幫她們去服一點小小的勞役了。是在這一年的——回家後第三年的——秋天，在我們家裏，同時候發生了兩件似喜而又可悲，說悲卻也可喜的悲喜劇。第一，就是我那妹妹的出嫁，第二，就是我定在城裏的那家婚約的解除。妹妹那年十九歲了，男家是只隔一支山嶺的一家鄉下的富家。他們來說親的時候，原是因為我們祖上是世代讀書的，總算是來和詩禮人家攀婚的意思。定親已經定過了四五年了，起初我娘卻嫌妹妹年紀太小，不肯馬上准他們來迎娶，後來就因為我的病，一擱就又擱起了兩三年。到了這一回，我的病總算已經恢復，而妹妹卻早到了該結婚的年齡了。男家來一說，我娘也就應允了他們，也算完了她自己的一件心事。至於我的這家親事呢，卻是我父親在死的前一年為我定下的，女家是城裏的一家相當有名的舊家。那時候我的年紀雖還很小，而我們家裏的不動產卻著實還有一點可觀。並且我又是一個長子，將來家裏要培植我讀書處世是無疑的，所以那一家舊家居然也應允了我的婚事。以現在的眼光看來，這門親事，當然是我們去竭力高攀的，因為杭州人家的習俗，是吃粥的人家的女兒，非要去嫁吃飯的人家不可的。還有鄉下姑娘，嫁往城裏，倒是常事，城裏的千金小姐，卻不大會下嫁到鄉下來的，所以當時的這個婚約，起初在根本上就有點兒不對。後來經我父親的一死，我們家裏，喪葬費用，就用去了不少。嗣後年復一年，母子三人，只吃著家裏的死飯。親族戚屬，少不得又要對我們孤兒寡婦，時時加以一點剝削。母親又忠厚無用，在出賣田地山場的時候，也不曉得市價的高低，大抵是任憑族人在從中勾搭。就因這種種關係的結果，到我考取了官費，上日本去留學的那一年，我們這一家世代讀書的翁家山上的舊家，已經只剩得一點僅能維持衣食的住屋山場和幾塊荒田了。

當我初次出國的時候，承蒙他們不棄，我那未來的親家，還送了我些贐儀路費。後來於寒假暑假回國的期間，也曾央原媒來催過完姻。可是接著就是我那致命的病症的發生，與我的學業的中輟，於是兩三年中，他們和我們的中間，便自然而然的斷絕了交往。到了這一年的晚秋，當我那妹妹嫁後不久的時候，女家忽而又央了原媒來對母親說：「你們的大少爺，有病在身，婚娶的事情，當然是不大相宜的，而他家的小姐，也已經下了絕大的決心，立志終身不嫁了，所以這一個婚約，還是解除了的好。」說著就打開包裹，將我們傳紅時候交去的金玉如意，紅綠帖子等，拿了出來，退還了母親。我那忠厚老實的娘，人雖則無用，但面子卻是死要的，一聽了媒人的這一番說話，目瞪口僵，立時就滾下了幾顆眼淚來。幸虧我在旁邊，做好做歹的對娘勸慰了好久，她才含著眼淚，將女家的回禮及八字全帖等檢出，交還了原媒。媒人去後，她又上山後我父親的墳邊去大哭了一場。直到傍晚，我和同族鄰人等一道去拉她回來，她在路上，還流著滿臉的眼淚鼻涕，在很傷心地嗚咽。這一齣賴婚的怪劇，在我只有高興，本來是並沒有什麼大不了的，可是由頭腦很舊的她看來，卻似乎是翁家世代的顏面家聲都被他們剝盡了。自此以後，一直下來，將近十年，我和她母子二人，就日日的寡言少笑，相對煢煢，直到前年的冬天，我那妹夫死去，寡妹回來為止，兩個所過的，都是些在煉獄裏似的沉悶的日子。

說起我那寡妹，她真也是前世不修。人雖則很長大，身體雖則很強壯，但她的天性，卻永遠是一個天真活潑的小孩子。嫁過去那一年，來回郎的時候，她還是笑嘻嘻地如同上城裏去了一趟回來了的樣子，但雙滿月之後，到年下邊回來的時候，從來不曉得悲泣的她，竟對我母親掉起眼淚來了。她們夫家的公公雖則還好，但婆婆的繁言吝嗇，小姑的刻薄尖酸和男人的放蕩兇暴，使她一天到晚過不到一刻安閒自在的生活。工作操勞本係是她在家裏的時候所慣習的，倒並不以為苦，所最難受的，卻是多用一枝火柴，也要受婆婆責備的那一種儉約到不可思議的生活狀態。還有兩位小姑，左一句尖話，右一句毒語，彷彿從前我娘的不准他們早來迎娶，致使她們的哥哥染上了遊蕩的惡習，在外面養起了女人這一件事情，完全是我妹妹的罪惡。結婚之後，新郎的惡習，仍舊改不過來，反而是在城裏他那舊情人家裏過的日子多，在新房裏過的日子少。這一筆賬，當然又要寫在我妹妹的身上。婆婆說她不會侍奉男人，小姑們說她不會勸，不會騙。有時候公公看得難受，替她申辯一聲，婆婆就尖著喉嚨，要罵上公公的臉去：「你這老東西！臉要不要，臉要不要，你這扒灰老！」因我那妹夫，過的是這一種不自然的生活，所以前年夏天，就染了急病死掉了，於是我那妹妹又多了一個剋夫的罪名。妹妹年輕守寡，公公少不得總要對她客氣一點，婆婆在這裏就算抓住了扒灰的證據，三日一場吵，五日一場鬧，還是小事，有幾次在半夜裏，兩老夫婦還會大哭大罵的喧鬧起來。我妹妹於有一回被罵被逼得特別厲害的爭吵之後，就很堅決地搬回到了家裏來住了。自從她回來之後，我娘非但得到了一個很大的幫手，就是我們家裏的沉悶的空氣，也緩和了許多。

這就是和你別後，十幾年來，我在家裏所過的生活的大概。平時非但不上城裏去走走，當風雪盈途的冬季，我和我娘簡直有好幾個月不出門外的時候。我妹妹回來之後，生活又約略變過了。多年不做的焙茶事業，去年也竟出產了一二百斤。我的身體，經了十幾年的靜養，似乎也有一點把握了。從今年起，我並且在山上的晏公祠裏參加入了一個訓蒙的小學，居然也做了一位小學教師。但人生是動不得的，稍稍一動，就如滾石下山，變化便要接連不斷的簇生出來。我因為在教教書，而家裏頭又勉強地幹起了一點事業，今年夏季居然又有人來同我議婚了。新娘是近鄰鄉村裏的一位老處女，今年二十七歲，家裏雖稱不得富有，可也是小康之家。這位新娘，因為從小就讀了些書，曾在城裏進過學堂，相貌也還過得去——好幾年前，我曾經在一處市場上看見過她一眼的——故而高不湊，低不就，等閒便度過了她的錦樣的青春。我在教書的學校裏的那位名譽校長——也是我們的同族——本來和她是舊親，所以這位校長就在中間做了個傳紅線的冰人。我獨居已經慣了，並且身體也不見得分外強健，若一結婚，難保得舊病的不會復發，故而對這門親事，當初是斷然拒絕了的。可是我那年老的母親，卻仍是雄心未死，還在想我結一頭親，生下幾個玉樹芝蘭來，好重振重振我們的這已經墜落了很久的家聲，於是這親事就又同當年生病的時候服草藥一樣，勉強地被壓上我的身上來了。我哩，本來也已經入了中年了，百事原都看得很穿，又加以這十幾年的疏散和無為，覺得在這世上任你什麼也沒甚大不了的事情，落得隨隨便便的過去，橫豎是來日也無多了。只教我母親喜歡的話，那就是我稍稍犧牲一點意見也使得。於是這婚議，就在很短的時間裏，成熟得妥妥帖帖，現在連迎娶的日期也已經揀好了，是舊曆九月十二。

是因為這一次的結婚，我才進城裏去買東西，才發見了多年不見的你這老友的存在，所以結婚之日，我想請你來我這裏吃喜酒，大家來談談過去的事情。你的生活，從你的日記和著作中看來，本來也是同雲遊的僧道一樣的。讓出一點工夫來，上這一區僻靜的鄉間來住幾日，或者也是你所喜歡的事情。你來，你一定來，我們又可以回顧回顧一去而不復返的少年時代。

我娘的房間裏，有起響動來了，大約天總就快亮了罷。這一封信，整整地費了我一夜的時間和心血，通宵不睡，是我回國以後十幾年來不曾有過的經驗，你單只看取了我的這一點熱忱，我想你也不好意思不來。

啊，雞在叫了，我不想再寫下去了，還是讓我們見面之後再來談罷！

一九三二年九月　翁則生上

剛在北平住了個把月，重回到上海的翌日，和我進出的一家書鋪裏，就送了這一封掛號加郵托轉交的厚信來。我接到了這信，捏在手裏，起初還以爲是一位我認識的作家，寄了稿子來托我代售的。但翻轉信背一看，卻是杭州翁家山的翁某某所發，我立時就想起了那位好學不倦，面容嫵媚，多年不相聞問的舊同學老翁。他的名字叫翁矩，則生是他的小名。人生得矮小娟秀，皮色也很白淨，因而看起來總覺得比他的實際年齡要小五六歲。在我們的一班裏，算他的年紀最小，操體操的時候，總是他立在最後的，但實際上他也只不過比我小了兩歲。那一年寒假之後，和他同去房州避寒，他的左肺尖，已經被結核菌損蝕得很厲害了。住不上幾天，一位也住在那近邊養肺病的日本少女，很熱烈地和他要好了起來，結果是那位肺病少女的因興奮而病劇，他也就同失了舵的野船似地遷回到了中國。以後一直十多年，我雖則在大學裏畢了業，但關於他的消息，卻一向還不曾聽見有人說起過。拆開了這封長信，上書室去坐下，從頭至尾細細讀完之後，我呆視著遠處，茫茫然如失了神的樣子，腦子裏也觸起了許多感慨與回思。我遠遠的看出了他的那種柔和的笑容，聽見了他的沉靜而又清澈的聲氣。直到天將暗下去的時候，我一動也不動，還坐在那裏呆想，而樓下的家人卻來催吃晚飯了。在吃晚飯的中間，我就和家裏的人談起了這位老同學，將那封長信的內容約略說了一遍。家裏的人，就勸我落得上杭州去旅行一趟，像這樣的秋高氣爽的時節，白白地消磨在煤煙灰土很深的上海，實在有點可惜，有此機會，落得去吃吃他的喜酒。

第二天仍舊是一天晴和爽朗的好天氣，午後二點鐘的時候，我已經到了杭州城站，在雇車上翁家山去了。但這一天，似乎是上海各洋行與機關的放假的日子，從上海來杭州旅行的人，特別的多。城站前面停在那裏候客的黃包車，都被火車上下來的旅客雇走了，不得已，我就只好上一家附近的酒店去吃午飯。在吃酒的當中，問了問堂倌以去翁家山的路徑，他便很詳細地指示我說：

「你只教坐黃包車到旗下的陳列所，搭公共汽車到四眼井下來走上去好了。你又沒有行李，天氣又這麼的好，坐黃包車直去是不上算的。」

得到了這一個指教，我就從容起來了，慢慢的喝完了半斤酒，吃了兩大碗飯，從酒店出來，便坐車到了旗下。恰好是三點前後的光景，湖六段的汽車剛載滿了客人，要開出去。我到了四眼井下車，從山下稻田中間的一條石板路走進滿覺隴去的時候，太陽已經平西到了三五十度斜角度的樣子，是牛羊下山，行人歸舍的時刻了。在滿覺隴的狹路中間，果然遇見了許多中學校的遠足歸來的男女學生的隊伍。上水樂洞口去坐下喝了一碗清茶，又拉住了一位農夫，問了聲翁則生的名字，他就曉得得很詳細似地告訴我說：

「是山上第二排的朝南的一家，他們那間樓房頂高，你一上去就可以看得見的。則生要討新娘子了，這幾天他們正在忙著收拾。這時候則生怕還在晏公祠的學堂裏哩。」

謝過了他的好意，付過了茶錢，我就順著上煙霞洞去的石級，一步一步的走上了山去。漸走漸高，人聲人影是沒有了，在將暮的晴天之下，我只看見了許多樹影。在半山亭裏立住歇了一歇，回頭向東南一望，看得見的，只是些青蔥的山和如雲的樹，在這些綠樹叢中又是些這兒幾點，那兒一簇的屋瓦與白牆。

「啊啊，怪不得他的病會得好起來了，原來翁家山是在這樣的一個好地方。」

煙霞洞我兒時也曾來過的，但當這樣晴爽的秋天，於這一個西下夕陽東上月的時刻，獨立在山中的空亭裏，來仔細賞玩景色的機會，卻還不曾有過。我看見了東天的已經滿過半弓的月亮，心裏正在羨慕翁則生他們老家的處地的幽深，而從背後又吹來了一陣微風，裏面竟含滿著一種說不出的撩人的桂花香氣。

「啊……」

我又驚異了起來：

「原來這兒到這時候還有桂花？我在以桂花著名的滿覺隴裏，倒不曾看到，反而在這一塊冷僻的山裏面來聞吸濃香，這可真也是奇事了。」

這樣的一個人獨自在心中驚異著，聞吸著，賞玩著，我不知在那空亭裏立了多少時候。突然從腳下樹叢深處，卻幽幽的有晚鐘聲傳過來了，東嗡，東嗡的這鐘聲實在真來得緩慢而淒清。我聽得耐不住了，拔起腳跟，一口氣就走上了山頂，走到了那個山下農夫曾經教過我的煙霞洞西面翁則生家的近旁。約莫離他家還有半箭路遠時候，我一面喘著氣，一面就放大了喉嚨向門裏面叫了起來：

「喂，老翁！老翁！則生！翁則生！」

聽見了我的呼聲，從兩扇關在那裏的腰門裏開出來答應的卻不是被我所喚的翁則生自己，而是我從來也沒有見過面的，比翁則生略高三五分的樣子，身體強健，兩頰微紅，看起來約莫有二十四五的一位女性。

她開出了門，一眼看見了我，就立住腳驚疑似地略呆了一呆。同時我看見她臉上卻漲起了一層紅暈，一雙大眼睛眨了幾眨，深深地吞了一口氣。她似乎已經鎮靜下去了，便很靦腆地對我一笑。在這一臉柔和的笑容裏，我立時就看到了翁則生的面相與神氣，當然她是則生的妹妹無疑了，走上了一步，我就也笑著問她說：

「則生不在家麼？你是他的妹妹不是？」

聽了我這一句問話，她臉上又紅了一紅，柔和地笑著，半俯了頭，她方才輕輕地回答我說：

「是的，大哥還沒有回來，你大約是上海來的客人罷？吃中飯的時候，大哥還在說哩！」

這沉靜清澈的聲氣，也和翁則生的一色而沒有兩樣。

「是的，我是從上海來的。」

我接著說：

「我因爲想使則生驚駭一下，所以電報也不打一個來通知，接到他的信後，馬上就動身來了。不過你們大哥的好日也太逼近了，實在可也沒有寫一封信來通知的時間餘裕。」

「你請進來罷，坐坐吃碗茶，我馬上去叫了他來。怕他聽到了你來，真要驚喜得像瘋了一樣哩。」走上臺階，我還沒有進門，從客堂後面的側門裏，卻走出了一位頭髮雪白，面貌清癯，大約有六十內外的老太太來。她的柔和的笑容，也是和她的女兒兒子的笑容一色一樣的。似乎已經聽見了我們在門口所交換過的談話了，她一開口就對我說：

「是郁先生麼？爲什麼不寫一封快信來通知？則生中飯還在說，說你若要來，他打算進城上車站去接你去的。請坐，請坐，晏公祠只有十幾步路，讓我去叫他來罷，怕他真要高興得像什麼似的哩。」說完了，她就朝向了女兒，吩咐她上廚下去燒碗茶來。她自己卻踏著很平穩的腳步，走出大門，下臺階去通知則生去了。

「你們老太太倒還輕健得很。」

「是的，她老人家倒還好。你請坐罷，我馬上起了茶來。」

她上廚下去起茶的中間，我一個人，在客堂裏倒得了一個細細觀察周圍的機會。則生他們的住屋，是一間三開間而有後軒後廂房的樓房。前面階沿外走落臺階，是一塊可以造廳造廂樓的大空地。走過這塊數丈見方的空地，再下兩級臺階，便是村道了。越村道而下，再低數尺，又是一排人家的房子。但這一排房子，因爲都是平屋，所以擋不殺翁則生他們家裏的眺望。立在翁則生家的空地裏，前山後山的山景，是依舊歷歷可見的。屋前屋後，一段一段的山坡上，都長著些不大知名的雜樹，三株兩株夾在這些雜樹中間，樹葉短狹，葉與細枝之間，滿撒著鋸末似的黃點的，卻是木犀花樹。前一刻在半山空亭裏聞到的香氣，源頭原來就係出在這一塊地方的。太陽似乎已下了山，澄明的光裏，已經看不見日輪的金箭，而山腳下的樹梢頭，也早有一帶晚煙籠上了。山上的空氣，真靜得可憐，老遠老遠的山腳下的村裏，小兒在呼喚的聲音，也清晰地聽得出來。我在空地裏立了一會，背著手又踱回到了翁家的客廳，向四壁掛在那裏的書畫一看，卻使我想起了翁則生信裏所說的事實。琳琅滿目，掛在那裏的東西，果然是件件精緻，不像是鄉下人家的俗惡的客廳。尤其使我看得有趣的，是陳豪寫的一堂《歸去來辭》的屏條，墨色的鮮豔，字跡的秀腴，有點像董香光而更覺得柔媚。翁家的世代書香，只須上這客廳裏來一看就可以知道了。我立在那裏看字畫還沒有看得周全，忽而背後門外老遠的就飛來了幾聲叫聲：

「老郁！老郁！你來得真快！」

翁則生從小學校裏跑回來了，平時總很沉靜的他，這時候似乎也感到了一點興奮。一走進客堂，他握住了我的兩手，盡在喘氣，有好幾秒鐘說不出話來。等落在後面的他娘走到的時候，三人才各放聲大笑了起來。這時候他妹妹也已經將茶燒好，在一個朱漆盤裏放著三碗搬出來擺上桌子來了。

「你看，則生這小孩，他一聽見我說你到了，就同猴子似的跳回來了。」他娘笑著對我說。

「老翁！說你生病生病，我看你倒仍舊不見得衰老得怎麼樣，兩人比較起來，怕還是我老得多哩？」

我笑說著，將臉朝向了他的妹妹，去徵她的同意。她笑著不說話，只在守視著我們的歡喜笑樂的樣子。則生把頭一扭，向他娘指了一指，就接著對我說：

「因為我們的娘在這裏，所以我不敢老下去嚇。並且媳婦兒也還不曾娶到，一老就得做老光棍了，那還了得！」

經他這麼一說，四個人重又大笑起來了，他娘的老眼裏幾乎笑出了眼淚。則生笑了一會，就重新想起了似的替他妹妹介紹：

「這是我的妹妹，她的事情，你大約是曉得的罷？我在那信裏是寫得很詳細的。」

「我們可不必你來介紹了，我上這兒來，頭一個見到的就是她。」

「噢，你們倒是有緣啊！蓮，你猜這位郁先生的年紀，比我大呢，還是比我小？」

他妹妹聽了這一句話，面色又漲紅了，正在囁嚅困惑的中間，她娘卻止住了笑，問我說：

「郁先生，大約是和則生上下年紀罷？」

「那裏的話，我要比他大得多哩。」

「娘，你看還是我老呢，還是他老？」

則生又把這問題轉向了他的母親。他娘仔細看了我一眼，就對他笑罵般的說：

「自然是郁先生來得老成穩重，誰更像你那樣的不脫小孩子脾氣呢！」

說著，她就走近了桌邊，舉起茶碗來請我喝茶。我接過來喝了一口，在茶裏又聞到了一種實在是令人欲醉的桂花香氣。掀開了茶碗蓋，我俯首向碗裏一看，果然在綠瑩瑩的茶水裏散點著有一粒一粒的金黃的花瓣。

則生以爲我在看茶葉，自己拿起了一碗喝了一口，他就對我說：

「這茶葉是我們自己製的，你說怎麼樣？」

「我並不在看茶葉，我只覺這觸鼻的桂花香氣，實在可愛得很。」

「桂花嗎？這茶葉裏的還是第一次開的早桂，現在在開的遲桂花，才有味哩！因爲開得遲，所以日子也經得久。」

「是的是的，我一路上走來，在以桂花著名的滿覺隴裏，倒聞不著桂花的香氣。看看兩旁的樹上，都只剩了一簇一簇的淡綠的桂花托子了，可是到了這裏，卻同做夢似地，所聞吸的儘是這種濃豔的氣味，老翁，你大約是已經聞慣了，不覺得什麼罷？我……我……」

說到了這裏，我自家也忍不住笑了起來。則生儘管在追問我，「你怎麼樣？你怎麼樣？」到了最後，我也只好說了：

「我，我聞了，似乎要起性欲衝動的樣子。」

則生聽了，馬上就大笑了起來，他的娘和妹妹雖則並沒有明確地瞭解我們的說話的內容，但也曉得我們是在說笑話，母女倆便含著微笑，上廚下去預備晚飯去了。

我們兩人在客廳上談談笑笑，竟忘記了點燈，一道銀樣的月光，從門裏灑進來了。則生看見了月亮，就站起來想去拿煤油燈，我卻止住了他，說：

「在月光底下清談，豈不是很好麼？你還記不記得起，那一年在井之頭公園裏的一夜遊行？」

所謂那一年者，就是翁則生患肺病的那一年秋天。他因為用功過度，變成了神經衰弱症。有一天，他課也不去上，竟獨自一個在公寓裏發了一天的瘋。到了傍晚，他飯也不吃，從公寓裏跑出去了。我接到了公寓主人的注意，下學回來，就遠遠的在守視著他，看他走出了公寓，就也追蹤著他，遠遠地跟他一道到了井之頭公園。從東京到井之頭公園去的高架電車，本來是有前後的兩乘，所以在電車上，我和他並不遇著。直到下車出車站之後，我假裝無意中和他衝見了似的同他招呼了。他紅著雙頰，問我這時候上這野外來幹什麼，我說是來看月亮的，記得那一晚正是和這天一樣地有月亮的晚上。兩人笑了一笑，就一道的在井之頭公園的樹林裏走到了夜半方才回來。後來聽他的自白，他是在那一天晚上想到井之頭公園去自殺的，但因為遇見了我，談了半夜，胸中的煩悶有一半消散了，所以就同我一道又轉了回來。「無限胸中煩悶事，一宵清話又成空！」他自白的時候，還念出了這兩句詩來，借作解嘲。以後他就因傷風而發生了肺炎，肺炎癒後，就一直的為結核菌所壓倒了。

談了許多懷舊話後，話頭一轉，我就提到了他的這一回的喜事。

「這一回的喜事麼？我在那信裏也曾和你說過。」

談話的內容，一從空想追懷轉向了現實，他的聲氣就低了下去，又回復了他舊日的沉靜的態度。

「在我是無可無不可的，對這事情最起勁的，倒是我的那位年老的娘。這一回的一切準備麻煩，都是她老人家在替我忙的。這半個月中間，她差不多日日跑城裏。現在是已經弄得完完全全，什麼都預備好了，明朝一日，就要來搭燈彩，下午是女家送嫁妝來，後天就是正日。可是老郁，有一件事情，我覺得很難受，就是蓮兒——這是我妹妹的小名——近來，似乎是很不高興的樣子，她話雖則不說，但因爲她是很天真的緣故，所以在態度上表情上處處我都看得出來。你是初同她見面，所以並不覺得什麼，平時她著實要活潑哩，簡直活潑得同現代的那些時髦女郎一樣，不過她的活潑是天性的純真，而那些現代女郎，卻是學來的時髦。……按說哩，這心緒的惡劣，也是應該的，她雖則是一個純真的小孩子，但人非木石，究竟總有一點感情，看到了我們這裏的婚事熱鬧，無論如何，總免不得要想起她自己的身世淒涼的。並且還有一個最重要的動機，彷彿是她在覺得自己今後的寄身無處。這兒雖是娘家，但她卻是已經出過嫁的女兒了，哥哥討了嫂嫂，她還有什麼權利再寄食在娘家呢？所以我當這婚事在談起的當初，就一次兩次的對她說過了，不管它怎樣，她總是我的妹妹，除非她要再嫁，則沒有話說，要是不然的話，那她是一輩子有和我同居，和我對分財產的權利的，請她千萬不要自己感到難過。這一層意思，她原也明白，我的性情，她是曉得的，可是不曉得怎麼，她近來似乎總有點不大安閒的樣子。你來得正好，順便也可以勸勸她。並且明天發嫁妝結燈彩之類的事情，怕她看了又要想到自己的身世，我想明朝一早就叫她陪你出去玩去，省得她在家裏一個人在暗中受苦。」

「那好極了，我明天就陪她出去玩一天回來。」

「那可不對，假使是你陪她出去玩的話，那是形跡更露，愈加要使她難堪了。非要裝作是你要她去作陪不行。彷彿是你想出去玩，但我卻沒有工夫陪你，所以只好勉強請她和你一道出去。要這樣，她才安逸。」

「好，好，就這麼辦，明天我要她陪我去逛五雲山去。」

正談到了這時，他的那位老母從客室後面的那扇側門裏走出來了，看到了我們坐在微明灰暗的客室裏談天，她又笑了起來說：

「十幾年不見的一段總帳，你們難道想在這幾刻工夫裏算它清來麼？有什麼話談得那麼起勁，連燈都忘了點一點？則生，你這孩子真像是瘋了，快立起來，把那盞保險燈點上。」

說著她又跑回到了廚下，去拿了一盒火柴出來。則生爬上桌子，在點那盞懸在客室正中的保險燈的時候，她就問我吃晚飯之先，要不要喝酒。則生一邊在點燈，一邊就從肩背上叫他娘說：

「娘，你以爲他也是肺癆病鬼麼？郁先生是以喝酒出名的。」

「那麼你快下來去開罈去罷，今天挑來的那兩罈酒，不曉得好不好，請郁先生嘗嘗看。」

他娘聽了他的話後，就也昂起了頭，一面在看他點燈，一面在催他下來去開酒去。

「幸而是酒，請郁先生先嘗一嘗新，倒還不要緊，要是新娘子，那可使不得。」

他笑說著從桌子上跳了下來，他娘眼睛望著了我，嘴唇卻朝著了他啐了一聲說：

「你看這孩子，說話老是這樣不正經的！」

「因爲他要做新郎官了，所以在高興。」

我也笑著對他娘說了一聲，旋轉身就一個人踱出了門外，想看一看這翁家山的秋夜的月明，屋內且讓他們母子倆去開酒去。

月光下的翁家山，又不相同了。從樹枝裏篩下來的千條萬條的銀線，像是電影裏的白天的外景。不知躲在什麼地方的許多秋蟲的鳴唱，驟聽之下，滿以爲在下急雨。白天的熱度，日落之後，忽然收斂了，於是草木很多的這深山頂上，就也起了一層白茫茫的透明霧障。山上電燈線似乎還沒有接上，遠近一家一家看得見的幾點煤油燈光，彷彿是大海灣裏的漁燈野火。一種空山秋夜的沉默的感覺，處處在高壓著人，使人肅然會起一種畏敬之思。我獨立在庭前的月光亮裏看不上幾分鐘，心裏就有點寒竦竦的怕了起來，回身再走回客室，酒菜杯筷，都已熱氣蒸騰的擺好在那裏候客了。

四個人當吃晚飯的中間，則生又說了許多笑話。因爲在前回聽取了一番他所告訴我的衷情之後，我於舉酒杯的瞬間，偷眼向他妹妹望望，覺得在她的柔和的笑臉上，的確似乎是有一種說不出的悲寂的表情流露在那裏的樣子。這一餐晚飯，吃盡了許多時間，我因爲白天走路走得不少，而談話之後又感到了一點興奮，肚子有點餓了，所以酒和菜，竟吃得比平時要多一倍。

到了最後將快吃完的當兒，我就向則生提出說：

「老翁，五雲山我倒還沒有去玩過，明天你可不可以陪我一道去玩一趟？」

則生仍復以他的那種滑稽的口吻回答我說：

「到了結婚的前一日，新郎官哪裡走得開呢，還是改天再去罷。等新娘子來了之後，讓新郎新娘抬了你去燒香，也還不遲。」

我卻仍復主張著說，明天非去不行。則生就說：

「那麼替你去叫一頂轎子來，你坐了轎子去，橫豎是明天轎夫會來的。」

「不行不行，遊山玩水，我是喜歡走的。」

「你認得路麼？」

「你們這一種鄉下的僻路，我哪裡會認得呢？」

「那就怎麼辦呢？……」

則生抓著頭皮，臉上露出了一臉爲難的神氣。停了一二分鐘，他就舉目向他的妹妹說：

「蓮！你怎麼樣！你是一位女豪傑，走路又能走，地理又熟悉，你替我陪了郁先生去怎麼樣？」

他妹妹也笑了起來，舉起眼睛來向她娘看了一眼。接著她娘就說：

「好的，蓮，還是你陪了郁先生去罷，明天你大哥是走不開的。」

我一看她臉上的表情，似乎已經有了答應的意思了，所以又追問了她一聲說：

「五雲山可著實不近哩，你走得動的麼？回頭走到半路，要我來背，那可辦不到。」

她聽了這話，就真同從心坎裏笑出來的一樣笑著說：

「別說是五雲山，就是老東岳，我們也一天要往返兩次哩。」

從她的紅紅的雙頰，挺突的胸脯，和肥圓的肩臂看來，這句話也決不是她誇的大口。吃完晚飯，又談了一陣閑天，我們因爲明天各有忙碌的操作在前，所以一早就分頭到房裏去睡了。

山中的清曉，又是一種特別的情景。我因爲昨天夜裏多喝了一點酒，上床去一睡，就同大石頭掉下海裏似的，一直就酣睡到了天明。窗外面吱吱唧唧的鳥聲喧噪得厲害，我滿以爲還是夜半，月明將野鳥驚醒了，但睜開眼掀開帳子來一望，窗內窗外已飽浸著晴天爽朗的清晨光線，窗子上面的一角，卻已經有一縷朝陽的紅箭射到了。急忙滾出了被窩，穿起衣服，跑下樓去一看，他們母子三人，也已梳洗得妥妥服服，說是已經在做了個把鐘頭的事情之後。平常他們總是於五點鐘前後起床的。這一種日出而作，日入而息的山中住民的生活秩序，又使我對他們感到了無窮的敬意。

四人一道吃過了早餐，我和則生的妹妹，就整了一整行裝，預備出發。臨行之際，他娘又叫我等一下子，她很迅速地跑上樓上去取了一枝黑漆手杖下來，說，這是則生生病的時候用過的，走山路的時候，用它來撐扶撐扶，氣力要省得多。我謝過了她的好意，就讓則生的妹妹上前帶路，走出了他們的大門。

早晨的空氣，實在澄鮮得可愛。太陽已經升高了，但它的領域，還只限於屋簷，樹梢，山頂等突出的地方。山路兩旁的細草上，露水還沒有乾，而一味清涼觸鼻的綠色草氣，和入在桂花香味之中，聞了好像是宿夢也能搖醒的樣子。起初還在翁家山村內走著，則生的妹妹，對村中的同性，三步一招呼，五步一立談的應接得忙不暇給。走盡了這村子的最後一家，沿了入谷的一條石板路走上下山面的時候，遇見的人也沒有了，前面的眺望，也轉換了一個樣子。朝我們去的方向看去，原又是岡巒的起伏和別墅的縱橫，但稍一住腳，掉頭向東面一望，一片同呵了一口氣的鏡子似的湖光，卻躺在眼下了。遠遠從兩山之間的谷頂望去，並且還看得出一角城裏的人家，隱約藏躲在尚未消盡的湖霧當中。

我們的路先朝西北，後又向西南，先下了山坡，後又上了山背，因爲今天有一天的時間，可以供我們消磨，所以一離了村境，我就走得特別的慢。每這裏看看，那裏看看的看個不住。若看見了一件稍可注意的東西，那不管它是風景裏的一點一堆，一山一水，或植物界的一草一木與動物界的鳥一蟲，我總要拉住了她，尋根究底的問得它仔仔細細。說也奇怪，小時候只在村裏的小學校裏念過四年書的她——這是她自己對我說的——對於我所問的東西，卻沒有一樣不曉得的。關於湖上的山水古蹟，廟宇樓臺哩，那還不要去管它，大約是生長在西湖附近的人，個個都能夠說出一個大概來的，所以她的知道得那麼詳細，倒還在情理之中，但我覺得最奇怪的，卻是她的關於這西湖附近的區域之內的種種動植物的知識。無論是如何小的一隻鳥，一個蟲，一株草，一棵樹，她非但各能把它們的名字叫出來，並且連幾時孵化，幾時他遷，幾時鳴叫，幾時脫殼，或幾時開花，幾時結實，花的顏色如何，果的味道如何等，都說得非常有趣而詳盡，使我覺得彷彿是在讀一部活的樺候脫的《賽兒鵬自然史》（G.Whire's《Natural History and Antiquities of Selborne》）。而樺候脫的書，卻決沒有敘述得她那麼樸質自然而富於刺激，因爲聽聽她那種舒徐清澈的語氣，看看她那一雙天生成像飽使過耐吻胭脂棒般的紅唇，更加上以她所特有的那一臉微笑，在知識分子之外還不得不添一種情的成分上去，於書的趣味之上更要兼一層人的風韻在裏頭。我們慢慢的談著天，走著路，不上一個鐘頭的光景，我竟恍恍惚惚，像又回復了青春時代似的完全爲她迷倒了。

她的身體，也真發育得太完全，穿的雖是一件鄉下裁縫做的不大合式的大綢夾袍，但在我的前面一步一步的走去，非但她的肥突的後部，緊密的腰部，和斜圓的脛部的曲線，看得要簇生異想，就是她的兩隻圓而且軟的肩膊，多看一歇，也要使我貪鄙起來。立在她的前面和她講話哩，則那一雙水汪汪的大眼，那一個隆正的尖鼻，那一張紅白相間的橢圓嫩臉，和因走路走得氣急，一呼一吸漲落得特別快的那個高突的胸脯，又要使我惱殺。還有她那一頭不曾剪去的黑髮哩，梳的雖然是一個自在的懶髻，但一映到了她那個圓而且白的額上，和短而且腴的頸際，看起來，又格外的動人。總之，我在昨天晚上，不曾在她身上發見的康健和自然的美點，今天因這一回的遊山，完全被我觀察到了。此外我又在她的談話之中，證實了翁則生也和我曾經講到過的她的生性的活潑與天真。譬如我問她今年幾歲了？她說，二十八歲。我說這真看不出，我起初還以爲你只有二十三四歲，她說，女人不生產是不大會老的。我又問她，對於則生這一回的結婚，你有點什麼感觸？她說，另外也沒有什麼，不過以後長住在娘家，似乎有點對不起大哥和大嫂。像這一類的純粹真率的談話，我另外還聽取了許多許多，她的樸素的天性，真真如翁則生之所說，是一個永久的小孩子的天性。

爬上了龍井獅子峰下的一處平坦的山頂，我於聽了一段她所講的如何栽培茶葉，如何摘取焙烘，與那時候的山家生活的如何緊張而有趣的故事之後，便在路旁的一塊大岩石上坐下了。遙對著在晴天下太陽光裏躺著的杭州城市，和近水遙山，我的雙眼只凝視著蒼空的一角，有半晌不曾說話。一邊在我的腦裏，卻只在回想著德國的一位名延生（Jenson）的作家所著的一部小說《野紫薇愛立喀》（《Die Braune Erika》）。這小說後來又有一位英國的作家哈特生（Hodson）摹仿了，寫了一部《綠蔭》（《Green Mansions》）。兩部小說裏所描寫的，都是一個極可愛的生長在原野裏的天真的女性，而女主人公的結果，後來都是不大好的。我沉默著癡想了好久，她卻從我背後用了她那隻肥軟的右手很自然地搭上了我的肩膀。

「你一聲也不響的在那裏想什麼？」

我就伸上手去把她的那隻肥手捏住了，一邊就扭轉了頭微笑著看入了她的那雙大眼，因爲她是坐在我的背後的。我捏住了她的手又默默對她注視了一分鐘，但她的眼裏臉上卻絲毫也沒有羞懼興奮的痕跡出現，她的微笑，還依舊同平時一點兒也沒有什麼的笑容一樣。看了我這一種奇怪的形狀，她過了一歇，反又很自然的問我說：

「你究竟在那裏想什麼？」

倒是我被她問得難爲情起來了，立時覺得兩頰就潮熱了起來。先放開了那隻被我捏住在那兒的她的手，然後乾咳了兩聲，最後我就鼓動了勇氣，發了一聲同被絞出來似的答語：

「我……我在這兒想你！」

「是在想我的將來如何的和他們同住麼？」

她的這句反問，又是非常的率真而自然，滿以爲我是在爲她設想的樣子。我只好沉默著把頭點了幾點，而眼睛裏卻酸溜溜的覺得有點熱起來了。

「啊，我自己倒並沒有想得什麼傷心，爲什麼，你，你卻反而爲我流起眼淚來了呢？」

她像吃了一驚似的立了起來問我，同時我也立起來了，且在將身體起立的行動當中，乘機拭去了我的眼淚。我的心地開朗了，欲情也淨化了，重復向南慢慢走上嶺去的時候，我就把剛才我所想的心事，盡情告訴了她。我將那兩部小說的內容講給了她聽，我將我自己的邪心說了出來，我對於我剛才所觸動的那一種自己的心情，更下了一個嚴正的批判，末後，便這樣的對她說：

「對於一個潔白得同白紙似的天真小孩，而加以玷污，是不可赦免的罪惡。我剛才的一念邪心，幾乎要使我犯下這個大罪了。幸虧是你的那顆純潔的心，那顆同高山上的深雪似的心，卻救我出了這一個險。不過我雖則犯罪的形跡沒有，但我的心，卻是已經犯過罪的。所以你要罰我的話，就是處我以死刑，我也毫無悔恨。你若以爲我是那樣卑鄙，而將來永沒有改善的希望的話，那今天晚上回去之後，向你大哥母親，將我的這一種行爲宣布了也可以。不過你若以爲這是我的一時糊塗，將來是永也不會再犯的話，那請你相信我的誓言，以後請你當我作你大哥一樣那麼的看待，你若有急有難，有不了的事情，我總情願以死來代替著你。」

當我在對她作這些懺悔的時候，兩人起初是慢慢在走的，後來又在路旁坐下了。說到了最後的一節，倒是她反同小孩子似的發著抖，捏住了我的兩手，倒入了我的懷裏，嗚嗚咽咽的哭了起來。我等她哭了一陣之後，就拿出了一塊手帕來替她揩乾了眼淚，將我的嘴唇輕輕地擱到了她的頭上。兩人偎抱著沉默了好久，我又把頭俯了下去，問她，我所說的這段話的意思，究竟明白了沒有。她眼看著了地上，把頭點了幾點。我又追問了她一聲：

「那麼你承認我以後做你的哥哥了不是？」

她又俯視著把頭點了幾點，我撒開了雙手，又伸出去把她的頭捧了起來，使她的臉正對著了我。對我凝視了一會，她的那雙淚珠還沒有收盡的水汪汪的眼睛，卻笑起來了。我乘勢把她一拉，就同她攙著手並立了起來。

「好，我們是已經決定了，我們將永久地結作最親愛最純潔的兄妹。時候已經不早了，讓我們快一點走，趕上五雲山去吃午飯去。」

面。

我這樣說著，攙著她向前一走，她也恢復了早晨剛出發的時候的元氣，和我並排著走向了前面。

兩人沉默著向前走了幾十步之後，我側眼向她一看，同奇蹟似地忽而在她的臉上看出了一層一點兒憂慮也沒有的滿含著未來的希望和信任的聖潔的光耀來。這一種光耀，卻是我在這一刻以前的她的臉上從沒有看見過的。我愈看愈覺得對她生起敬愛的心思來了，所以不知不覺，在走路的當中竟接連著看了她好幾眼。本來只是笑嘻嘻地在注視著前面太陽光裏的五雲山的白牆頭的她，因爲我的腳步的遲亂，似乎也感覺到了我的注意力的分散了，將頭一側，她的雙眼，卻和我的視線接成了兩條軌道。她又笑起來了，同時也放慢了腳步。再向我看了一眼，她才靦腆地開始問我說：

「那我以後叫你什麼呢？」

「你叫則生叫什麼，就叫我也叫什麼好了。」

「那麼——大哥！」

大哥的兩字，是很急速的緊連著叫出來的，聽到了我的一聲高聲的「啊！」的應聲之後，她就漲紅了臉，撒開了手，大笑著跑上前面去了。一面跑，一面她又回轉頭來，「大哥！」「大哥！」的接連叫了我好幾聲。等我一面叫她別跑，一面我自己也跑著追上了她背後的時候，我們的去路已經變成了一條很窄的石嶺，而五雲山的山頂，看過去也似乎是很近了。仍復了平時的腳步，兩人分著前後，在那條窄嶺上緩步的當中，我才覺得真真是成了她的哥哥的樣子，滿含著了慈愛，很正經地吩咐她說：

「走得小心，這一條嶺多麼險啊！」

走到了五雲山的財神殿裏，太陽剛當正午，廟裏的人已經在那裏吃中飯了。我們因爲在太陽底下的半天行路，口已經乾渴得像旱天的樹木一樣，所以一進客堂去坐下，就教他們先起茶來，然後再開飯給我們吃。洗了一個手臉，喝了兩三碗清茶，靜坐了十幾分鐘，兩人的疲勞興奮，都已平復了過去，這時候饑餓卻抬起頭來了，於是就又催他們快點開飯。這一餐只我和她兩人對食的五雲山上的中餐，對於我正敵得過英國詩人所幻想著的亞力山大王的高宴，若講到心境的滿足，和諧，與食欲的高潮亢進，那恐怕亞力山大王還遠不及當時的我。

吃過午飯，管廟的和尚又領我們上前後左右去走了一圈。這五雲山，實在是高，立在廟中閣上，開窗向東北一望，湖上的群山，都像是青色的土堆了。本來西湖的山水的妙處，就在於它的比舞臺上的佈景又真實偉大一點，而比各處的名山大川又同盆景似地整齊渺小一點這地方。而五雲山的氣概，卻又完全不同了。以其山之高與境的僻，一般腳力不健的遊人是不會到的，就在這一點上，五雲山已略備著名山的資格了，更何況前面遠處，蜿蜒盤曲在青山綠野之間的，是一條歷史上也著實有名的錢塘江水呢？所以若把西湖的山水，比作一隻鎖在鐵籠子裏的白熊來看，那這五雲山峰與錢塘江水，便是一隻深山的野鹿。籠裏的白熊，是只能滿足滿足膽怯無力者的冒險雄心的；至於深山的野鹿，雖沒有高原的獅虎那麼雄壯，但一股自由奔放之情，卻可以從它那裏攝取得來。

我們在五雲山的南面又看了一會錢塘江上的帆影與青山，就想動身上我們的歸路了，可是舉起頭來一望，太陽還在中天，只西偏了沒有幾分。從此地回去，路上若沒有耽擱，是不消兩個鐘頭就能到翁家山上的；本來是打算出來把一天光陰消磨過去的我們，回去得這樣的早，豈不是辜負了這大好的時間了麼？所以走到了五雲山西南角的一條狹路邊上的時候，我就又立了下來，拉著了她的手親親熱熱地問了她一聲：

「蓮，你還走得動走不動？」

「起碼三十里路總還可以走的。」

她說這句話的神氣，是富有著自信和決斷，一點也不帶些誇張賣弄的風情，真真是自然到了極點，所以使我看了不得不伸上手去，向她的下巴底下撥了一撥。她怕癢；縮著頭頸笑起來了，我也笑開了大口，對她說：

「讓我們索性上雲棲去罷！這一條是去雲棲的便道，大約走下去，總也沒有多少路的，你若是走不動的話，我可以背你。」

兩人笑著說著，似乎只轉瞬之間，已經把那條狹窄的下山便道走盡了大半了。山下面儘是些綠玻璃似的翠竹，西斜的太陽曬到了那條塢裡，一種又清新又寂靜的淡綠色的光同清水一樣，滿浸在這附近的空氣裏在流動。我們到了雲棲寺裏坐下，剛喝完了一碗茶，忽而前面的大殿上，有嘈雜的人聲起來了，接著就走進了兩位穿著分外寬大的黑布和尚衣的老僧來。知客僧便指著他們誇耀似地對我們說：

「這兩位高僧，是我們方丈的師兄，年紀都快八十歲了，是從城裏某公館裏回來的。」

城裏的某巨公，的確是一位佞佛的先鋒，他的名字，我本係也聽見過的，但我以爲同和尙來談這些俗天，也不大相稱，所以就把話頭扯了開去，問和尙大殿上的嘈雜的人聲，是爲什麼而起的。知客僧輕鄙似地笑了一笑說：

「還不是城裏的轎夫在敲酒錢，轎錢是公館裏付了來的，這些窮人心實在太凶。」

這一個伶俐世俗的知客僧的說話，我實在聽得有點厭起來了，所以就要求他說：

「你領我們上寺前寺後去走走罷？」

我們看過了「御碑」及許多石刻之後，穿出大殿，那幾個轎夫還在咕嚕著沒有起身。我一半也覺得走路走得太多了，一半也想給那個知客僧以一點顏色看看，所以就走了上去對轎夫說：

「我給你們兩塊錢一個人，你們抬我們兩人回翁家山去好不好？」

轎夫們喜歡極了，同打過嗎啡針後的鴉片嗜好者一樣，立時將態度一變，變得有說有笑了。

知客僧又陪我們到了寺外的修竹叢中，我看了竹上的或刻或寫在那裏的名字詩句之類，心裏倒有點奇怪起來，就問他這是什麼意思。於是他也同轎夫他們一樣，笑迷迷地對我說了一大串話。我聽了他的解釋，倒也覺得非常有趣，所以也就拿出了五圓紙幣，遞給了他，說：

「我們也來買兩枝竹放放生罷！」

說著我就向立在我旁邊的她看了一眼，她卻正同小孩子得到了新玩意兒還不敢去撫摸的一樣，微笑著靠近了我的身邊輕輕地問我：

「兩枝竹上，寫什麼名字好？」

「當然是一枝上寫你的，一枝上寫我的。」

她笑著搖搖頭說：

「不好，不好，寫名字也不好，兩個人分開了寫也不好。」

「那麼寫什麼呢？」

「只教把今天的事情寫上去就對。」

我靜立著想了一會，恰好那知客僧向寺裏去拿的油墨和筆也已經拿到了。我揀取了兩株並排著的大竹，提起筆來，就各寫上了「郁翁兄妹放生之竹」的八個字。將年月日寫完之後，我擱下了筆，回頭來問她這八個字怎麼樣，她真像是心花怒放似的笑著，不說話而盡在點頭。在綠竹之下的這一種她的無邪的憨態，又使我深深地，深深地受到了一個感動。

坐上轎子，向西向南的在竹蔭之下走了六七里坂道，出梵村，到閘口西首，從九溪口折入九溪十八澗的山坳，登楊梅嶺，到南高峰下的翁家山的時候，太陽已經懸在北高峰與天竺山的兩峰之間了。他們的屋裏，早已掛上了滿堂的燈彩，上面的一對紅燈，也已經點盡了一半的樣子。嫁妝似乎已經在新房裏擺好，客廳上看熱鬧的人，也早已散了。我們轎子一到，則生和她的娘，就笑著迎了出來。我付過轎錢，一踱進門檻，他娘就問我說：

「早晨拿出去的那枝手杖呢？」

我被她一問，方才想起，便只笑著搖搖頭對她慢聲的說：

「那一枝手杖麼——做了我的祭禮了。」

「做了你的祭禮？什麼祭禮？」則生驚疑似地問我。

「我們在獅子峰下，拜過天地，我已經和你妹妹結成了兄妹了。那一枝手杖，大約是忘記在那塊大岩石的旁邊的。」

正在這個時候，先下轎而上樓去換了衣服下來的他的妹妹，也嬉笑著，走到了我們的旁邊。則生聽了我的話後，就也笑著對他的妹妹說：

「蓮，你們真好！我們倒還沒有拜堂，而你和老郁，卻已經在獅子峰拜過天地了，並且還把我的一枝手杖忘掉，作了你們的祭禮。娘！你說這事情應怎麼罰罰他們？」

經他這一說，說得大家都笑了起來，我也情願自己認罰，就認定後日餞房，算作是我一個人的東道。

這一晚翁家請了媒人，及四五個近族的人來吃酒，我和新郎官，在下面奉陪。做媒人的那位中老鄉紳，身體雖則並不十分肥胖，但相貌態度，卻也是很富裕的樣子。我和他兩人乾杯，竟乾滿了十八九杯。因酒有點微醉，而日裏的路，也走得很多，所以這一晚睡得比前一晚還要沉熟。

九月十二的那一天結婚正日，大家整整忙了一天。婚禮雖係新舊合參的儀式，但因兩家都不喜歡鋪張，所以百事也還比較簡單。午後五時，新娘轎到，行過禮後，那位好好先生的媒人硬要拖我出來，代表來賓，說幾句話。我推辭不得，就先把我和則生在日本念書時候的交情說了一說，末了我就想起了則生同我說的遲桂花的好處，因而就抄了他的一段話來恭祝他們：

「則生前天對我說，桂花開得愈遲愈好，因爲開得遲，所以經得日子久。現在兩位的結婚，比較起平常的結婚年齡來，似乎是覺得大一點了，但結婚結得遲，日子也一定經得久。明年遲桂花開的時候，我一定還要上翁家山來。我預先在這兒計算，大約明年來的時候，在這兩株遲桂花的中間，總已經有一株早桂花發出來了。我們大家且等著，等到明年這個時候，再一同來吃他們的早桂的喜酒。」

說完之後，大家就坐攏來吃喜酒。猜猜拳，鬧鬧房，一直鬧到了半夜，各人方才散去。當這一日的中間，我時時刻刻在注意著偷看則生的妹妹的臉色，可是則生所說而我也曾看到過的那一種悲寂的表情，在這一日當中卻終日沒有在她的臉上流露過一絲痕跡。這一日，她笑的時候，真是樂得難耐似的完全是很自然的樣子。因了她的這一種心情的反射的結果，我當然可以不必說，就是則生和他的母親，在這一日裏，也似乎是愉快到了極點。

因爲兩家都喜歡簡單成事的緣故，所以三朝回郎等繁縟的禮節，都在十三那一天白天行完了，晚上餕房，總算是我的東道。則生雖則很希望我在他家裏多住幾日，可以和他及他的妹妹談談笑笑，但我一則因爲還有一篇稿子沒有做成，想另外上一個更僻靜點的地方去做文章，二則我覺得我這一次吃喜酒的目的也已經達到了，所以在餞房的翌日，就離開翁家山去乘早上的特別快車趕回上海。

送我到車站的，是翁則生和他的妹妹兩個人。等開車的信號鐘將打，而火車的機關頭上在吐白煙的時候，我又從車窗裏伸出了兩手，一隻捏著了則生，一隻捏著了他的妹妹，很重很重的捏了一回。汽笛鳴後，火車微動了，他們兄妹倆又隨車前走了許多步，我也俯出了頭，叫他們說：

「則生！蓮！再見，再見！但願得我們都是遲桂花！」

火車開出了老遠老遠，月臺上送客的人都回去了，我還看見他們兄妹倆直立在東面月臺篷外的太陽光裏，在向我揮手。

一九三二年十月在杭州寫

讀者注意！這小說中的人物事蹟，當然都是虛擬的，請大家不要誤會。

——作者附著

注釋

①本篇最初發表於一九三二年十二月一日《現代》第二卷第二期。

碧浪湖的秋夜①

一

雍正十三年的夏天，中國全國，各地都蒸熱得非常。北京城裏的冰窖營業者大家全發了財，甚至於雍正皇帝，都因炎暑之故而染了重病。

可是因爲夏天的乾熱，勢頭太猛了的結果，幾陣秋雨一下，秋涼也似乎來得特別的早。到了七月底邊，早晚當日出之前與日沒之後的幾刻時間，大家非要穿夾襖不能過去了。

偏處在杭城北隅，賃屋於南湖近旁，只和他那年老的娘兩口兒在守著清貧生活的厲鶚，入秋以後，也同得了重生似地又開始了他的讀書考訂的學究生活。當這一年夏天的二三個月中間，他非但因中暑而害了些小病，就是在精神上也感到了許多從來也沒有經驗過的不快。素來以兇悍著名的他的夫人蔣氏，在端午節邊前幾日又因嫌他的貧窮沒出息，老在三言兩語的怨嗟毒罵，到了端午節的那一天中午，他和他娘正在上供祭祖的時候，本來就同瘋了似地歌哭無常的她，又在廂房裏哭著罵了起來。他娘走近了她的身邊，向她勸慰了幾句，她倒反而是相罵尋著了對頭人似的和這年老的娘大鬧了起來，結果只落得厲鶚的去向他娘跪泣求饒，而那悍婦蔣氏就一路上號哭著大罵著奔回到了娘家。她娘家本係是在東城腳下，開著一家小鋪子的；家裏很積著有幾個錢，原係厲鶚小的時候，由厲老太作主，爲他定下來的親，這幾年來，一則因爲厲鶚的貧窮多病，二則又因爲自己的老沒有生育，她的沒有教養的暴戾的性情，越變得蠻橫悍潑了。

那一天晴爽的清秋的下午，厲鶚在東廂房他的書室裏剛看完了兩卷宋人的筆記，正想立起身來，上坐在後軒補綴衣服的他娘身邊去和她談談，忽而他卻聽見了一個男子的腳步聲，從後園的旁門裏走了進來。

「老太太，你在補衣服麼？」

「唉，福生，你說話說得輕些，雄飛在那兒看書。你們的賬，我過幾天就會來付的。」

他的娘輕輕地在止住著他，禁他放大聲音，免得厲鶚聽見了要心裏難受的，這被叫作福生的男子，卻是後街上米鋪子裏的一位掌櫃，厲家欠這米鋪子的賬，已積欠了著實不少，而這福生的前來催索，今天也不是第一次了。米店裏因厲家本是孝廉公的府上，而這位老太太和孝廉公自己，平日又是非常謹慎慈和的人，所以每次前來討賬，總是和顏悅色地說一聲就走的。

福生從後園的旁門裏重新走了出去之後，正想立起身來上後軒去和他娘攀談的厲鶚，卻呆舉著頭，心裏又憂鬱了起來。呆呆地默坐了一會，拿起煙袋來裝上了一筒煙，嘴裏啊啊的嘆了一聲，輕輕念著：「東邊日出西邊雨，南阮風流北阮貧」，他就立起來踏上了後軒，去敲火石點煙吸了。一邊敲著火石，一邊他就對他娘說：

「娘，我的窮，實在也真窮得可以，倒難怪蔣氏的每次去催她，她總不肯回來。……」

敲好火石，點煙吸上之後，他又接著對他娘說：

「娘，今晚上你把我那件錦綢綿袍子拿出去換幾個錢來，讓我出門去一趟，去弄它一筆大款子進來，好預備過年。……」說著，吸著煙，他又在後軒裏徘徊著踱了幾圈。舉頭向後園樹梢的殘陽影子看了一眼，他突然站立住腳，同想起了什麼似的，回頭看向了他的娘，又問說：

「娘，我的那件夾袍，還在裏頭麼？」

「唉，還在裏頭。」

他的娘卻只俯著頭，手裏仍縫著針線，眼也不舉一舉，輕輕地回答了他一聲；又躊躇莫決地踱了一圈，走上他娘的身邊來立住了腳，他才有點羞縮似的微笑著，俯首對她說：

「娘，那件夾的要用了，你替我想個法子去贖了出來，讓我帶了去。」

他娘也抬起頭來了，同樣地微笑著對他說：

「你放心罷，我自然會替你去贖的，你打算幾時走？」

「就坐明天的夜航船去，先還是到湖州去看看。」

母子倆正親親熱熱地，在這樣談議著的時候，太陽已漸漸地漸漸地落下了山去。靜靜兒在廚下打瞌睡的那位厲家的老用人李媽，也拖著一隻不十分健旺的跛腳，上後園的井邊去淘夜飯米去了。

二

從杭州去湖州，要出北關門，到新關的船埠頭去乘夜航船的。沿運河的四十五里塘下去，至安溪奉口，入德清界，再從餘不溪中，向北直航，到湖州的南城安定門外香溪埠頭爲止，路雖則只有一百數十餘里，但在航船上卻不得不過一夜和半天，要坐十幾個時辰才能到達。

爲兒子預備行裝，忙了一個上午的厲老太太，吃過中飯，又在後軒坐下了，在替她兒子補兩雙破襪。向來是勤勞健旺的這位老太太，究竟是年紀大了，近來也感覺到了自己的衰老。頭上的滿頭白髮，倒還不過是表面的徵象，這一二年來，一雙眼睛的老花，卻使她深深地感到了年齒的遲暮，並且同時也感到了許多不便。譬如將線穿進針孔裏去的這一件細事，現在也非要戴上眼鏡，試穿六七八次，才辨得了了。她綿密周到地將兩雙襪子補完之後，又把兒子的衣箱重理了一理，看看前面院子裏的太陽，也已經斜得很西，總約莫是過了未刻的樣子，但吃過中飯就拿了些銀子出去剃頭的厲鶚，到這時候卻還沒有回來。

「雄飛這孩子，不知又上哪裡去了。」斜舉起老眼，一面看著院子裏的陽光角度，一面她就自言自語地這樣輕輕說了一聲。走回轉身到了後軒，她向廚下高聲叫了李媽，命她先燒起飯來，等大少爺回來，吃了就馬上可以起身；因爲雖然坐的是轎子，比步行要快些，但從她們那裏，趕出北關，卻也有十多里地的路程，並且北關門是一到酉刻，就要下鎖的。

等飯也燒好，四碗蔬菜剛擺上桌子的時候，久候不歸的厲鶚，即頭也不剃，笑嘻嘻地捧了一部舊書回來了。一到後軒，見了他娘，他就歡天喜地的叫著說：

「娘，我又在書鋪裏看到了這部珍寶，所以連剃頭的錢都省了下來買了它。有這一部書在路上作伴，要比一個書童或女眷好得多哩！」

說著他連坐也不坐下來，就立著翻開了在看。他娘皺著眉頭，看了看他的瘦長的身體和清癯的面貌，以及這一副呆癡的神氣，也不覺笑開了她那張牙齒已經掉落了的小嘴。一面笑著搖著頭，一面她就微微帶著非難似地催促他說：「快吃飯罷！轎子就要來了哩，快吃完了好動身，時候已經不早了。看你這副樣子，頭也不剃一個，真像是剛從病床上起來的神氣。」

匆匆吃完了飯，向老母傭人叮囑了一番，上轎出門，趕到北關門外，坐在轎子裏看著剛才買來的那部宋人小集的厲鶚，已經覺得書上面的字跡，有點黑暗模糊，看不大清楚了。又向北前進了數里，到得新關碼頭走下轎來的時候，前後左右，早就照滿了星星的燈火，航船埠頭特有的那種人聲嘈雜的混亂景象，卻使他也起了一種飄泊天涯的感觸。航船裏的舟子，是認識這位杭城的名士樊榭先生的，今年春間，他還坐過這一隻船，從湖州轉回杭州來，當時上埠頭來送他的，全是些湖州有名的殷富鄉紳，像南城的奚家、吳家，竹溪的沈家各位先生，都在那裏。所以舟子從灰暗的夜空氣裏，一看見這位清癯瘦削的厲先生下了轎子，就從後艙裏搶上了岸。

「樊榭先生，上湖州去麼？我們真有緣，又遇著了我的班頭。……前一月我上竹溪去，沈家的幾位少爺還在問起你先生哩。他問我近來船到杭州有沒有跑進城去，可聽到什麼關於厲先生的消息，……他似乎是知道了你在害病，知道了……知道了……曷亨，曷亨……知道了你們家裏的事情……」舟子這樣的講著，一面早將行李搬入了中艙，扶厲鶚到後艙高一段的地方去坐下了。面上滿裝著微笑，對舟子只在點頭表示著謝意的他，聽了舟子的這一番話，心裏頭又深深地經驗到了那種在端午節前後所感到過的不快。

「原來那潑婦的這種不孝不敬，不淑不貞的行徑，早已惡聲四布了！」心裏頭老是這樣的在回想著，這一晚他靜聽聽櫓聲的咿呀，躺睡在黑暗的艙中被裏，直到了三更過後，方才睡熟。

第二天從惡夢裏醒了轉來，滿以爲自己還睡在那間破舊堆滿的東廂房裏，正在擦著眼睛打呵欠的時候，舟子卻笑嘻嘻地進艙來報告著說：

「樊榭先生，醒了麼？昨天後半夜起了東南風，今天船特別到得早，這時候還沒有到午刻哩。我已經上岸去通知過奚家了，他們的轎子也跟我來了在埠頭上等著你。」

三

一聽見厲鶚到了湖州，他的許多舊友，就馬上聚了攏來。那一天晚上，便在南城奚家的鮑氏溪樓，開了一個盛大的宴會。來會的人，除府學教官及歸安烏程兩縣的縣學老師之外，還有吳家的老丈，竹溪沈家的弟兄叔侄五六人。他們做做詩，說說笑話，互相問問各舊友的消息，一場歡宴直吃到三更光景，方才約定了以後的遊敘日程，分頭散去。

厲鶚上吳家去住住，到府學的尊經閣東面桂花廳去宿宿，上峴山道場山下菰城等地方去登登高，又搖著小艇，去浮玉山衡山漾後莊漾等澤國去看看秋柳殘荷，接連就同在夢裏似的暢遊了好幾天。天氣也日日的晴和得可愛，桂花廳前後的金銀早桂，都暗暗的放出微香來了，而傍晚的一鉤新月，也同畫中的風景似地，每隱約低懸在藍蒼的樹梢碧落之西；處身入了這一個清幽的環境之內，而日日相見的又盡是些風雅豪爽的死生朋友，所以他在湖州住不上幾日，就早把這三個月以來的懊惱鬱悶的憂懷滌淨了。

有一天晚上，白天剛和沈氏兄弟去遊了青山常照寺回來，在沈家城裏的那間大宅第的西花廳上吃晚飯。吃過晚飯，將煙和茶及果實等都搬到了花園的茅亭裏面，厲鶚和沈六就坐了下來，一邊吸煙談天，一邊在賞那晴空裏的將快圓了的月亮。

「太鴻兄，月亮就快圓了，獨在異鄉爲異客，你可有花好月圓的感觸？」

這是沈家最富有的一房裏大排行第六的幼牧，含著一臉藏有什麼陰謀在心似的微笑，向厲鶚發的問話。

厲鶚靜吸著煙，舉頭呆對著月亮，靜默了好一會，方才像在和月亮談天似的輕輕獨語著說：

「唉！人非木石，感觸那裏會沒有？……可是已經到了中年以後了，萬事也只好不了了之。……」

又吸了幾口煙後，重復繼續著說：

「春月原不能使我大喜，但這秋月倒的確要令人悲哀起來！……」

幼牧就放聲笑了起來說：

「我想施一點法術在你的身上，把這秋月變成一個春月，你以爲怎麼樣？」

「那只有神仙，才辦得到。」

「你若是不信的話，那我同你去遊湖去，未到中秋先賞月，古人原也曾試過，這不秉燭的夜遊，的確是能夠化悲爲喜的。」

正說到了這裏，幼牧的堂兄繹旃，卻笑嘻嘻地闖入了茅亭，對兩個坐在那裏吸煙的人喝了一聲說：「這樣好的月明之夜，盡坐在茅亭裏呑雲吐霧，算怎麼一回事？去，去，我們去遊湖去。船已經預備好了，我並且還預備了一點酒菜在那裏，讓我們喝醉了酒，去打開西塞寺的門來。」

不多一會，三人坐著的一隻竹篷軒敞的遊船，已在碧浪湖的月光波影裏蕩漾了。十三夜的皎潔的月亮，正行到了浮玉塔的南面，南岸妙喜山衡山一帶的樹木山峰，都像是雪夜的景致，望過去溟濛幽遠，在白茫茫的屏障上，時時有一點一簇的黑形，和一絲一縷的銀箭閃現出來。西面道場山的尖塔，因爲船在搖動的緣故，看起來絕似一個醉了酒的巨人，在萬道的波光和一天的月色裏，踉蹌舞蹈，招引著人。湖面上的寂靜，使三人的笑語聲，得到了分外的迴響。間或笑語停時，則一枝柔櫓的清音，和湖魚躍水的響聲，聽了又會使人生出遠離塵世的逸想來。漸搖漸遠，船到了去浮玉塔不遠的地方，回頭一望，南門外的幾點燈火，和一排城市人家，卻倒印在碧波心裏，似乎是海上的仙山。西北的弁山，東北的孺嶺，高雖則高，但因爲遠了，從月光裏遙望過去，只剩了極淡極淡的蔚藍的一刷，正好做這一幅碧浪湖頭秋月夜遊圖的崇高的背景。

三人說說看看，喝喝酒，在不知不覺的中間，船已經搖過了浮玉山旁，漸漸和西南的金蓋山西塞山接近起來了，這時候月亮也向西斜偏了一點，船艙裏船篷上滿灑上了一層霜也似的月華。厲鶚當喝了幾杯酒的微醉之後，又因爲說話說得多了，精神便自然而然的興奮了起來。以一隻手捏住了煙袋，一隻手輕輕敲擊著船舷，他默對著船外面的月色山光，盡在想今天遊常照寺的事情。默坐了一會，他的詩興來了。輕輕唸著哼著，不多一刻，他竟想成了一首遊常照寺的詩。

「繹旃，幼牧，我有一首詩做好了，船裏頭紙筆有沒有帶來？」

「這倒忘了。」

繹旃搔著頭回答了一聲。

也是靜默著在向艙外瞭望的幼牧，卻掉轉了頭來說：

「船已經到了西塞山前了，讓我們上岸去，上西塞山莊去寫出來罷？」

四

這西塞山莊，就在西塞寺下，本來是幼牧的外婆家城裏朱氏的別墅，背山面湖，隔著湖心的浮玉山，遙遙與吳興的城市相對，風景清幽絕俗，是碧浪湖南岸的一個勝地。

在城裏的南街上，去沈家的第宅不遠，另外還住著有一家朱家的同族的人。這一家朱家，雖則和幼牧的外婆家是五服以內的同宗，但家勢傾頽，近來只剩了一個年將五十的窮秀才在那裏支撐門戶了。這一位窮秀才雖則也曾娶過夫人，但一向卻沒有生育，所以就將他兄弟的一個女兒滿娘，於小的時候，抱了過來，撫為己女。後來滿娘的親生父母兄弟姊妹都死掉了，滿娘自然把這一位伯父伯母，當作了她的親生的爺娘，而這一對朱氏老夫婦也喜歡得她比親生的女兒還要溺愛。去年的冬天，滿伯母患了肺癆病死了，滿娘雖則還是一個十六歲的孩子，但她的悲哀傷感，比她的老伯父還要沉痛數倍。從此之後，她的行動心境，就完全變過了。本來是一個肥白愉快，天真活潑的小孩子的她，經過了這一個打擊，在幾個月中間，就變成了一個靜默端莊，深沉和藹的少婦。對於老伯父的起居飲食的用意，和一家的調度，當然要她去一手承辦，就是伯母的喪葬雜務，以及親串中間的禮儀往還，她也件件做得周周到到，無論如何，總叫人家看不出她是一個十六七歲的女孩子來。

她的心境行動一變之後，自然而然，她的裝飾外貌，也就隨之而變了。本來是打著一條長辮的她的滿頭黑髮，因為伯母死了，無人為她梳掠，現在卻只能自己以白頭繩來梳成了一個盤髻。肥嫩紅潤的雙頰，本來是走起路來，老在顫動的，但近來卻因操勞過度，悲痛煎心之故，於瘦減了幾分之外，還加上了一層透明蒼白的不健康的顏色。高畫在她的那雙亮晶晶的雙層皮大眼睛之上的兩條細長的眉毛，本來是一天到晚總暢展著在表示微笑的，現在可常常有緊鎖起來的時候了。還有在高鼻下安整地排列在那裏的那兩條嘴唇，現在也包緊的時候多，曲笑的時候少了。全部的面貌，本來是肥白圓形的，現在一瘦，卻略帶點長形起來了。從前擺動著小腳跑來跑去，她並不曉得穿著裙子的，現在因服孝之故，把一條白布裙穿上了，遠看起來，覺得她的本來也就很發育得完整的身體，又高了幾分。雖則是很遠了，但幼牧和她，卻仍是中表。又因居處的相近，和那位老秀才的和藹可親的緣故，幼牧平時，也常上她們家裏去坐坐，和這孤獨的老娘舅小表妹等談些閑天，所以他的朋友的這位杭州名士厲樊榭先生，她們父女原也曾看見過聽到過的。

今年夏天，正當厲鶚母子在受蔣氏的威脅的時候，消息傳到了湖州，幼牧也曾將這事情，於不意之中，向她們父女倆說了一陣。說到了厲老太太的如何慈和明達，厲鶚的如何清高純潔，而蒼天無眼，卻偏使他既無子嗣，又逢悍婦的地方，她們父女倆，竟嗚嗚咽咽的哭了起來。因爲老秀才也想起了自己的年高無子，而滿娘卻從慈和明達的厲老太太身上想起了她的已故的伯母。

這一回當厲鶚的來遊之日，幼牧一見了他的衰瘦的容顏和消沉的意態，就想起了他的家庭，因而也想到了滿娘。自從那一晚在鮑氏溪樓會宴之後，幼牧就定下了爲滿娘撮合的決心。他乘機先於朱秀才不在的中間，婉轉向滿娘露了一點口風，想看看她的意向如何。聰慧的滿娘，一得到了幼牧的諷示，早就明白了，立時便漲紅了臉，俯下了頭，一點兒可否的表示也沒有。幼牧因她的不堅決拒絕的結果，覺得這事情在她本人，是沒有什麼的了，所以以後便一次一次的向朱老娘舅費了許多的唇舌。起初朱老秀才一定不肯答應，直到後來幼牧提出了兩條條件之後，他方才不再堅持下去了。以己度人，他覺得爲無後者續續嗣，也是一種功德，而樊榭先生的人格天才，也不是可和尋常一例的人相比的；更何況幼牧所擔保的兩條條件，一，結親之後，兩人仍復住在湖州，二，他老自己的養老歸山等問題，全由幼牧來替他負責料理，又是很合情理的事情。

幼牧於這幾日中間，暗暗裏真不知費盡了幾多的心血。朱家答應之後，接著就是辦妝奩，行聘禮等雜事的麻煩了。到了八月十二，差不多的事情，都已經籌畫得停停當當了，可是平日每清介自守，毫末不肯以一己之事而累及他人的厲鶚，卻還是一個問題。幼牧對此，當然是也有幾分把握的，因爲一，厲鶚並不是一位口是心非的假道學，二，他萬一不願意的話，那在湖州的他的舊友多人，都是幼牧的幫手，就是用了強制手段，也可以辦得下去的。幼牧對此事的把握是雖然有幾分的，可是到了最後，萬一這當事的主人公，假若有點異議，那也是美中不足的恨事，所以這十三夜的月下遊湖，也是幼牧和繹旃預先商定了的暗中的計畫。先一日幼牧已經擇定了西塞山莊，爲滿娘的發奩發轎的地方，父女兩人，早已從南街遷過去住在那裏了。今天白天的去遊常照寺，本來也是想順路引厲鶚上西塞山莊去吃晚飯的，但因爲事情太急，廚子預備不及，所以又坐轎轉回了城裏。但剛在吃晚飯的時候，從西塞山莊又來了傳信的人，說一切已經準備好了，於是他們就決定了這月夜的遊湖。

五

月亮恰斜到了好處，酒又喝得有點微醉，詩興也正濃的厲鶚，一到西塞山莊的延秋閣上，幼牧就爲他介紹了他的老娘舅和表妹。厲鶚在紅燈影裏，突然間見了這淡裝素服的滿娘，卻也同小孩子似的害起了羞來。先和朱秀才談了一陣，後來也同先生問學生似地，親親熱熱的問了滿娘的年紀，問她可曾讀書，可有兄弟姊姊。幼牧在旁邊聽著倒有點急起來了，只怕事情要拆穿，所以一把拖了厲鶚，就上挹翠樓上跑，說：「先去寫詩去，談天落後好談的。」

這挹翠樓是西塞山莊裏風景最好的地方。上了這樓，向西北開窗望去，不但碧浪湖中的一山一水，歷歷盡在目前，就是弁山的遠岫，和全市的人家，也是若近若遠，有招之即來的氣勢。厲鶚在樓上寫好了詩，幼牧就教廚子擺上酒菜，撤去燈燭，向西北開窗，再看月亮。這時候大約總在二更之後的戌亥之交，月光剛剛正對著樓面。燈燭撤後，這四面憑空的挹翠樓中，照得通明徹透，似乎是浸在水裏的樣子。

厲鶚喝喝酒，看看四面的山色湖光，更唱唱自己剛才寫好的那首詩，一時竟忘記了是身在人間了，幼牧更琅琅背誦起了厲鶚自己也滿覺得是得意的他的遊仙詩來。當背誦到了「只恐無端賺劉阮，洞門不許種桃花」的兩句的時候，幼牧卻走了過去，拉住了厲鶚的手坐下問他說：

「剛才在延秋閣上我種的那株桃花怎麼樣？」

厲鶚大笑了起來說：「罪過罪過，那並不是桃花，雅靜素潔，倒大有羅浮仙子的風韻，若係桃花，當然也是白桃花之類的上品。」

「那麼你究竟願不願意做西塞山前的劉阮呢？」

「真是笑話，沈郎已恨蓬山遠，這不是你的意思麼？」

「那麼我再背一句你的遊仙詩來問你，『明朝相訪向蓬萊』，何如？」

說到了這裏，幼牧就在談話之中除去了諧謔的語調，緩慢地，深沉地說出了他這幾日來所費的苦心，和在湖州的舊友一同對他所抱有的熱意與真誠。厲鶚起初聽了，還以爲是幼牧有意在取笑作樂，但一層一層，一件一件的聽到後來，他的酒醉得微紅的臉上，竟漸漸的變了顏色，末了卻亮晶晶地流起眼淚來了。

幼牧於說完了滿娘的身世，及這一回的計畫籌備之後，別的更沒有什麼話說了，便也沉默了下去，看向了窗外。三人在樓上的月光裏默默的坐了好一會，西塞寺裏的夜半的鐘聲，卻隱隱的響過來了，厲鶚就同夢裏醒轉來似的，立起了身，走入了幼牧繹旃二人的中間，以兩手拍著他們的肩背，很誠摯地說：

「好，我就承受了你們的盛意，後天上鮑氏溪樓去迎娶這位新人。可是，可是，……唉……」說到了這裏，他的喉嚨又哽咽住成了淚聲，幼牧繹旃不讓他說完，就扶著他同拖也似地拉他下了樓，三人重復登舟搖回到了城裏。

八月十五，天上半點雲影星光都看不出來，一輪滿月，照徹了碧浪湖的山腰水畔。南城的鮑氏溪樓上，點得燈燭輝煌，坐滿了吳興闔群的衣冠文士。到了後半夜，大家正在興高采烈，計議著如何的限韻分題，如何的鬧房賭酒的中間，幼牧卻大笑著，匆匆從樓下跑了上來，拿著一張紅箋，向大家報告著說：

「題和韻都有了，是新貴人出在這裏的，這是他的原作，只教各人和他一首就對。可是鬧房的這一件事情，今天卻很爲難。因爲新人夫婦，早就唱曲吹簫，逃向西陵去了。不過大家要明白，這樊榭先生，是一位孝子，他只怕不告而娶，要得罪厲太夫人，所以才急急的回去，大約不上幾日，仍舊要回湖州來的，讓我們到那時候，再鬧幾天新房，也還不遲。」

說完之後，大家都笑罵了起來，說幼牧是個奸細，放走了這一對新人。其實呢，這的確也是幼牧的詭計，因爲滿娘厲鶚，兩人都喜歡清靜的，若在新婚的初夜，就被鬧一晚，也未免太使他們吃虧了，所以他就暗中雇就了一隻大船，封了二百金婚儀，悄悄在月下送他們回了杭州。

由幼牧拿上樓來，許多座客在那裏爭先傳觀的那首厲鶚的詩，即是一首五古：

中秋月夜吳興城南鮑氏溪樓作

銀雲洗鷗波，月出玉湖口，
照此樓下溪，交影臥槐柳，
圓輝動上下，素氣浮左右，
坐遲月入樓，寂寂人定後，
裴徊委枕簟，窈窕穿戶牖，
言念嬋媛子，牽蘿凝佇久，
納用沈郎錢，笑沽烏氏酒，
白蘋張佳期，彤管勞摻手，

乘月下汀州，遙山半銜斗，
明當渡江時，復別溪中叟。

六

悼亡姬十二首（並序）

乾隆七年壬戌正月錢塘厲鶚作

姬人朱氏，烏程人，姿性明秀，生十有七年矣，雍正乙卯，予薄遊吳興，竹溪沈徵士幼牧為予作緣，以中秋之夕，舟迎於碧浪湖口，同載而歸，予取淨名居士女字之曰月上。姬人針管之外，喜近筆硯，影拓書格，略有楷法，從予授唐人絕句二百餘首，背誦皆上口，頗識其意。每當幽憂無俚，命姬人緩聲循諷，未嘗不如吹竹彈絲之悅耳也。余素善病，姬人事予甚謹。辛酉初秋，忽嬰危疾，為庸醫所誤，沈緜半載，至壬戌正月三日，泊然而化，年僅二十有四，竟無子。悲逝者之不作，傷老境之無悰，愛寫長謠，以攄幽恨。

無端風信到梅邊，誰道峨嵋不復全，
雙槳來時人似玉，一奩空去月如煙，

第三自比青溪妹，最小相逢白石仙，
十二碧闌重倚偏，那堪腸斷數華年。

門外鷗波色染藍，舊家曾記住城南，
客遊落托思尋藕，生小纏綿學養蠶，
失母可憐心耿耿，背人初見髮髿髿，
而今好事成彈指，猶勝蓮花插戴簪。

悵悵無言臥小窗，又經春雪撲寒釭，
定情顧兔秋三五，破夢天雞淚一雙，
重問楊枝非昔伴，漫歌桃葉不成腔，
妄緣了卻俱如幻，居士前身合姓龐。

東風重哭秀英君，寂寞空房響不聞，
梵夾呼名翻滿字，新詩和恨寫回文，
虛將後夜籠鴛被，留得前春簇蝶裙，

猶是踏青湖畔路，殯宮芳草對斜曛。

姬人權厝西湖之南。

病來倚枕坐秋宵，聽徹江城漏點遙，
薄命已知因藥誤，殘妝不惜帶愁描，
悶憑盲女彈詞話，危托尼姑祝夢妖，
幾度氣絲先訣絕，淚痕兼雨洗芭蕉。

一場短夢七年過，往事分明觸緒多，
搦管自稱詩弟子，散花相伴病維摩，
半屏涼影頹低髻，幽徑春風曳薄羅，
今日書堂覓行跡，不禁雙鬢為伊皤。

零落遺香委暗塵，更參繡佛懺前因，
永安錢小空宜子，續命絲長不繫人，
再世韋郎嗟已老，重尋杜牧奈何春，

故家姊妹應腸斷，齊向州前泣白蘋。

郎主年年耐薄遊，片帆望盡海四頭，
將歸預想迎門笑，欲別俄成滿鏡愁，
消渴頻煩供茗椀，怕寒重與理熏篝，
春來憔悴看如此，一臥楓根尚憶否？

何限傷心付阿灰，人間天上兩難猜，
形非通替無由睹，淚少方諸寄不來，
嫩萼忽聞拚猛雨，春酥忍說化黃埃，
重三下九嬉遊處，無復蟾鉤印碧苔。

除夕家筵已暗驚，春醪誰分不同傾，
銜悲忍死留三日，愛潔耽香了一生，
難忘年華柑尚剖，瞥過石火藥空擎，
只餘陸展星星發，費盡愁霜染得成。

姬入歿之前一夕，索予擘温柑，尚食其半。

約略流光事事同，去年天氣落梅風，
思乘荻港扁舟返，肯信妝樓一夕空，
吳語似來窗眼裏，楚魂無定雨聲中，
此生只有蘭衾夢，其奈春寒夢不通。

舊隱南湖淥水旁，穩雙棲處轉思量，
收燈門巷忺微雨，汲井簾櫳泥早涼，
故扇也應塵漠漠，遺鈿何在月蒼蒼，
當時見慣驚鴻影，才隔重泉便渺茫。

一九三二年十月在杭州寫

注釋

①本篇最初發表於一九三三年一月一日《東方雜誌》第三十卷第一號。

爲《咸淳》，《淳祐臨安志》，《夢粱錄》，《南宋古跡考》等陳朽得不堪的舊籍迷住了心竅，那時候，我日日只背了幾冊書，一枝鉛筆，半斤麵包，在杭州鳳凰山，雲居山，萬松嶺，江幹的一帶採訪尋覓，想製出一張較爲完整的南宋大內圖來，藉以消遣消遣我那時的正在病著無聊的空閒歲月。有時候，爲了這些舊書中的一言半語，有些蹊蹺，我竟有遠上四鄉，留下，以及餘杭等處去察看的事情。

生際了這一個大家都在忙著爭權奪利，以人吃人的二十世紀的中國盛世，何以那時候只有我一個人會那麼的閒空的呢？這原也有一個可笑得很的理由在那裏的。一九二七年的革命成功以後，國共分家，於是本來就係大家一樣的黃種中國人中間，卻硬的被塗上了許多顏色，而在這些種種不同的顏色裏的最不利的一種，卻叫做紅，或叫做赤。因而近朱者，便都是亂黨，不白的，自然也盡成了叛逆，不管你怎麼樣的一個勤苦的老百姓，只須加上你以莫須有的三字罪名，就可以夷你到十七八族之遠。我當時所享受的那種被迫上身來的悠閒清福，來源也就在這裏了，理由是因爲我所參加的一個文學團體的雜誌上，時常要議論國事，毀謗朝廷。

禁令下後，幾個月中間，我本混跡在上海的洋人治下，是冒充著有錢的資產階級的。但因爲在不意之中，受到了一次實在是奇怪到不可思議的襲擊之後，覺得洋大人的保護，也有點不可靠了，因而翻了一個筋斗，就逃到了這山明水秀的杭州城裏，日日只翻弄些古書舊籍，扮作了一個既有資產，又有餘閒的百分之百的封建遺民。追思憑弔南宋的故宮，在元朝似乎也是一宗可致殺身的大罪，可是在革命成功的當日，卻可以當作避去嫌疑的護身神咒看了。所以我當時的訪古探幽，想製出一張較為完整的南宋大內圖來的副作用，一大半也可以說是在這Camouflage②的造成。

有一天風和日朗的秋晴的午後，我和前幾日一樣的在江幹鬼混。先在臨江的茶館裏吃了一壺茶後，打開帶在身邊的幾冊書來一看，知道山川壇就近在咫尺了，再溯上去，就是鳳凰山南腋的梵天寺勝果寺等寺院。付過茶錢，向茶館裏的人問了路徑，我就從八卦田西南的田塍路上，走向了東北。這一日的天氣，實在好不過，已經是陰曆的重陽節後了，但在太陽底下背著太陽走著，覺得一件薄薄的襯絨袍子都還嫌太熱。我在田塍野路上穿來穿去走了半天，又向山坡低處立著憩息，向東向南的和書對看了半天，但所謂山川壇的那一塊遺址，終於指點不出來。同貪鄙的老人，見了財帛不忍走開的一樣，我在那一段荒田蔓草的中間，徘徊往復，尋到了將晚，才毅然捨去，走上了梵天塔院。但到得山寺門前，正想走進去看看寺裏的靈鰻金井和舍利佛身，而冷僻的這古寺山門，卻早已關得緊緊的了，不得已就只好摩挲了一回門前的石塔，重復走上山來。正走到了東面山塢中間的路上，恰巧有幾個挑柴下來的農夫和我遇著了。我一面側身讓路，一面也順便問了他們一聲：

「勝果寺是在什麼地方的？去此地遠不遠了？」

走在末後的一位將近五十的中老農夫聽了我的問話，卻歇下了柴擔指示給我說：

「喏，那面山上的石壁排著的地方，就是勝果寺嚇！走上去只有一點點兒路。你是不是去看瓢兒和尙的？」

我含糊答應了一聲之後，就反問他：

「瓢兒和尙是怎麼樣的一個人？」

「說起瓢兒和尙，是這四山的居民，沒有一個不曉得的。他來這裏靜修，已經有好幾年了。人又來得和氣，一天到晚，只在看經念佛。看見我們這些人去，總是施茶給水，對我們笑笑，只說一句兩句慰問我們的話，別的事情是不說的。因爲他時常背了兩個大木瓢到山下來挑水，又因爲他下巴中間有一個很深的刀傷疤，笑起來的時候老同賣瓢兒——這是杭州人的俗話，當小孩子扁嘴欲哭的時候的神氣，就叫作賣瓢兒——的樣子一樣，所以大家就自然而然的稱他作瓢兒和尙了。」

說著，這中老農夫卻也笑了起來。我謝過他的對我說明的好意，和他說了一聲「坐坐會」，就順了那條山路，又向北的走上了山去。

這時候太陽已經被左手的一翼鳳凰山的支脈遮住了，山谷裏只瀰漫著一味日暮的蕭條。山草差不多是將枯盡了，看上去只有黃蒼蒼的一層褐色。沿路的幾株散點在那裏的樹木，樹葉也已經凋落到恰好的樣子。半谷裏有一小村，也不過是三五家竹籬茅舍的人家，並且柴門早就關上了，從彎曲的小小的煙突裏面，時時在吐出一絲一絲的並不熱鬧的煙霧來。這小村子後面的一帶桃林，當然只是些光杆兒的矮樹。沿山路旁邊，順谷而下，本有一條溪徑在那裏的，但這也只是虛有其名罷了，大約自三春雨潤的時候過後，直到那時總還不曾有過滄浪的溪水流過，因為溪裏的亂石上的青苔，大半都被太陽曬得焦黃了。看起來覺得還有一點生氣的，是山後面蓋在那裏的一片碧落，太陽似乎還沒有完全下去，天邊貼近地面之處，倒還在呈現著一圈淡淡的紅霞。當我走上了勝果寺的廢墟的坡下的時候，連這一圈天邊的紅暈，都看不出來了，散亂在我的周圍的，只是些僧塔，殘礎，菜圃，竹園，與許多高高下下的狹路和山坡。我走上了坡去，在亂石和枯樹的當中，總算看見了三四間破陋得不堪的庵院。西面山腰裏，面朝著東首歪立在那裏的，是一排三間寬的小屋，倒還整齊一點，可是兩扇寺門，也已經關上了，裏面寂靜灰黑，連一點兒燈光人影都看不出來。朝東緣山腰又走了三五十步，在那排屏風似的石壁下面，才有一個茅篷，門朝南向著谷外的大江半開在那裏。

我走到茅篷門口，往裏面探頭一看，覺得室內的光線還明亮得很，幾乎同屋外的沒有什麼差別。正在想得奇怪，又仔細向裏面深處一望，才知道這光線是從後面的屋簷下射進來的，因為這茅篷的後面，牆已經倒壞了。中間是一個臨空的佛座，西面是一張破床，東首靠泥牆有一扇小門，可以通到東首牆外的一間小室裏去的。在離這小門不遠的靠牆一張半桌邊上，卻坐著一位和尚，背朝著了大門，在那裏看經。

我走到了他那茅篷的門外立住，在那裏向裏面探看的這事情，和尚是明明知道的，但他非但頭也不朝轉來看我一下，就連身子都不動一動。我靜立著守視了他一回，心裏倒有點怕起來了，所以就乾咳了一聲，是想使他知道門外有人在的意思。聽了我的咳聲，他終於慢慢的把頭朝過來了，先是含了同哭也似的一臉微笑，正是賣瓢兒似的一臉微笑，然後忽而同驚駭了一頭的樣子，張著眼呆了一分鐘後，表情就又復原了，微笑著只對我點了點頭，身子馬上又朝了轉去，去看他的經了。

我因爲在山下已經聽見過那樵夫所說的關於這瓢兒和尙的奇特的行徑了，所以這時候心裏倒也並不覺得奇怪，但只有一點，卻使我不能自已地起了一種好奇的心思。據那中老農夫之所說，則平時他對過路的人，都是非常和氣，每要施茶給水的，何以今天獨見了我，就會那麼的不客氣的呢？難道因爲我是穿長袍的有產知識階級，所以他故意在表示不屑與周旋的麼？或者還是他在看的那一本經，實在是有意思得很，故而把他的全部精神都佔據了去的緣故呢？從他的不知道有人到門外的那一種失心狀態看來，倒還是第二個猜度來得準一點，他一定是將全部精神用到了他所看的那部經裏去了無疑。既是這樣，我倒也不願意輕輕的過去，倒要去看一看清楚，能使他那樣地入迷的，究竟是一部什麼經。我心裏頭這樣決定了主意以後，就也顧不得他人的願意不願意了，舉起兩腳，便走進門去，走上了他的身邊，他仍舊是一動也不動地伏倒了頭在看經。我向桌上攤開在那裏的經文頁縫裏一看，知道是一部《楞嚴義疏》。楞嚴是大乘的寶典，這瓢兒和尙能耽讀此書，真也頗不容易，於是繼第一個好奇心而起的第二個好奇心就又來了，我倒很想和他談談，好向他請教請教。

「師父，請問府上是什麼地方？」

我開口就這樣的問了他一聲。他的頭只從經上擧起了一半，又光著兩眼，同驚駭似地向我看了一眼，隨後又微笑起來了，輕輕地像在逃遁似的回答我說：

「出家人是沒有原籍的。」

到了這裏，卻是我驚駭起來了，驚駭得連底下的談話都不能繼續下去。因爲把那下巴上的很深的刀傷疤隱藏過後的他那上半臉的面容，和那雖則是很輕，但中氣卻很足的一個湖南口音，卻同霹靂似地告訴了我以這瓢兒和尚的前身，這不是我留學時代的那個情敵的秦國柱是誰呢？我呆住了，睜大了眼睛，屏住了氣息，對他盯視了好幾分鐘。他當然也曉得是被我看破了，就很從容的含著微笑，從那張板椅上立了起來。一邊向我伸出了一隻手，一邊他就從容不迫的說：

「老朋友，你現在該認識我了罷？我當你走上山來的時候，老遠就瞥見你了，心裏正在疑惑。直到你到得門外咳了一聲之後，才認清楚，的確是你，但又不好開口，因爲不知道你對我的感情，經過了這十多年的時日，仍能夠復原不能？……」

聽了他這一段話，看了他那一副完全成了一個山僧似的神氣，又想起了剛才那樵夫所告訴我的瓢兒和尚的這一個稱號，我於一番驚駭之後，把注意力一鬆，神經弛放了一下，就只覺得一股非常好笑的衝動，衝上了心來。所以捏住了他的手，只「秦國柱！秦……國……柱」的叫了幾聲，以後竟哈哈哈的笑出了眼淚，有好久好久說不出一句有意思的話來。

我大笑了一陣，他立著微笑了一陣，兩人才撇開手，回復了平時的狀態。心境平復以後，我的性急的故態又露出來了。就同流星似地接連著問了他許多問題：「姜桂英呢？你什麼時候上這兒來的？做和尚做得幾年了？聽說你在當旅長，爲什麼又不幹了呢？」一類的話，我不等他的回答，就急說了一大串。他只是笑著從從容容的讓我坐下了，然後慢慢的說：

「這些事情讓我慢慢的告訴你，你且坐下，我們先去燒點茶來喝。」

他緩慢地走上了西面角上的一個爐子邊上，在折柴起火的中間，我又不耐煩起來了，就從板椅上立起，追了過去。他蹲下身體，在專心致志地生火爐，我立上了他背後，就又追問了他以前一刻未曾回答我的諸問題。

「我們的那位同鄉的佳人姜桂英究竟怎麼樣了呢？」

第一問我就固執著又問起了這一個那時候爲我們所爭奪的惹禍的蘋果。

姜桂英雖則是我的同鄉，但當時和她來往的卻盡是些外省的留學生，因此我們有幾個同學，有一次竟對她下了一個公開的警告，說她品行不端，若再這樣下去，我們要聯名向政府去告發，取消她的官費。這一個警告，當然是由我去挑撥出來的妒嫉的變形，而在這警告上署名的，當然也都是幾個同我一樣的想嘗嘗這塊禁臠的青春鰥漢。而出乎大家的意料之外，這個警告發出後不多幾日，她竟和下一學期就要在士官學校畢業的我們的朋友秦國柱訂婚了。得到了這一個消息之後，我的失意懊喪，正和屠格涅夫在一個零餘者的日記裏所寫的那個主人公一樣，有好幾個禮拜沒有上學校裏去上課。後來回國之後，每在報上看見秦國柱的戰功，如九年的打安福系，十一年的打奉天，以及十四年的汀泗橋之戰等，我對著新聞記事，還在暗暗地痛恨。而這一個戀愛成功者的瓢兒和尚，卻只是背朝著了我，帶著笑聲在舒徐自在的回答我說：

「佳人麼？你那同鄉的佳人麼？已經……已經屬了沙吒利（唐肅宗時，韓翊美姬柳氏，為蕃將沙吒利所劫，後得虞侯許俊的幫助，與柳復合。後人因以沙吒利代指強奪人妻的權貴。——編者按）了。……哈哈……哈……這些老遠老遠的事情，你還問起它作什麼？難道你還想來對我報三世之仇麼？」

聽起他的口吻來，彷彿完全是在說和他絕不相干的第三者的事情的樣子。我問來問去的問了半天，關於姜桂英卻終於問不出一點眉目來，所以沒有辦法，就只能推進到以後的幾個問題上去了，他一邊用蒲扇扇著爐子，一邊便慢慢的回答我說：

「到了杭州來也有好幾年了……做和尚是自從十四年的那一場戰役以後做起的……當旅長真沒有做和尚這樣的自在……」

等他一壺水燒開，吞吞吐吐地把我的幾句問話約略模糊的回答了一番之後，破茅篷裏，卻完全成了夜的世界了。但從半開的門口，沒有窗門的視窗，以及泥牆板壁的破縫缺口裏，卻一例的射進了許多同水也似的月亮光來，照得這一間破屋，晶瑩透徹，像在夢裏頭做夢一樣。

走回到了東牆壁下，泡上了兩碗很清很釅的茶後，他就從那扇小門裏走了進去，歇了一歇，他又從那間小室裏拿了一罐小塊的白而且糯的糕走出來了。拿了幾塊給我，他自己也拿了一塊嚼著對我說：

「這是我自己用葛粉做的乾糧，你且嘗嘗看，比起奶油餅乾來何如？」

我放了一塊在嘴裏，嚼了幾嚼，鼻子裏滿聞到了一陣同安息香似的清香。再喝了一口茶，將糕粉吞下去以後，嘴裏頭的那一股香味，還仍舊橫溢在那裏。

「這香味真好，是什麼東西合在裏頭的？會香得這樣的清而且久。」

我喝著茶問他。

「那是一種青藤，產在衡山腳下的。我們鄉下很多，每年夏天，我總托人去帶一批來曬乾藏在這裏，慢慢的用著，你若要，我可以送你一點。」

兩人吃了一陣，又談了一陣，我起身要走了，他就又走進了那間小室，一隻手拿了一包青藤的乾末，一隻手拿了幾張白紙出來。替我將書本鉛筆之類，先包了一包，然後又把那包乾末擱在上面，用繩子捆作了一捆。

我走出到了他那破茅蓬的門口，正立住了腳，朝南在看江幹的燈火，和月光底下的錢塘江水，以及西興的山影的時候，送我出來，在我背後立著的他，卻輕輕的告訴我說：

「這地方的風景真好，我覺得西湖全景，決沒有一處及得上這裏，可惜我在此住不久了，他們似乎有人在外面募捐，要重新造起勝果寺來。或者明天，或者後天，我就要被他們驅逐下山，也都說不定。大約我們以後，總沒有在此地再看月亮的機會了罷。今晚上你可以多看一下子去。」

說著，他便高聲笑了起來，我也就笑著回答他說：

「這總算也是一段『西湖佳話』，是不是？我雖則不是宋之問，而你倒真有點像駱賓王哩！

……哈哈……哈哈……」

一九三二年十二月

注釋

①本篇最初發表於一九三三年一月十日《新中華》雜誌創刊號。

②英文，意為偽裝、掩護。

唯命論者①

在××市立第十七小學教書的李德君先生，今天又滿懷了不快，從家裏悶悶地走上了學校；原因是當他在吃泡飯的時候，湯水太熱，舌頭上燙起了一個泡。而「福無雙至，禍不單行」的兩句老話，卻是他最佩服的定命哲學。

出胡同，轉了一個彎，正走到了河沿邊上的時候，河邊大樹上剛要飛走的一隻老鴉，又呱呱呱的向他叫了兩三聲。一邊走著，一邊張了怒目，正在瞋視著這隻老鴉的去向，初出屋頂的太陽光線，又無端射進了他的眼睛。雙眼一感到眩惑，脚步亂了，拍搭一鈎，鋪路的亂石，又攀住了他那雙頭上早已開了大口的舊皮鞋脚。

「晦氣晦氣！真真是禍不單行！」

嘴裏呸呸地向地上唾出了兩口唾沫，心裏這樣轉著，他想馬上跑回家去，尋出他那位也是小學教員出身，雖則是去年年底剛滿二十六歲，但已經生下了六個小孩，衰老得像六十二歲的老太太似的夫人來，大鬧一場，問她爲什麼泡飯要燒得那麼的熱。可是時間來不及了，八點半就要上課的，頭次預備鐘已經在打起來了；鐺鐺鐺鐺的鐘聲，只在晴空裏繚繞，又輕鬆又快活，好像在嘲笑李德君先生的不幸。

急忙趕到了休息室裏，把頭上壓在那裏的那頂黃色舊黑呢帽一除，他的禿頂的頭上放出了一層蒸籠饅頭似的熱氣；三腳兩步搶上課堂，亮光光的饅頭上，熱氣已經結成了珠汗了。

「諸位小朋友，唉喝，唉喝，諸位小朋友……今天，……今天讀的，是一隻小鳥的故事……」

正講到這一個題目，坐在第二排末尾的那個最頑皮的小孩，卻舉起了手來。

「李先生！我要撒尿！」

李先生氣起來了，放下了書本，就張大了眼，大聲對這小孩喝著說：

「剛上著課，就要撒尿？不准去！」

小孩也急起來了，又叫說：

「李先生，我要撒尿出來了！」

李先生低頭想了一想，結果沒有法子，終究還只好讓他出課堂去。

午前三個鐘頭的課上完之後，李先生的嘴顎骨感到了酸痛，亮晶晶的光頭上似乎也消去了一層亮光。手裏夾著了一大堆要改的日記簿，曲著背，低著頭，走回家來吃中飯的時候，他的第五位公子正因爲撒尿出了大便在換衣服；夫人燒飯，自然也爲此而挨遲了鐘點。

不得已，李德君先生只好餓著肚皮，先去改學生的卷子。一卷，兩卷，三卷，四卷，改到後來，他也氣起來了，拿起了邊上的一張白紙，就順筆的寫了下去：

「我李德君，系出隴西，家傳柱下；少年進學，早稱才氣無雙，老去依人，豈竟前程有限？每週所入，養一妻數子尙堪虞，此日所遭，竟五角六張之更甚。馮唐易老，李廣難封，雖曰人事，詎非天命？視彼輕佻劣子，坐擁多金，樗櫟庸材，高馳駟馬，則名教模楷，自只能嗚咽作五知先生傳矣。況復三成四折，一欠再延，枵腹從公，低眉渡世，若再稽遲十日之薪，勢將索我於枯魚之肆，嗚呼痛哉！亦唯命耳。」

寫完了這一篇唯命論後，讀了一遍，想想前兩月的薪水還沒有發下，而明天四塊半錢的房租，卻不得不付了，心裏自然同痲繩初捲似地絞榨了起來，於是卷子也改不下去了。

「吃飯，還是吃飯罷！……」心裏想著就叫出了口來，「喂！飯有沒有燒好？……你，你，你近來，老是像沒頭蒼蠅似的，什麼都弄不好。譬如今天早晨的泡飯罷，就燒得太燙，而這中飯哩，又燒得這麼的遲。」

他對夫人的態度，每次總是這樣的；在心裏，他簡直要一把拖起來打她一頓，可是潛意識裏的「她也真可憐，嫁了我這一個年齡比她大一倍的老秀才，過的真不是人的生活。一家八口，窮得連雇一個使用人的錢都沒有。還是忍耐些罷！」等想頭，終於使他壓住了氣，只虎頭蛇尾地說幾句埋怨的話了事。但有時候，他說一句，她倒要回覆他到兩句三句之多，結果還是他先住了嘴，這就是他的所謂和夫人的大鬧。在學校的同事之間，他的地位，也只和在家庭裏的一樣。輕薄的少年同事，卑污的當局人等，都不把他當作人看。他心裏雖則如火如荼地在氣在惱，但結果只唉喝唉喝的空咳幾聲，就算出了氣。他在這小學裏勤勞了二十年了，眼見得同事的及學生之中的狡猾者，一個一個都鑽入了社會，攫取了富貴，而他自己的一點點薄俸，反而一年一年的減少了下去。幸虧二十幾年前的那一張師範講習所的證書在幫他的忙，所以每次校長更換的時候，他還保留了那個三十八元六角的位置，否則恐怕早連燙舌尖的泡飯，都要向施粥廠去乞取了。

因爲肚子的餓和下午怕趕不著去上課的心裏的急，使他想起了幾十年來的生涯大事。十六歲的那一年進學，總算是一件喜事，十餘年前的和現在這一位夫人的初次結婚，總算也是一件喜事。此外則想來想去，終於沒有一件稱心的事情。現在老了，臉上雖則還沒有養起鬚子，但眉毛中間的直紋和眼角鼻下的斜皺，分明證實了孔子說他的「四十五十而無聞焉」的一生。本來是不高不胖的身體，近來更曲了背瘦了肉，那一套七八年前做的粗呢中山裝，掛在身上，像是一面不吃風的風帆。黃而且黑的那一張臉，自己在鏡子裏看起來，也像是一個老婆婆。左右的幾個盤牙掉了以後，顴骨愈顯得高，顴下的兩個深窩愈陷得黑了。少年的痕跡，若還有一點殘留在他的臉上的話，那只可以舉出他的長眉下的一雙棱形的眼睛來；就是這一雙眼睛，近來也已變成了撞牆的急狗似的陰狠而可怕，那一種颯爽的英氣，早就消失了。

「唉喝，唉喝！飯究竟怎麼樣了？」

可是奇怪得很，今天他這樣的接二連三地催了幾聲，他的夫人卻並無惱怒的回話。不但她並不惱怒，一隻手抱了一個周歲的小孩，一隻手拿菜和飯給他。她的臉上，並且還滿含了一臉神秘的微笑。他摸了幾下禿頭，一邊吃飯，一邊在那裏猜，猜她今天有了什麼喜事。「大約是她的娘要從鄉下來吧？」但她的來，每次總是突如其來的，從來也沒有預先使她女婿女兒知道過一次，「或者是又有了孕了麼？」不對不對，這並不是喜事。默默地吃完了飯，猜了許多次的啞謎，覺得都不很像，結果他也忍不住了，就開了口：

「喂！你在那裏笑什麼？」

「你三點鐘回來的時候，我再同你說。」

李先生的下午的授課，顯見得露出了慌張。等三點的下課鐘打後，他又夾了一大堆草簿回到屋裏的時候，他的臉上也滿含了一臉微笑。這一回是輪到他的夫人來猜謎了，但她可聰明得很，一猜就猜中了他的喜事，「前兩月的薪水發下來了。」從破中山裝的袋裏，將幾張舊鈔票拿出來交給他夫人的瞬間，他夫人也將她的隱藏了一個多月的秘密告訴了他。前回她娘上城裏來買東西，曾在店頭給了她手裏抱著的小兒子一塊錢。她下了絕大的決心，將這一塊錢去買了一張航空券，今天就是這航空券開獎的日子。

唯命論者的李先生，到此也有點動搖起來了，因而他所確信的哲學，也因而顛倒了一下，彷彿是變成了「禍無雙至，福不單行」的樣子；今天既發了薪水，這獎券當然是也可以中得的。很滿足地吃過了早夜飯，他嘴裏念著一四零三二零，一四零三二零的號碼，就匆匆走到了大街的一家賣獎券的店頭。在燈燭輝煌，紅紙金字的招牌掛得滿滿的這一家店門口，他走來走去先走了好幾遍。因爲從來也沒有買過什麼獎券，他心裏實在有點害怕，怕上這店裏去碰一個釘子。最後，鼓起了絕大的勇氣，把眼睛眨了幾眨，唉喝唉喝的空咳了幾聲，他才上櫃前幽幽地問了一聲：

「今天開獎的號碼，有沒有曉得？」

店裏的一位年輕的夥計，估量了他一眼，似乎看了他的神氣有點覺得好笑的樣子，只微笑著搖了一搖頭。他微微感到了一點失望，底下當然是不敢問下去了，不得已就離開了店，但心裏卻在打算再上另一家去試問一下。

低著頭，轉了幾個彎，正走入市裡頂熱鬧的那條大街的時候，他在左手的一家單間門面的店門口，忽而看見了一塊紅牌上用白水粉寫著的號碼，「一四零三二零。」他啊的一聲叫了起來，更張了大眼，向電燈光下，重新看了一遍。這家店明明是一家賣獎券的店；紅牌上的水粉還沒有乾，這號碼一定是今天開獎的上海電話裏來的號碼。一四零三二零，一四零三二零，絕沒有錯。他渾身發起抖來了，臉上立時變成了蒼白。「這五萬塊錢！啊啊，這五萬塊錢！」他呆立在街上，不知立了幾分鐘，忽而又有三五個人走攏來看了。有一個說：

「一四零三二零，這次的頭獎不知落在什麼地方？」另一個說：「底下的幾個小獎，我不知有沒有買著？」

聽了這幾句話，他抖得更是厲害，簡直是站也站不穩，走也走不動的樣子。不得已，只能叫一乘黃包車坐回家來，這雖是他二三年來僅有的一次奢侈的破例，但不要緊，頭獎已經中了。坐在車上，發抖還是不止，有幾次抖得凶，險些兒身體都抖出到了車外。血氣回復了一點常態，他頭腦裏又忽而感到了一陣烘烘然的脹熱，車的周圍的世界，兩旁的燈火，都像在跳躍舞蹈，四面的人的眼睛，似乎全在盯視住他，而他們的嘴裏，又彷彿各在嗡嗡地叫說：「李德君中了頭獎了！李德君中了頭獎了！」車到了門口，跳下踏腳板後，雙腳一軟，他先朝大門覆跌了下去。

「喂！喂！快點出來，快點出來！」

這樣的顫聲叫著他的夫人，他自己卻爬起又跌倒爬起又跌倒地爬不起身來。等夫人抱著小孩，把車錢付了，他才慢慢從地上爬起，走到了室內，而那頂黃色的舊黑呢帽，卻翻朝了天，被忘記在馬路的黑暗的中間。

「中了！中了！一四零三二零！」

抖著說著，說了半天，他才說出了這幾句不完全的話。他的發抖軟腳之病，立時就傳染給了他的夫人，手裏抱著的小孩，嘩嘩的從地上哭起來了。

兩人對抖著，呆視著，歇了半天，還是李先生先甦醒了轉來。他說：

「喂！你那張獎券呢？讓我看，號碼究竟是不是一四零三二零。」

經他這麼一說，夫人也醒了；抱著小孩，她就上床頭去取出了那張狹狹的五顏六色的紙來。兩人爭奪了一下，拿近上煤油燈下去一照，仍舊是不錯，是幾個紅的一四零三二零的阿喇伯字。於是夫人先開口說：

「這一回可好了，你久想重做過的那一套中山裝好去做了。」

李先生接著也說：

「五萬元！豈止一套中山裝，你也可以去雇一個傭人來，買一件外面有皮的大衣。」

「還有小孩子們的衣服！」

「我們還要辦一個平民小學哩！」

「娘娘她們，當然也要給她們一半。」

「一半太多，要給她們二萬五千元幹什麼。」

「那一塊錢，豈不是娘娘的麼？」

「但是買總是你買的。」

「還有我的另外的窮親戚也不少，就算一家給一千元罷，起碼也有二十幾家。」

「那麼剩下來豈不只五千元了？」

「五千元還不夠麼？」

「唉喝！唉喝！」

李先生的乾咳，大抵是不滿或不得已的心狀的表示。兩人沉默了下去，各懷著了不服。終於夫人硬不過李先生，等了許久之後，又開始說了：

「這錢上哪裡去拿呢？」

「上上海去拿，我明天就辭了職上上海去拿。」

「上海我也要去的。」

「你去幹什麼？」

「你可以去難道我不可以去？」

兩人又反了目，又沉默了下去。煤油燈疪的響了一聲，燈光暗下去了，燈裏的煤油點到了十分之九。等了不久，燈完全黑了，而窗外面的亮光，也從破壁縫裏透漏了進來。

三天之後，各獎券店裏，都來了對號單，這一次開彩的結果，頭獎沒有售出，特獎是一四六三二六號，阿喇伯字的六字與零字原也很像。

市立第十七小學門前的河裏，在這一天的晚上，於上海車到後不久，有一個矮矮的人投入了河。第二天早晨，校役起來掃地的時候，發見了禿頭的李先生的屍體，他的手裏捏著的還是一四零三二零的那一條獎券。

其後一兩個月中間，這一條河沿上夜裏就斷絕了行人，說是晚上過路的人，老見有一位矮矮的穿舊中山裝的禿頭老先生，會唉喝唉喝地出來兜售獎券。這或許是同打花會的人一樣，在利用了李先生的死，而謀生財的大道。

一九三五年二月

注釋

①本篇最初發表於一九三五年三月十五日《新小說》第一卷第二期。

出奔①

一　避難

金華江曲折西來，衢江游龍似地北下，兩條江水會合的洲邊，數千年來，就是一個閭閻撲地，商賈雲屯的交通要市。居民約近萬家，桅檣終年林立，有水有山，並且還富於財源；雖只彈丸似的一區小市，但從軍事上，政治上說來，在一九二七年的前後，要取浙江，這蘭溪縣倒也是錢塘江上游不得不先奪取的第一軍事要港。

國民革命軍東出東江，傳檄而定福建，東路北伐先鋒隊將迫近一夫當關，萬夫莫敵的仙霞嶺下的時候，一九二六年的餘日剩已無多。在軍閥蹂躪下的東浙農民，也有點蠢蠢思動起來了。

每次社會發生變動的關頭，普遍流行在各地鄉村小市的事狀經過，大約總是一例的。最初是軍隊的過境，其次是不知出處的種種謠傳的流行，又其次是風信旗一樣的那些得風氣之先的富戶的遷徙。這些富戶的遷徙程序，小節雖或有點出入，但大致總也是刻板式的；省城及大都市的首富，遷往洋場，小都市的次富，遷往省城或大都市，鄉下的土豪，自然也要遷往附近的小都市，去避一時的風雨。

當董玉林雇了一隻小船，將箱籠細軟裝滿了中艙，帶著他的已經有半頭白髮的老妻，和他所最愛，已經在省城進了一年師範學校的長女婉珍，及十三歲的末子大發，與養婢愛娥等悄悄離開土著的董村，揚帆北去，上那兩江合流的蘭溪縣城去避難的時候，遲明的冬日，已經掛上了樹梢，滿地的濃霜，早在那裏放水晶似的閃光了。船將離岸的一刻，董玉林以錦袍長袖擦著額上的急汗，還絮絮叨叨，向立在岸上送他們出發替他們留守的長工，囑咐了許多催款，索利，收取花息的瑣事；他隨船擺動著身體，向東面看看朝陽，看看兩岸的自己所有的田地山場，只在惋惜，只在微嘆。等船行了好一段，已經看不見董村附近的樹林田地了之後，他方才默默的屈身爬入了艙裏。

董玉林家的財產，已經堆積了兩代了。他的父親董長子自太平軍裏逃回來的時候，大家都說他是發了一筆橫財來的；那時候非但董玉林還沒有生，就是董玉林的母親，也還在鄰村的一家破落人家充作蓬頭赤足的使婢。蔓延十餘省，持續近二十年的洪楊戰爭後的中國農村，元氣雖則喪了一點，但一則因人口不繁，二則因地方還富，恢復恢復，倒也並不十分艱難。董長子以他一身十八歲的膂力，和數年刻苦的經營，當董玉林生下地來的那一年，已經在董村西頭蓋起了一座三開間的草屋，墾熟了附近三十多畝地的沙田了。那時候況且田賦又輕，生活費用又少，終董長子的勤儉的一生之所積，除田地房屋等不動產不計外，董玉林於董長子死後，還襲受了床頭土下埋藏起來的一酒甕雪白的大花邊。

董玉林的身體雖則沒有他父親那麼高，可是團團的一臉橫肉，四方的一個肩背，一雙同老鼠眼似的小眼睛，以及朝天的那個獅子鼻，和鼻下的一張大嘴，兩撇鼠鬚，看起來簡直是董長子的只低了半寸的活化身。他不但繼承了董長子的外貌，並且同時也繼承了董長子的鄙吝苛苦的習性。當他十九歲的時候，董長子於垂死之前，替他娶了離開董村將近百里地的上塘村那一位賢媳婦後，董長子在臨終的床上口眼閉得緊緊貼貼，死臉上並且還呈露了一臉笑容；因爲這一位玉林媳婦的刮削刻薄的才能，雖則年紀輕輕，倒反遠出在老狡的公公之上。據村裏的傳說，說董長子的那一甕埋藏，先還不肯說出，直等斷氣之後，又爲此活轉來了一次，才輕輕地對他的媳婦說的。

董長子死後，董玉林夫婦的治世工作開始了；第一著，董玉林就減低了家裏那位老長工的年俸，本來是每年制錢八千文的工資，減到了七千。沙地裏種植的農作物，除每年依舊的雜糧之外，更添上了些白菜和蘿蔔的野蔬；於是那一位長工，在交冬以後，便又加了一門挑擔上市集去賣野蔬的日課。

董玉林有一天上縣城去賣玉蜀黍回來，在西門外的舊貨鋪裏忽而發見了一張還不十分破漏的舊網；他以極低廉的價格買了回來，加了一番補綴，每天晚上，就又可以上江邊去捕捉魚蝦了；所以在長工的野蔬擔頭，有時候便會有他老婆所養的雞子生下來的雞蛋和魚蝦之類混在一道。

照董村的習慣，農忙的夏日，每日須吃四次，較清閒的冬日，每日也要吃三次粥飯的；董長子死後，董玉林以節省爲名，把夏日四次的飲食改成了三次，冬日的三餐縮成了兩次或兩次半；所謂半餐者，就是不動爐火，將剩下來的粥飯胡亂吃一點充饑的意思。

董長子死後的第二年，董村附近一帶於五月水災之餘，入秋又成了旱荒。村內外的居民賣兒鬻女，這一年的冬天，大家都過不來年。玉林夫婦外面雖也在裝作愁眉苦眼，不能終日的樣子，但心裏卻在私私地打算，打算著如何的趁此機會，來最有效力地運用他們父親遺下來的那一甕私藏。

最初先由玉林嫂去嘗試，拿了幾塊大洋，向尚有田產積下的人家去放年終的急款，言明兩月之後，本利加倍償還，若付不出現錢的時候，動用器具，土地使用權，小兒女的人身之類，都可以作抵，臨時估價定奪。經過了這一年放款的結果，董玉林夫婦又發現了一條很迅速的積財大道了；從此以後，不但是每年的年終，董玉林家門口成了近村農民的集會之所，就是當青黃不接，過五月節八月節的時候，也成了那批忠厚老實家裏還有一點薄產的中小農的血肉的市場，因爲口乾喝鹽鹵，重利盤剝的惡毒，誰不曉得，但急難來時，沒有當鋪，沒有信用小借款通融的鄉下的農民，除走這一條極路外，更還有什麼另外的法子？

猢猻手裏的果子，有時候也會漏縫，可是董家的高利放款，卻總是萬無一失，本利都撈得回來的。只須舉幾個小例出來，我們就可以見到董玉林夫婦討債放債的本領。原來董村西北角土地廟裏一向是住有一位六十來歲的老尼姑，平常老在村裏賣賣紙糊錠子之類，看去很像有一點積貯的樣子。她忽而傷了風病倒了，玉林嫂以爲這無根無蒂的老尼死後，一筆私藏，或可以想法子去橫領了來，所以閑下來的時候，就常上土地廟去看她的病，有時候也帶點一錢不值的禮物過去。後來這老尼的病愈來愈重了，同時村裏有幾位和她認識的吃素老婆婆，就勸她拿點私藏出來去抓幾劑藥服服，但她卻一口咬定沒有餘錢可以去求醫服藥。有一次正在爭執之際，恰巧玉林嫂也上庵裏看老尼姑的病了，聽了大家的話，玉林嫂竟毫不遲疑，從布裙袋裏掏出了兩塊錢來說：「老師父何必這樣的裝窮？你捨不得花錢，我先替你代墊了吧！」說著，就把這兩塊錢交給了一位吃素老婆婆去替老尼請醫買藥。大家於齊聲讚頌玉林嫂的大度之餘，就分頭去替老尼服務去了。可是事不湊巧，老尼服了幾劑藥，又捱了半個多月之後，終於斷了氣死了。玉林嫂聽到了這個消息，就丟下了正在燒的飯鍋，一直的跑到了廟裏。先將老尼的屍身床邊搜索了好大半天，然後又在地下壁間破桌底裏，發掘了個到底；搜尋到了傍晚，眼見得老尼有私藏的風說是假的了，她就氣忿忿的守在廟裏，不肯走開。

第二天早晨，村裏的有志者一角二角的捐集了幾塊錢，買就了一具薄薄的棺材來收殮老尼的時候，玉林嫂乘眾人不備的當中，一把搶了棺材蓋子就走。眾人追上去問她是何道理，她就說老尼還欠她兩塊錢未還，這棺材蓋是要拿去抵帳的。於是再由眾人集議，只好再是一角二角的湊集起來，合成了兩塊錢的小洋去向玉林嫂贖回這具棺材蓋子。但是收殮的時候，玉林嫂又來了，她說兩塊錢的利子還沒還，硬自將老尼身上的一件破棉襖剝去了充當半個月的利息，結果，老尼只穿了一件破舊的小衫，被葬入了地下。

還有一個小例，是下村阿德老頭的一齣悲喜劇。阿德老頭一生不曾結過婚；年輕的時候，只幫人種地看牛，賺幾個微細的工資，有時也曾上鄰村去當過長工。他半生節衣縮食，一共省下了二三十塊錢來買兩畝沙地，在董玉林的沙田之旁。現在年紀大了，做不動粗工了，所以只好在自己的沙地裏搭起了一架草舍，在那裏等待著死，因爲坐吃山空，幾個零錢吃完了，故而在那一年的八月半向董玉林去借了一塊大洋來過節。到了這一年的年終，董玉林就上阿德的草舍去坐索欠款的本利，硬要阿德兩畝沙地寫賣給他，阿德於百般哀告之後，董玉林還是不肯答應，所以氣急起來，只好含著老淚奔向了江邊說：「玉林嚇玉林，你這樣的逼我，我只好跳到江裏去尋死了！」董玉林拿起一枝竹竿，追將上來，拚命的向阿德後面一推，竟把這老頭擠入到了水裏，一邊更伸長了竹竿，一步一步的將阿德推往深處，一邊豎起眉毛，咬緊牙齒，又狠狠的說：「你這老不死，欠了我的錢不還，還要來尋死尋活麼？我率性送了你這條狗命！」末了，阿德倒也有點怕起來了，只好大聲哀求著說：「請你救救我的命吧！我寫給你就是，寫給你就是！」這一齣喜劇，哄動了遠近的村民都跑了過來看熱鬧。結果，董玉林只找出了十幾塊錢，便收買了阿德老頭的那兩畝想作喪葬本用的沙地。

董玉林夫婦對於放款積財既如此的精明辣手，而自奉也十分的儉約；譬如吃煙吧，本來就是一件不必要的奢侈，但兩人在長夜的油燈光下，當計算著他們的出入賬目時，手空不過，自然也要弄一枝煙管來咬咬。單吸煙葉，價目終於太貴，於是他們就想出了一個方法，將艾葉蓬蒿及其他的雜草之類，曬乾了和入在煙葉之內。火柴買一盒來之後，也必先施一番選擇，把杆子粗的火柴揀選出來，用刀劈作兩份三份，好使一盒火柴收作一盒半或兩盒的效用。

董家的財產自然愈積愈多了，附近的沙田山地以及耕牛器具之類，半用強買半用欺壓的手段，收集得比董長子的時代增加到了三四倍的樣子。但是不能用金錢買，也不能用暴力得的兒子女兒，在他們結婚後的七年之中，卻生一個死一個的死去了五個之多。同村同姓的閒人等，當冬天農事之暇，坐上香火爐前去烤榾柮火，談東鄰西舍的閑天的時候，每嗤笑著說：「這一對鬼夫妻，吮吸了我們的血肉還不夠，連自己的骨肉都吮吸到肚裏去了；我們且張大著眼睛看吧！看他們那一份惡財，讓誰來享受！」這一種田地被他們剝奪去了以後的村人的毒語，董玉林夫婦原也是常有得聽到；而兩夫婦在半夜裏於打算盤上流水賬上得疲倦的時候，也常常要突地沉默著回過頭來看看自家的影子，覺得身邊總還缺少一點什麼。於是玉林嫂發善心了，要想去拜拜菩薩，求求子嗣；董玉林也想到了，覺得只有菩薩可以使他們的心願滿足實現。

但是他們上遠處去燒香拜佛，也不是毫無打算地出去的，第一，總得先預備半年，積貯了許多本地的土貨，好教一船裝去，到有靈驗的廟宇所在地去賣。第二，船總雇的是回頭便船，價錢可以比旁人的賤到三分之二；並且殺到了這一個最低船價之後，有時候還要由他們自己去兜集幾個同行者來，再向這些同行者收集些搭船的船鈔。所以別人家去燒香拜佛，總是去花一筆錢在佛門弟子身上的，獨有董玉林夫婦的燒香拜佛，卻往往要賺出一筆整款來，再去加增他們的放重利的資本。並且他們的自奉的儉約，有時候也往往會施行到菩薩的頭上。譬如某大名刹的某某菩薩，要製一件繡袍的時候，這事情，總是由大善士董玉林夫婦去為頭寫捐的回數多。假使一件繡袍要大洋五十元的話，他們總要去寫集起七十元的總款，才茲去作，而做繡袍的店裏，也對董大善士特別的肯將就，肯客氣，倘使別人去定，要五十元一件的繡袍，由董大善士去定，總可以讓到三十五元或竟至三十元左右，因爲董大善士市面很熟悉，價格都知道，這倒還不算稀奇，最取巧的，是董大善士能以半價去買到與原定上貨一樣好看的次貨來充材料，而材料的尺寸又要比原定的尺寸短小一點，雖然廟祝在替菩薩穿上身去的時候，要多費一點力，但董大善士的旅費，飲食費，交際費，卻總可以包括在內了。

董大善士更因爲老發起這一種工程浩大的善舉之故，所以四鄉結識的富紳地主也特別的多。這些富紳地主，到了每年的冬天，拿出錢來施米施衣，米票錢票，總要交一大把給董大善士，托他們夫婦在就近的鄉間去酌量施散。故而每年冬天非但董玉林夫婦的近親戚屬，以及自家家裏的長工短工，都能受到董大善士的恩惠，就是董大善士養在家裏的豬羊雞犬，吃的也都是由米票向米店去換來的糠麋。至於棉衣呢，有時候也會鑽到他們夫婦的被裏去變了胎，有時候也會上他們自己雇的短工的人家去，變作了來年農忙時候的一工兩工的工資的預付。

最有名的董氏夫婦的一件善舉，是在那一年村裏有瘟疫之後的施材。董玉林向城裏的善堂去領了一筆款來之後，就雇工動手作了十幾具棺木，寄放在董氏的家廟裏待施。木頭都是近村山上不費錢去砍來的松木，而棺材匠也是臨時充數，只吃飯不拿錢的鄰村的木匠。凡須用這一批棺木的人，多要出一點手續費，而棺木的受用者還有一個必須是矮子的條件，因爲這一批施材作得特別的短小，長一點的屍身放下去，要把雙腳折短來的緣故。

董玉林夫婦既積了財，又行了善，更敬了神，菩薩也自然不得不保佑他們了。所以自從他們現在的那位大小姐婉珍生下地來以後，竟一帆風順毫無病痛的被他們養大到了成人；其後過不上幾年，並且還又添上了一位可以繼家傳後的兒子大發。

二 暴風雨時代

太陽升高了一段，將寒江兩岸的一幅冬晴水國圖，點染得分外的鮮明，分外的清瘦，顏色雖則已經不如晚秋似的紅潤了，但江南的冬景，在黃蒼裏，總仍舊還帶些黛色的濃青。尤其是那些蒼老的樹枝，有些圍繞著飛鳥，有些披堆著稻草，以晴空作了背景，在船窗裏時現時露地低昂著，使兩禮拜前才從杭州回來的婉珍忽而想起了這一次寒假回籍，曾在路上同行過一天一夜的那位在上海讀書的衢州大學生。

船行的緩慢，途上的無聊，幸虧在江頭輪船上遇著了這一位活潑健談的青年，終於使她在一日一夜之中認識了目前中國在帝國主義下奄奄待斃的現狀，和社會狀態必須經過一番大變革的理由。婉珍也已經十八歲了，雖則這大學生所用的名詞還有許多不能瞭解，但他的熱情，他的射人的兩眼，和因說話過多而興奮的他那兩頰的潮紅，卻使婉珍感到了這一位有希望有學問的青年的話，句句是真的。在輪船上艙裏和他同吃了兩次飯，又同在東關的一家小旅館裏分居寄了一宵宿，第二天在蘭溪的埠頭，和他分手的時候，婉珍不曉怎麼的心裏卻感到了一種極淡的悲哀，彷彿是在曉風殘月的楊柳岸邊，離別了一位今年不能再見的長征的壯士。

回到了鄉裏，見到了老父老母，和還不曾脫離頑皮習氣的弟弟，旅途上的這一片餘痕，早就被拂拭盡了；直到後來，聽到了那些風聲鶴唳的傳說，見到了舉室倉皇的不安狀態，當正在打算避難出發的前幾日，婉珍才又隱隱地想起了這一位青年。

「要是他在我們左右的話，那些紀律毫無的北方軍隊，誰敢來動我們一動？社會的改革，現狀的打破，這些話真是如何有力量的話！而上船下船，入旅舍時的他那一種殷勤扶助的態度，更是多麼足以令人起敬的舉動！」

當她整理箱籠，會萃物件的當中，稍有一點空下來的時候，腦裏就會起這樣的轉念；現在到了這一條兩岸是江村水驛的路上，她這想頭，同溫舊書的人一樣想得更加確鑿有致了。到了最後，她還想到了一張在杭州照相館的櫥窗裏看見過的照片：一個青春少女，披了長紗，手裏捏著一束鮮花，站在一位風度翩翩，穿上西裝的少年的身旁。

董婉珍的相貌，在同班中也不算壞。面部的輪廓，大致像她的爸爸董玉林，但董家世相的那一個朝天獅子鼻，卻和她母親玉林嫂的鷹嘴鼻調和了一下，因而婉珍的全面部就化成了一個很平穩的中人之相，不引人特別的注意，可也不討人的厭。不過女孩子的年齡，終竟是美的判斷的第一要件；十八歲的血肉，裝上了這一副董家世襲的稍為長大的骨格，雖則皮色不甚細白，衣飾也只平常——是一件短襖，一條黑裙的學校制服——可那一種強壯少女特有的撩人之處，畢竟是不能掩沒的自然的巧製，也就是對異性的吸引力蒸發的洪爐。那一天午後，在斜陽裏，董家的這隻避難船到蘭溪西城外埠頭靠岸的時候，董婉珍的一身健美，就成了江邊亂昏昏的那些閒雜人等的注目的中心。

董玉林在縣城裏租下的，是西南一條小巷裏的一間很舊的樓屋。樓上三間，樓下三間，間數雖則不少，租金每月卻還不到十元；但由董玉林夫婦看來，這房租似乎已經是貴到了極頂了，故而草草住定之後，他們就在打算出租，將樓底下的三間招進一家出得起租金的中產人家來分房同住。幾天之內，一家一家，同他們一樣從近村逃避出來的人家，來看房屋的人，原也已經有過好幾次了，但都因爲董玉林夫婦的租價要得太貴，不能定奪。在這中間，外面的風聲，卻一天緊似一天，市面幾乎成了中歇的狀態。終於在一天寒雲淒冷的晚上，前線的軍隊都退回來了，南城西城外的兩條水埠，全駐滿了雜七雜八，裝載軍隊人伕的兵船。

董玉林剛捧上吃夜飯的飯碗，忽聽見一陣喇叭聲從城外吹了過來，慌得他發著抖，連忙去關閉大門，這一晚他們五個人不敢上樓去宿，只在樓下的地板上鋪上臨時的地鋪，提心吊膽地過了一夜。第二天早晨，使婢愛娥悄悄開了後門，打算上橫街的那家豆腐店去買一點豆腐來助餐的，出去了好半天，終於青著臉仍復拿著空碗跑回來了；後門一閂上，她也發著抖，拉著玉林嫂，低低的在耳邊說：

「外面不得了了，昨晚在西門外南門外都發生了姦搶的事情。街上要拉夫，船埠頭要封船，長街上沒有一個行人，也沒有一家開門的店家。豆腐店的老頭，在排門小窗裏看見了我，就馬上叫我進去，說——你這姑娘，真好大的膽子！——接著就告訴了我一大篇的駭殺人的話，說在蘭溪也要打仗呢！」

董玉林一家五口，有一頓沒一頓的餓著肚皮，在地鋪上捱躺了兩日三夜，忽聽見門外頭有起腳步聲來了。午前十點鐘的光景，於聽見了一陣爆竹聲後，並且還來了一個人敲著門，叫說：

「開開門來吧！孫傳芳的土匪軍已經趕走了，國民革命軍今天早晨進了城，我們要上大雲山下去開市民大會，歡迎他們。」

董玉林開了半邊門，探頭出去看了一眼，看見那位說話的，是一位本地的青年，手裏拿了一面青天白日滿地紅的旗子，青灰的短衣服上，還吊上了一兩根皮帶。他看出了董玉林的發抖驚駭的弱點，就又站住了腳，將革命軍是百姓的軍隊，決不會擾亂百姓的事情，又仔細說了一遍。

在說的中間，婉珍阿發都走出來了，立上了他們父親的背後。婉珍聽了這青年的一大串話後，馬上就想起了那位同船的大學生，「原來他們的話，都是一樣的！」這一位青年，說了一陣之後，又上鄰家去敲門勸告去了。直到後來，他們才茲曉得，他就是本城西區的一位負責宣傳員。

革命高潮時的緊張生活開始了，蘭溪縣裏同樣地成立了黨部，改變了上下的組織，舉發了許多土劣的惡行，沒收了不少的逆產。董婉珍在一次革命軍士慰勞遊藝會的會場裏，真出乎她的意料之外，忽然遇見了一位本地出身的杭州學校裏她同班的同學。這一位同學，在學校的時候，本來就以演說擅長著名的，現在居然在本城的黨部所屬的婦女協會裏做了執行委員了。

她們倆匆匆立談了一會，各問了地址，那位女同志就忙著去照料會場的事務去了；那一天晚上，董婉珍回到了家裏，就將這一件事情告訴了她的父母，末了並且還加了一句說：

「她在很懇切地勸我入黨，要我也上婦女協會或黨部去服務去。」

董玉林自黨軍入城之後，看了許多紅綠的標語，聽了幾次黨人的演說，又目擊了許多當地的豪富的被囚被罰，心裏早就有點在恨也有點在怕，怕這一隻革命黨的鐵手，要抓到他自己的頭上來；現在聽到了自己的愛女的這一句入黨的話，心裏頭自然就湧起了一股無名的怒火。

「你也要去作革命黨去了麼？哼，人家的錢財，又不是偷來的搶來的，那些沒出息的小子，真是胡鬧。什麼叫作逆產！什麼叫作沒收！他們才是敲竹槓的人！」

董玉林對婉珍，一向是不露一臉怒容，不說一句重話的，並且自從她上省城去進了學校以來，更加是加重了對她的敬愛之心了。這一晚在燈下竟高聲罵出了這幾句話來，駭得他的老妻，一時也沒有了主意。三人靜對著沉默了好一晌，聰明刻薄的玉林嫂，才想出了一串緩衝的勸慰之語：

「時勢是不同了，城裏頭變得如此，我們鄉下，也難保得不就有什麼事情發生。讓婉珍到她的朋友那裏去走走，多認識幾個人，也是一件好事，你也不必發急，只須叫她自己謹慎一點就對了。」

她究竟是董玉林的共艱苦的妻子，話一涉及到了利害，董玉林仔細一想，覺得她的意見倒也不錯，這一場家庭裏的小小的風波，總算也很順當地就此結了局。

三　混沌

董婉珍終於進了黨，上縣黨部的宣傳股裏去服務去了，促成她的這急速的入黨的理由，是董村農民協會的一個決議案。他們要沒收董玉林家全部的財產，禁止他們一家的重行回到村裏來盤剝。地方農民協會的決議案，是要經過縣黨部的批准才能執行的，董玉林一聽到了這一個消息，馬上就催促他自己的女兒，去向縣黨部裏活動，結果，在這決議案還沒有呈上來之先，董婉珍就作了縣黨部宣傳股的女股員。

宣傳股股長錢時英，正滿二十五歲，是從廣州跟黨軍出發，特別留在這軍事初定的蘭溪縣裏，指導黨務的一位幹練的黨員；故鄉是湖南，生長在安徽，是蕪湖一個師範學校的畢業生，二年前就去廣東投效，係黨政訓練所第一批受滿訓練出來的老同志。他的身材並不高大，但是一身結實的骨肉，使看他一眼的人，能感受到一種堅實，穩固，沉靜的印象，和對於一塊安固的磐石所受的印象一樣。臉形本來是長方的，但因爲肉長得很豐富，所以略帶一點圓形。近視眼鏡後的一雙細眼，黑瞳人雖則不大，但經他盯住了看一眼後，彷彿人的心肝也要被透視得出來的樣子。他說話平常是少說的，可是到了緊要的關頭，總是一語可以破的，什麼天大的問題，也很容易地爲他輕輕地道破，解決，處置得妥妥服服。他的笑容，雖則常常使人看見，可是他的笑臉，卻與一般人的詐笑不同，真像是心花怒放時的微笑，能夠使四周圍的黑暗，一時都變爲光明。

董婉珍在他對面的一張桌上辦公，初進去的時候，心裏每有點膽小，見了他簡直是要頭昏腦脹，連坐立都有點兒不安。可是後來在擬寫標語，抄錄案件上犯了幾次很可笑的錯誤，經他微笑著訂正之後，她覺得這一位被同志們敬畏得像神道似的股長，卻也是很容易親近的人物。

這一年江南的冬天，特別的和暖，入春以後，反下了一次並不小的春雪。正在下雪的這一天午後，是星期六，錢股長於五點鐘去出席了全縣代表大會回來的時候，臉上顯然的露出了一臉猶豫的神情。他將皮篋拿起放下了好幾次，又側目向婉珍看了幾眼，彷彿有什麼要緊的話要對她說的樣子，但後來終於看看手錶，拿起皮篋來走了。走到了門口，重新又回了轉來，微笑著對婉珍說：

「董同志，明天星期日放假，你可不可以同我上橫山去看雪景？中午要在縣政府裏聚餐，大約到三點鐘左右，請你上西城外船埠頭去等我。」

婉珍漲紅了臉，低下了頭，只輕輕答應了一聲；忽而眼睛又放著異樣的光，微笑著，舉起頭來，對錢時英瞥了一眼。錢時英的目光和她的遇著的時候，倒是他驚異起來了，馬上收了笑容，作了一種疑問的樣子，遲疑了一二秒鐘，他就下了決心，走出了辦公室。這時候辦公室裏的同事們已經走得空空，天色也黑沉沉的暗下去了，只剩了一段雪片的餘光，在那裏照耀著婉珍的微紅的雙頰，和水汪汪的兩眼。

董婉珍終於走回家來的路上，心臟跳突得厲害；一面想著錢時英的那一種堅實老練的風度，一面又回味著剛才的那一臉微笑和明日的約會，她在路上幾乎有點忍耐不住，想叫出來告訴大家的樣子。果然，這樣茫然地想著走著，她把回家去的路線都走錯了，該向西的轉彎角頭，她卻走向了東。從這一條狹巷，一直向東走去，是可以走上黨部辦事人員的共同宿舍裏去的，錢時英的宿所就在那裏。她想索性將錯就錯，馬上就上宿舍去找錢時英出來，到什麼地方去過它一晚，豈不要比捱等到明天，倒還好些。但是又不對，住在那裏的人是很多的，萬一被人家知道了，豈不使錢時英為難？想到了這裏，飛上她臉的雪片，帶起刺激性來了，涼陰陰的一陣逆風，和幾點冰冷的雪水，使她的思想又恢復了常軌，將身體一轉，她才走上了回家去的正路。

漫漫的一夜，和遲遲的半天，董婉珍守候在家裏真覺得如初入監獄的囚犯，翻來覆去，在床上亂想了一個通宵，天有點微明的時候，她就披上衣服，從被裏坐了起來。但從窗隙裏漏進來的亮光，還不是天明的曙色，卻是積雪的清輝。她睡也再睡不著了，索性穿好衣服，走下床來拈旺了燈，她想下樓去梳洗頭面，可是愛娥還沒有起床，水是冰凍著的，沒有法子，她只好順手向書架上抽了一本書，亂翻著頁數，心裏定下第幾行和第幾字的數目來測驗運氣。先翻了四次，是「恒」「也」「有」「終」的四個字，猜詳了半天，她可終於猜不出這四個字的意思，但樓底下卻有起動靜來了，當然是愛娥在那裏燒水煮早餐。接著又翻了三次，得到了「則」「利」「之」的三個字，她心裏才寬了起來，因為有一個「利」字在那裏，至少今天的事情，總是吉的。

下樓去洗了手臉，將頭梳了一梳，早餐吃後，婦女協會的那位同學跑來看她了，她心裏一樂，喜歡得像得了新玩具的小孩。因為她的入黨，她的去宣傳股服務，都是由這位女同學介紹的。昨天股長既和她有了密約，今天這位原介紹人又來看她，中間一定是有些因果在那裏的。她款待著她，瀝盡了自己所有的好意。不過從這一位女同學的行動上，言語上看來，似乎總是心中夾著了一件事情，要想說又有點說不出來的樣子。她愈猜愈覺得有吻合的意思了，因而也老阻止住她，不使她說出，打算於下午去同錢股長密會之後，再教她來向父母正式的提議談判。終於坐了一個多鐘點，這位女同學告辭走了。她的心裏，又添了一層盼望著下午三點鐘早點到來的急意。

催促著愛娥提早時間燒了中飯，飯後又換衣服，照鏡子地修飾了一陣，兩點鐘還沒有敲，她就穿上了那件新作的灰色長袍，走上了西城外的碼頭。天放晴了，道路上雖則泥濘沒膝，但那一彎天蓋，卻直藍得迷人。先在江邊如醉如癡的往返走了二三十分鐘，向一位來兜生意的老船夫說好了上橫山去的船價，她就走下了船，打算坐在船裏去等錢股長的到來。但心裏終覺得放心不下，生怕他到了江邊，又要找她不到，於是手又撩起長袍，踏上了岸，像這樣的在泥濘道上的太陽光裏上上落落，來來去去，更捱了半個多鐘頭。正交三點鐘的光景，她老遠就看見錢時英微笑著來了；今天他和往日不同，穿的卻是一件黑呢棉袍，從這非制服的服色上一看，她又感到了滿心的喜悅，猜測了他今天的所以要不穿制服的深意。

兩人下船之後，錢時英儘是默默地含著微笑，在看兩岸斜陽裏的雪景。董婉珍滿張著希望的雙眼，在一眼一眼貪看他的那一種瀟灑的態度。船到了中流，錢時英把眼睛一轉，視線和她的交叉了，他立時就變了一種鄭重的臉色，眼睛盯視著她，呆了一呆，他先叫了一聲「董同志」！婉珍雙頰一紅，滿身就呈露出了羞媚；彷彿是感觸到了電氣。同時她自己也覺著心在亂跳，肌肉在微微的抖動。他叫了一聲之後，又囁嚅著，慢慢地說：

「董同志，我們從事，從事革命的人，做這些事情，本來，本來是不應該的……」

聽了他這一句話，她的羞媚之態，顯露得更加濃厚了，眼睛裏充滿了水潤的晶光，氣也急喘得像一個重負下的苦力，嘴唇微微地顫動著，一層緊張的氣勢，使她全身更抖得厲害。

「不過，這，這一件事情，究竟叫我怎麼辦呢？昨天，昨天的全縣代表大會裏，董村的代表，將一件決議案提出了，本來我還不曉得是關於你們的事情，後來經大會派給了我去審查，呈文裏也有你的名字，你父親的許多霸佔，強奪，高利放款，借公濟私的劣跡說得確確實實，並且還指出了你們父女的匿在縣城，蒙混黨部的事實。我，我因爲在辦公室裏，不好來同你說，所以今天特爲約你出來，想來和你談一談。」

董婉珍於情緒到了極頂之際，忽而受到了這一個打擊，一種極大的失望和極切的悲哀，使她失去了理性，失去了意志，不等錢時英的那篇話說完，就同冰山倒了似的將身體倒到了錢時英的懷裏，不顧羞恥，不能自制，只嗚嗚地抽咽著大哭了起來。

錢時英究竟也是一個血管裏有熱血在流的青年男子，身觸著了這一堆溫軟的肉體，又目擊著她這一種絕望的悲傷，憐憫與欲情，混合成了一處，終於使他的冷靜的頭腦，也把平衡失去了；兩手緊抱住了她的上半身，含糊地說著：「你不要這樣子，你不要這樣子！」不知不覺竟漸漸把自己的頭低了下去，貼上了她的火熱的臉。到了兩人互相抱著，嘴唇與嘴唇吸合了一次之後，錢時英才同受了雷震似的醒了轉來，一種冷冰冰的後悔，和自責之念，使他跳立了起來，滿含著盛怒與怨恨，唉的長嘆一聲，反同木雞似的呆住了。本來他的約她出來，完全是爲了公事，絲毫也沒有邪念的；他想先叫她自己辭了職，然後再溫和地將她父親的田產發還一部分給原來的所有人。這事情，他昨天也已經同她的那位介紹人說過了，想叫她的那位同學先勸慰她一下，叫她不要因此而失望，工作可以慢慢地再找過的，而他的這些深謀遠慮，這腔體恤之情，現在卻只變成了一種汙濁的私情了。以事情的結果來評斷，等於他是乘人之危，因而強佔了他人的妻女。這在平常的道義上，尚且說不過去，何況是身膺革命重任的黨員呢？但是事情已經做錯了，繫鈴解鈴，責任終須自己去負的，一不做，二不休，索性還是和她結合了之後，慢慢的再圖補救吧！

錢時英想到了這裏，一時眼前也覺得看到了一條黯淡的光明。他再將一隻手搭上了她的還在伏著的肩背，柔和地叫她坐起來掠一掠頭髮，整一整衣服的時候，船卻已經到了橫山的腳下，她的淚臉上早就泛映著一層媚笑了。

四　寒潮

大雪後的橫山一角，比平日更添了許多的嫵媚。船靠岸這面沿江的那條小徑，雪已經融化了大半了，但在道旁的隙地上，泥壁茅簷的草舍上，枯樹枝上，都還鋪蓋著一陣殘雪的晶皮。太陽打了斜，東首變成了山陰，半江江水，壓印得紫裏帶黑，活像是水墨畫成的中國畫幅。錢時英攙扶著董婉珍，爬上了橫山廟的石級，向蘭溪市上的人家縱眺了一回，兩人胸中各感到了一種不同的喜悅。

半城煙戶，參差的屋瓦上，都還留有著幾分未化的春雪；而環繞在這些市廛船隻的高頭，渺渺茫茫，照得人頭腦一清的，卻是那一弓藍得同靛草花似的蒼穹；更還有高戴著白帽的遠近諸山，與突立在山嶺水畔的那兩枝高塔，和回流在蘭溪縣城東西南三面的江水湊合在一道，很明晰地點出了這幅再豐華也沒有的江南的雪景。

在董婉珍方面呢，覺得這一天的大雪，是她得和錢股長結合的媒介；漫天匝地的白色，便是預示著他們能夠白頭到老的好兆頭。父母的急難，自己的將來，現在的地位，都因錢時英的這一次俯首而解決了。在錢時英的一面呢，以爲這發育健全的董婉珍，實在有點可憐，身體是那麼結實，普通知識也相當具備的，所缺乏的，就是沒有訓練，只須有一個人能夠好好的指導她，扶助她，那這一種女青年，正是革命前途所需要的人才。而在這一種正心誠意的思想的陰面，他的枯燥的宿舍生活，他的二十五歲的男性的渴求，當然也在那裏發生牽引。

面前是這樣的一片大自然的煙景，身旁又是那麼純潔熱烈的一顆少女求愛的心，錢時英看看周圍，看看董婉珍的那一種完全只顧目前的快樂，並無半點將來的憂慮的幼稚狀態，自然把剛才船裏所感到的那層懊恨之情，一筆勾了。

兩人憑著石欄，向蘭溪市上，這裏那裏的指點了一陣，忽而將目光一轉，變成了一個對看的局勢。董婉珍羞紅了臉，雖在笑著側轉了頭，但眼睛斜處，片刻不離的，仍是對錢時英的全身的打量，和他的面部的諦視。錢時英只微笑著默默地在細看她的上下，彷彿她和他還是初次見面的樣子。第二次四目遇合的時候，錢時英覺得非說話不可了，就笑著問她：

「你還有勇氣再爬上山頂上去麼？」

「你若要去，我便什麼地方也跟了你去。」

「好吧，讓我們來比比腳力看。」

先上廟裏向守廟的一位老道問明了上蘭陰寺去的路徑，他們就從側面的一條斜坡山路走上了山。斜坡上的雪，經午前的太陽一曬，差不多融化淨了，但看去似乎不大黏濕的黃泥窄路，走起來卻真不容易。董婉珍經過了兩次滑跌，隨後終於將彈簧似的身體，靠上了錢時英的懷裏，慢慢地談著走著，走上那座三角形的橫山東頂的時候，他們的談話，也恰巧談到了他們兩人的以後的大計。

「今天的我們的這一個秘密，只能暫時不公佈出來。第一總得先把那條董村的決議案辦了才行。徇私舞弊，不是我們革命的人所應作的事情。你們家裏的田產之類，確有霸佔的證據的，當然要發還一部分給原有的人，還有一層，他們既經指控了你們父女的蒙蔽黨部，你自然要自動辭職，暫時避去嫌疑，等我們把這一件案子辦了之後，再來服務不遲……我的今天的約你出來，本意就爲了此。可是，可是，現在成了這樣的一個結局，事情倒反而弄僵了；我打算將這兒的黨務劃出了一個規劃之後，就和你離開此地，免得受人家的指謫。你今天回去，請你先把這一層意思對你兩老說一說明白，等案件辦了之後，我們再來提議婚事……」

董婉珍聽了他這一番勸告，心裏卻微微地感到了一點失望。明天假使馬上就辭了職，那以後見面的機會不就少了麼！父母的事情，財產的發落，原是重大的，可是和那些青年男子在一道廝混的那種氣氛，早出晚歸，從街上走過，受人側目注意的那種私心的滿足，還有最覺得不可缺的一件大事，就是這一位看去如磐石似的錢股長的愛撫，她現在正在想恣意飽受的當兒，若一辭了職，卻向哪裡去求，哪裡去得呢！

錢時英看到了她的略帶憂鬱的表情，心裏當然也猜出了她的意思，所以又只能補充著說：

「作事情要顧慮著將來的，僅貪愛一時的安逸，沒入於一時的忘我，把將來的大事擱置在一邊，是最不革命的行爲。你已經不是小孩子了，這一層總該看得穿。」

一次強烈的擁抱，一個火熱的深吻，終於驅散了董婉珍臉上的愁雲。他們走到了蘭陰寺前，看到了衢江江上的斜陽，西面田野裏的積雪，和遠近的樹林村落上的炊煙，曉得這一天，日子已經垂暮，是不得不下山回去的時候了。兩人更依偎著，微笑著，貪看了一忽華美到絕頂的蘭陰山下大雪初晴的江村暮景，就從西頭的那條山腰大道，跑下了山來。

從橫山回來的這一天晚上，卻輪著錢時英睡不著覺了，和昨天晚上的董婉珍一樣，他想起了在廣州的時候，和他同時受訓練的那位女同志黃烈。他和她雖然並沒有什麼戀情愛意，但互相認識了一年多，經過了幾次共同的患難，才知道兩人的思想，行動以及將來的志願，都是一樣的。看到了董婉珍之後，再回想起黃烈來，更覺得一個是有獨立人格的女同志，一個是只具有著生理機構的異性，離開了現實的那一重欲情的關，把頭腦冷靜下來一比較，一思索，他在白天曾經感到過的那層後悔，又漸漸地漸漸地昂起了頭來。

婚姻，終究是一生所免不了的事情；可惜在廣州時的生活氣氛太緊張了，所以他對黃烈，終於只維持了一種同志之愛，沒有把這愛發展開去的機會。但當她要跟了北伐軍向湖南出發的前幾天，他在有一次餞別的夜宴之後，送她回宿舍去的路上，曾聽出了她的說話的聲音的異樣，她說：

「錢同志，我們從事於革命的人，本來是不應該有這些臨行惜別的感情的，可是不曉怎麼，這幾天來，頻頻受了你們諸位留在廣州的同志的餞送，我倒反而變得感情脆弱起來了，昨晚上我就失眠了半夜。你有沒有什麼使我可以振作的信條，言語，或者竟能充作互勉互勵的戒律之類？」

現在在回憶裏，重想起了那一晚的情景，他倒覺得歷歷地反聽到了她的微顫著的尾音。可惜當時他也正在計畫著跟東路軍出發，沒有想到其他的事情的餘裕，只說了一句那時候誰也在說的豪語：「大家振作起精神，等我們會師武漢吧！」終於只熱烈地握了一回手，就在宿舍門口的夜陰裏和她分開了。以後過了幾天，他只在車站上送他們出發的時候，於亂雜的人叢中見了她一次面。

一個男子濫於愛人，原是這人的不幸；然而老受人愛，而自己沒有十分的準備，也是一件麻煩的事情。現在到了這一個既被人愛，而又不得不接受的關頭，他覺得更加爲難了；對於董婉珍的這件事情，究竟將如何的應付呢？要逃，當然也還逃得掉；同志中間，對於戀愛，抱消極的兒戲觀念，並且身在實行的男女，原也很多，不過他的思想，他的毅力，卻還沒有前進到這一個地步；而同時董婉珍，也決不是這一種戀愛的對手人。她實在還是幼稚得很的一個初到人生路上來學習冒險的人，將來的變好變壞，或者成人成獸，全要看她這第一次的經驗的反應如何，才能夠決定。

「也罷！還是忍一點犧牲的痛吧！將一個可與為善，可與為惡的庸人，造成一個能為社會服務致用的鬥士，也是革命者所應盡的義務；既然第一腳跨出了以後，第二腳自然也只得連帶著伸展出去。更何況前面的去路，也還不一定是陷人的泥水深潭哩！」

想來想去，想到了最後，還是只有這一條出路。翻身側向了裏床，他正想凝神定氣，安睡一忽的時候，大雲山腳下的民眾養在那裏的雄雞，早在作第一次催曉的長啼了。

五　藥酒杯

經過了鄉區黨部的一次查覆，董玉林的這一起案子，卻出乎眾人的意料之外，很順當的解決了。原因是為了那些被霸佔的原有業主，像阿德老頭之類，都已經死亡，而有些農民，卻因在鄉無業可守，早就隻身流浪到了外埠，誰也查不出他們的下落來，至於重利盤剝的一件呢，已被剝削者，手中沒有證據，也沒有作中的證人，事過匆論，還欠在那裏的幾戶，大抵全係小額，生怕以後有急有難再去向董玉林商借的不易，也不肯出來為難，只聽說利息可以全免，就喜歡得不得了；所以由黨部判定的結果，只將董玉林的田產，割出了幾十畝來，充作董村公立小學的學產，總算藉此以贖取了那個決議案的末一款，永遠不准他們重回老鄉的禁令。

健忘與多事的社會，經過了一個多月，大家早就把這件事情忘記了；於是辭職慰留，准請假一月的董婉珍，仍復上黨部去服務；急公好義，興學捐財的董善士，反成了縣城社會的知名之士；宣傳股長錢時英這時候也公然在董家作了席上的珍客，錢股長與董女士的革命不忘戀愛，戀愛不忘革命的精神，更附帶著成了一般士紳的美談。

和煦的春風，吹到了這江岸的縣城，市外田裏的菜花紫雲英正開得熱鬧的時候，錢董兩人的婚議也經過了正式的手續，成熟到披露的時節了。

當結婚披露的那一天晚上，董家樓下的三間空屋，除去偏東的那間新房之外，竟掛滿了許多畫軸對聯，擺上了十桌喜酒，擠緊了一縣的黨政要人。先由證婚人的縣長致了祝詞，復由介紹人的那位婦女協會執行委員報告了一次經過，當輪到主婚人的董玉林出來講話的時候，他就公正廉明，陳述了他過去的經歷，現在的懷抱，和未來的決心。他說，自小就是一個革命者；他所關心的，是地方上的金融的調節，和善舉的勇爲。總理的遺教，他是每飯不忘，知行共勉的。有水旱災的時候，也曾散了多少多少的財，有瘟疫的年頭，他也施了多少多少的財，而本地的劣紳因妒生忌，因忌作惡，致有前一次的決議。他現在是抱定宗旨，要站在三民主義的旗幟下奮鬥革命的。中國的命脈，是在農工，他將來就打算拚他這一條老命，回到農村去服務，爲無力的佃農工人而犧牲。本來只在村塾裏讀過三年書的一位革命急就家，在這一天晚上，竟把錢時英和董婉珍教他的許多不順口的名詞說得頭頭是道，致使有幾個上塘村和董村附近趕來吃喜酒的鄉親，大家都吐出了驚異的舌頭私下在說：「縣城真是不得不住，玉林只在這裏耽擱不上半年，就曉得在縣長面前，說許多鄉下人所聽不懂的話了。」

中宵客散，新夫婦正在新床上坐下的當兒，這一位成了當晚的大英雄的岳父就踏進了新房來問今後的他們倆的打算：房飯錢每月擬出多少；婉珍的薪水，可不可以提高一點，仍復歸他們兩老去收用；遲早他總是要回董村去的，那裏的黨部，可不可以由他去包辦；此外的枝節問題還有許多，弄得正在打算將筋骨鬆動一下的錢時英，幾乎茫茫然失去了知覺。到底還是曉得父母的性質的董婉珍來得乖巧一點，看到了新郎的那一副難以應付的形容，就用了全力，將父親提出的種種難題，下了一個快刀斬亂麻的解決方法，她說：

「今天遲了，爸爸！你也該去息息了；有什麼話，明天再談不好麼？」

結婚之後的董婉珍，處處都流露了她的這一種自父祖遺傳下來的小節的伶俐，她知道如何地去以最賤的價格，買許多好看耐用的衣料什物來裝飾她自己的身體，她也知道如何地去用她所有的媚態，來籠絡那些同事中的有勢力的人。在新婚的情陣裏，錢時英半因寵愛，半因省事，對於她的這些小孩子似的賣弄聰明，以及操權越級的舉動，反同溺愛兒女的父母一樣，時時透露了些嘉獎的默認；於是董婉珍的在家庭的習慣，在社會的聲勢，以及由這些反射而來的驕縱的氣概，與夫愚妄的自信，便很急速的養成，進步，終至於確立成了她的第二的天性。

她的第一件的成功，是他們倆的收入的支配；除付過了過分的房飯錢，使兩老喜歡得興高采烈，開銷了一切所必須的應酬衣飾費用，使錢時英生活過得安安穩穩之外，第一月在她手裏就多出了一筆整款；這是錢時英自任事以來，從來也不曾有過的經驗。她的第二件的成功，是虐使傭人的巧妙；新做了主婦，她覺得不雇一個傭人，有些對父母不起，與鄰舍人家的觀瞻有關了。所以雖則沒有必要，她也上就近鄉下去招來了一個傭婦。對這一個鄉下傭婦的訓練，她真徹骨的顯出了她父祖所遺給她的天才。譬如早晨吧，在天還未亮，她自己起來大小便的時候，就要使了大喉嚨，叫這傭婦起來了；晚上則寧願多費一點燈油，以朋友當婚禮送給他們的一個鬧鐘作了標準，非要到十二點鬧鐘打的時候，不准這傭婦去上床睡覺。後來因這鬧鐘鬧得厲害，致吵醒了他們夫婦的酣睡，她於大罵了一頓傭婦的愚蠢之外，還犧牲了一塊洋紗手帕作了包在這鐘蓋上的包皮。在日裏他們不在家的時候哩，她總要找些很費事而不容易做好的事情，如米裏面挑選沙石秕子，地板上拭除灰土泥痕之類的工作給她，使她不能有一分鐘的空；若在家哩，則她自己身上有一點癢，或肚裏忽而想到什麼，就要傭婦自動的前來服役。一步不到，或稍有遲疑；她便寧願請假在家，長時間的罵這愚蠢而不是父母養的鄉下婦人，使她到了地獄也沒有個容身之處。

作外面的應酬哩，她卻比錢時英活潑能幹得多；對於上面或同等的人，到處總是她去結交，她去奉承的；但對於下級或無智的鄉愚之類哩，她卻又是破口便罵，一點兒也忍耐不得的股長夫人了。所以結婚不上兩月，董婉珍的賢夫人的令名，竟傳遍了遠近，傾倒了全縣。在這中間，錢時英反而向公共會場不大去拋頭露面，在行動上言語上很明顯的露示了極端慎重和沉默的態度；而一回到了私人的寓所，他和賢夫人也難得有什麼話講，只俯倒了頭，添了許多往返函電的草擬，以及有些莫名其妙的文字的撰述。

終於黨政中樞的裂痕暴露了，在武漢，在省會，以及江西兩廣等處，都顯示了動搖，興起了大獄；本來早就被同志們訕笑作因結婚而消磨了革命壯志的錢時英，也於此時突然地向黨部裏辭去了一切的職務。

這一天的午後，當董婉珍正上北區婦女協會分會去開了指導會回來，很得意地從長街上走上自己家去的時候，兜頭卻衝見了臉色異常難看，從外面走來的錢時英。一看見了他的這一副青紫抑鬱的表情，她就曉得一定有什麼意外發生了，斂住了笑容，吊起了眉毛，她把嘴角一張，便問他要上什麼地方去。

「你來得正巧，我有話對你講，讓我們回去吧！」

聽了他這幾句吞吞吐吐的答辭，她今天在婦女分會會場裏得來的一腔熱意與歡情，早就被他驅散了一半了，更那裏還經得起末尾又加上了半句他的很輕很輕的「我，我現在已經辭去了……」的結語呢！

她驚異極了，先張大了兩眼，朝他一看，發了一聲回音機似的反問：

「你已經辭去了職？」

看到了他的失神似的表情，只是沉默著在走向前去，她才由驚異而變了憤怒，由憤怒而轉了冷淡，更由冷淡而化作了輕視，自己也沉默著走了一段，她才輕輕地獨語著說：

「哼，也好罷，你只教能夠有錢維持你自己的生活就對！」

在這一句獨語裏，他聽出了她對他所有的一切輕蔑，憎惡，歹意與侮辱。說了這一句獨語之後，卻是她只板著冷淡的面孔，同失神似的盡在往前走著，而不得已仰起了頭彷彿在看天思索似的。他那雙近視眼，反一眼一眼的帶著疑懼的色彩向她偷視起來了。

兩人沉默著走到了家裏，更沉默著吃過了晚飯，一直到上床爲止，還不開口說一句話。那個一向同豬狗似的被女主人罵慣的傭婦，覺察到了這一層險惡的空氣，慌得手腳都發抖了，結果於將洋燈放上那面鬧鐘前去的時候，撲搭地一聲竟打破了那盞洋燈上的已經用白紙補過的燈罩。低氣壓下的雷雨發作了，女主人果然用了絕叫的聲音，最刻毒地喝罵了出來。

「×媽！×媽！×媽！你想放火麼？像你這一種沒能力的東西，還要活在那裏幹什麼？你去死去，去死！我的霉都被你倒盡了，我，我，教我以後還有什麼顏面去見人？……」

話語雙關，句句帶刺，像這樣的指東罵西，她竟把她的裂帛似的喉嚨，罵到了嘶啞，方才住口。在樓上的她的父母弟弟，早就聽慣了這一種她的家教的，自然是不想出來干涉；晚飯之後，他們似乎很沉酣的已經掉入了睡鄉，錢時英死抑住心頭的怒火，在她的高聲喝罵之下，只偷偷地向丹田換了幾次長氣。十二點的鐘鬧了一陣，那傭婦幽手幽腳地摸上床去睡後，他聽見這一位賢夫人的呼吸，很均勻地調節了下去；並且興奮之後的疲倦，使她的鼾聲也比平時高了一段，錢時英到這時才放聲嘆了一口氣，向頭上搔耙了許多回。

同壙墓裏似的沉默，滿罩住了這所西南城小巷裏的樓屋。等那一位傭婦的鼾聲，也微微的傳到了錢時英的耳畔的時候，他才輕輕的立起了身，穿上了便服，摸向了他往日在那裏使用的寫字臺的旁邊，先將桌上以及抽屜裏的信件稿冊，向地下堆作了一堆，更把剛才被傭婦敲破燈罩的洋燈裏的煤油，倒向了地下。他用稿紙捻成了幾個長長的煤頭紙結，擦洋火把它們點著了，黑暗裏忽而亮了一亮，馬上又被他的口息所吹滅，只在那一大堆紙堆的中間，留剩了幾點煤頭紙的星火似的微光。天井外的大門閂，輕輕響動了一下，他的那個磐石似的身體，便在烏灰灰的街燈影裏跑向了東，跑出了城，終於不見了。

大約隔了一個多禮拜的樣子，上海四馬路的一家小旅館裏，當傍晚來了一個體格很結實，戴著近視眼鏡，年紀二十五六歲，身材並不高大，口操安徽音，有點像學生似的旅客。他一到旅館，將房間開定之後，就命茶房上報館去買了這禮拜所出的舊報紙來翻讀；當他看到了地方通信欄裏的一項記載蘭溪火災，全家慘斃的通訊的時候，他的臉上卻露出一臉真像是心花怒放似的微笑。

注釋

①本篇最初發表於一九三五年十一月一日的《文學》第五卷第五號。

郁達夫作品精選：3

遲桂花【經典新版】

作者： 郁達夫
發行人：陳曉林
出版所：風雲時代出版股份有限公司
地址：10576台北市民生東路五段178號7樓之3
電話：(02) 2756-0949
傳真：(02) 2765-3799
執行主編：朱墨菲
美術設計：吳宗潔
行銷企劃：林安莉
業務總監：張瑋鳳

初版日期：2018年11月
ISBN：978-986-352-636-0

風雲書網：http://www.eastbooks.com.tw
官方部落格：http://eastbooks.pixnet.net/blog
Facebook：http://www.facebook.com/h7560949
E-mail：h7560949@ms15.hinet.net
劃撥帳號：12043291
戶名：風雲時代出版股份有限公司

風雲發行所：33373桃園市龜山區公西村2鄰復興街304巷96號
電話：(03) 318-1378
傳真：(03) 318-1378
法律顧問：永然法律事務所 李永然律師
北辰著作權事務所 蕭雄淋律師

行政院新聞局局版台業字第3595號 營利事業統一編號22759935

定價：220元

國家圖書館出版品預行編目資料

郁達夫作品精選：3 遲桂花 經典新版 / 郁達夫著. --
初版. -- 臺北市：風雲時代, 2018.10　面；　公分

ISBN 978-986-352-636-0（平裝）

857.63　107013836